中國戲曲卷

通識教材：國文叢書 211

中國散文卷 2111
中國詩詞卷 2112
中國小說卷 2113
中國戲曲卷 2114
中國哲學卷 2115
中國文學批評卷 2116
應用中文卷 2117
中國古典文學卷 2118
中國現代文學卷 2119
臺灣文學卷 21110
大陸文學卷 21111
港澳文學卷 21112
中國文學綜合卷 21113

蔡輝振 編撰

天空數位圖書出版
Family Sky

中國戲曲卷

目　錄

005 編者序

007 壹、勉勵篇

　　一、國文對吾人一生的影響..................**008**
　　二、文學與人生..............................**010**

019 貳、史跡篇

第一章、中國戲曲之概念與演進 **020**

　　第一節、戲曲的概念..........................**020**
　　第二節、概念的演進..........................**020**

第二章、中國戲曲之類型與分期 **021**

　　第一節、戲曲的類型..........................**021**
　　第二節、戲曲的分期..........................**026**

第三章、中國戲曲之起源與發展 **028**

　　第一節、戲曲的起源..........................**028**
　　第二節、戲曲的發展..........................**028**

目錄

057 參、賞析篇

第一章、宋金時期 058

第一節、南戲選........................058
佚名：《張協狀元·第二齣》..........058

第二節、諸宮調選....................065
董解元：《西廂記諸宮調·卷六》......065

第二章、元代時期 083

第一節、雜劇選......................083

一、歷史劇
白樸：《梧桐雨·第二、三折》........083
馬致遠：《漢宮秋·第三折》..........096

二、愛情劇
王實甫：《西廂記·第四本二、三折》..102
鄭光祖：《倩女離魂·第二折》........114

三、社會劇
關漢卿：《感天動地竇娥冤·第二、三折》..121
康進之：《李逵負荊·第二折》........135

四、文人劇
佚名：《漁樵記·第二折》............141
鄭光祖：《王粲登樓·第二折》........154

第二節、南戲傳奇選..................162
施惠：《幽閨記·第三十二齣》........162

第三章、明代時期 **167**

第一節、雜劇選..............**167**
徐渭：《狂鼓史漁陽三弄》..............**167**
康海：《中山狼・第三折》..............**178**

第二節、南戲傳奇選..............**185**
梁辰魚：《浣紗記・第二十六、四十五齣》..**185**
李開先：《寶劍記・第三十七齣》..........**194**
湯顯祖：《牡丹亭・第七、十齣》..........**198**
高濂：《玉簪記・第十六、二十三齣》......**210**

第四章、清代時期 **217**

第一節、雜劇選..............**217**
桂馥：《題園壁》..............**217**
唐英：《梅龍鎮・第二折》..............**222**

第二節、南戲傳奇選..............**230**
洪昇：《長生殿・第二十四、三十八齣》....**230**
孔尚任：《桃花扇・第七、二十一齣》......**243**

第五章、民國時期 **252**

第一節、三十年代戲曲選..............**252**
荀慧生：《紅娘・第八場》..............**252**

第二節、抗日時期戲曲選..............**260**
黃合祥：《狄青平南・大排純陽陣》......**260**

269 肆、練習篇：

編者序

　　大學通識國文課程，已從綜合教材教學改為依老師專長開課，依學生興趣選課的「**大學國文興趣分組選課**」方式。但市場並無專門為依興趣分組選課的國文教材流通，殊為可惜。

　　本叢書之問世，即基於上述之理念，特與國立雲林科技大學漢學研究所、數位典藏中心產學合作，由本人忝為主持人，並由李奕璇、李文心、李珊瑾、陳鈺如、陳慧娟、陳若葳、張怡婷、葉宛筠等研究生協助蒐集資料，歷經六年所編撰的成果。當然，人生的第一次難免有所不足，本團隊如有缺失，還望先進指正，研究生蒐集資料如有不慎侵權時請告知，本團隊將立即改正，特此聲明！

　　本叢書依老師的專長，學生的興趣來編撰教材。計有：中國散文卷、中國詩詞卷、中國小說卷、中國戲曲卷、中國哲學卷、中國文學批評卷、應用中文卷、中國古典文學卷、中國現代文學卷、臺灣文學卷、大陸文學卷、港澳文學卷，以及中國文學綜合卷等十三卷叢書，讓授課教師或學生，依其專長、興趣的需要，選擇最適合本身的教材，不假外求。其體例大致以勉勵篇、史蹟篇、賞析篇，以及練習篇來編撰。其中，勉勵篇旨在讓學生知道國文對其一生的重要性，勉勵其用心，進而引發興趣，學習成效自然可成；史蹟篇在於讓學生知道中國各類學術的起源，與其發展的歷史軌跡，並依各類學術發展的主題，以朝代來分期，自先秦以降，一路論述至今，讓學生一窺中國學術之浩瀚，而後自詡於生在大哉的文化中國；賞析篇在於呼應史蹟篇之分期，讓學生一睹每一時期的作品，使其對於中國先賢的智慧能真確體認與掌握，並確實反省自身的生命意義與人生價值，以涵養學生的品格與興趣，進而創造美麗幸福的人生；練習篇則在檢視學生習修本課程的成果。唯應用中文卷體例係依教育部新規定所編著而成之新教材，側重於實務應用，盡可能網羅完整的相關資料，是目前應用中文

中國戲曲卷

教材中內容最新也最完整之一，可讓授課教師自由選擇。

為配合教育部之政策，讓學生快樂的學習，本公司不惜花費巨資，建置「**天空**數位學習平臺」。該平臺將本叢書全部數位化，並建置教師與學生雙向互動式數位教學模式，以及練習系統、考試系統、題庫資料庫等。對教師而言：將可免除備課與出題考試、閱卷批改的煩惱，課程內容又可標準化，以及廣深化，資料也可隨時統一更新，非常方便省時。對學生而言：趣味性的數位教學，將可引發學習的動機；教材內容的豐富性，將可增進知識的廣博，尤其是課後的輔導，教師與學生之間，隨時可在互動式數位教學平臺上雙向溝通，也可以不受時空限制反覆的學習，尤其是紙版與數位版的教材可相互為用，非常方便。自此而後，我們將可置身在一個人性化、智慧化、便捷化，以及講究視聽覺享受的操作環境，唾手可得所要的資訊。

特別交代，本書原編撰至今日臺灣、大陸、香港、澳門等海峽四地的作品。奈何！因該時期的作品皆有著作權問題，基於取得受權不易，或找不到作者，或授權費過高等因素，只能割愛捨去這單元，僅能在中國文學「發展」這個單元，說明海峽四地的概況，其資料來源多參考《維基百科》等。不能完整呈現中國文學的教材，實是筆者的遺憾，本想在一個文化中國的框架上，讓海峽四地的學生，皆能欣賞到現代作品，以擴展文學視野。只能期待有那麼的一天……。

國立雲林科技大學漢學所教授兼數位典藏中心主任
大學國文分組興趣選課教材叢書編著委員會總編著

蔡輝振　謹識於臺中望日臺
2025.06.19

壹 勉勵篇

一、國文對吾人一生的影響

二、文學與人生

本單元之用意，在於讓學生知道國文對其一生的重要性，勉勵用心學習，進而引發興趣，國文的教育目的則可成矣！故以下將分國文對吾人一生的影響，以及文學與人生來勉勵諸君。

一、國文對吾人一生的影響

國文對大學生而言，除中文系同學外，一般皆認為不是那麼的重要，在他們心目中，專業科目是"**生命之必須**"，將來就業的飯碗；而國文僅是一門"**營養學分**"，營養多一點、少一點，並不影響他們的生存，加上其本身較枯燥無味，學生自然意興闌珊，興趣缺缺，這是目前各大專院校同學大致上的普遍現象。

學生會主動努力去唸書的科目，主要是建立在兩個基礎上：其一是他認為對其一生有重大的影響，如專業科目，縱是枯燥無味，他們也會強迫自己去讀；其二是本身的興趣（如漫畫、小說類書籍）或他們所喜歡的老師，你就是想禁止他們去讀，恐怕也難。至於他們認為不重要或沒興趣的科目，難免心存應付的態度為之。

試問，什麼科目是我們日常生活中，甚至一生當中，最息息相關的呢？專業科目僅在職業上發生作用，平常用的機會並不多。唯有國文如影隨形的相伴，講話也好，寫文章也罷，舉手投足之間無不展現出一個人的氣質水準。我相信，每一位男士或女士，誰都希望能找個談吐文雅，氣質翩翩的伴侶，誰也都不願意跟低俗粗暴的人做朋友。正如俗語所說：「**龍交龍，鳳交鳳，隱龜配洞慧。**」什麼樣的人會跟什麼樣的人在一起，物以類聚是很自然的事。所以，一個國文程度好的人，在他的人際關係中，自然會受到較多的青睞，結交異性朋友的機會也會較多，如此便使他的人生旅途更為平順。

再者，一個大學畢業生走出校門，能否順利就業，其關鍵往往建立在國文的基礎上。因任何公司行號、金融機構、學校或政府機關的

壹、勉勵篇--一、國文對吾人一生的影響

　　用人，很普遍是透過筆試與口試來篩選人才，尤其是高普考及各種特考等，而國文（論文及公文）即共同的必考科目，有的甚至規定國文不及格者不能晉級參加口試，或直接不予錄取，如司法特考。所以，任你專業知識再豐富，第一關的國文筆試沒能通過也是枉然；進入第二關的口試，也必須藉由國文做為橋樑，適當的遣辭用字，引經據典，方能淋漓盡致地將滿腹專業知識精準地展現出來，國文不好，自難以表達專業知識。

　　中國清代以前的科舉考試，僅考國文一科而已，因從考生的文章中，便可知學生是否學識淵博，見解是否深入，思想是否正確，智慧是否高超，性格是否正常……等，便可判斷可不可以錄取當官。一個人在就業的筆試或口試中，必須將你的思想、經驗、感情及專業表達出來，而不論是手寫或口說，一定要透過文字來傳遞。如果你的國文造詣深，文字運用能力強，便能占盡優勢，優先錄取，進而改變你的一生。

　　由此得知，一個人走出校門踏入社會，能否順利就業進而開創美麗幸福的人生，其關鍵是在國文的基礎上，雖非必然性，卻有較多數的機會，可見國文對吾人一生影響的重大與深遠。李白是舉世公認才華橫溢的人，然他卻一生潦倒，雖曾受唐玄宗的賞識，卻曇花一現後被流放，終究不得志，只因沒有舞臺的緣故。一個人的才華，需靠舞臺才能展現，而舞臺的獲得，對現今而言，往往是建立在國文的基礎上，願藉此勉勵各位。

二、文學與人生[1]

主辦單位、以及在座的諸君們：大家好！

今天我能回到久違的故鄉-彰化，與各位鄉親碰面，本人感到非常的高興。彰化！這個令我又恨又愛的地方，多少童年往事，多少辛酸血淚，曾經因妳而發生。也有多少憧憬、多少夢想，曾經為妳而編織。如今呢？雖事隔多年，不管是好是壞，也僅留下一片片，片斷的殘夢，然而我卻始終不能忘懷。於是我將這些殘夢，寄託於筆端，寫下我的感觸，我的哀愁，我的處女作品《雛鴿逃命落溝渠》便因而得以完成。這時，我突然發覺，長久以來一直積壓在我內心的憤懣、傷感，由此一掃而光，在那一剎那間，我的精神變得非常舒暢、快樂。於是我在書本的自序上寫下這麼一段話：

　　我感謝上帝，賜給我一個不同的環境，也給我一個奮鬥的機會，我將要堅決與命運搏鬥一場。人生猶如一道激流，沒有暗礁是掀不起美麗的浪花，我始終相信有朝一日，我會踏著滿地的落葉歸回。

現在，我對於我生長的故鄉，只有感恩沒有怨恨，我甚至慶幸自己能有這樣的一段童年。各位想知道，是什麼原因讓我從怨恨而轉向感恩、熱愛我的故鄉嗎？這便是今天我以 "文學與人生" 為演講題目

---

1. 蔡輝振：〈文學之樂樂無窮〉，《彰化縣文化講座專輯》第十三輯（彰化：彰化縣立文化中心），1998，頁274～285；今更名為〈文學與人生〉。

二、文學與人生

的由來。所以今天我不打算用那較為深澀的學術性來演講這個題目，我只想以我個人的親身體驗，來說明從事文學欣賞或創作，可帶給我們快樂無窮的人生，如果我講的好那是應該，如果我講的不好那只好請各位見諒囉！以上是我的開場白。

　　接著，在我們要進入主題之前，我們有必要先了解一下什麼是**"文學"**；什麼是**"人生"**。基本上，文學這個名詞，曾有很多專家學者為它下過定義，然不管是劉勰在《文心雕龍》上所說的**「聖賢書辭，總稱文章。」**或是章太炎在《國故論衡》上所說的**「文學者，以其有文字著於竹帛，故謂之文；論其法式謂之文學。」**抑是美國文學家亨德（T. W. Hunt）所說的：**「通過想像、感情以及趣味、具有思想性的文字表現即是文學。」**等等，到現在也似乎都沒有定論。但不管怎麼說，人們將其對人生的感觸，運用各種形式如：小說、散文、詩歌、戲劇等方式表達出來的作品，總在文學的範疇之內這應無疑義。了解這個概念後，對於今天我所要講的題目也就夠了，其他讓專家去解決，我們無須傷這個腦筋；而什麼是**"人生"**呢？記得有一個故事說：

　　有幾個學生問他們的老師蘇格拉底（Socrates, 470～399B.C.）說："什麼是人生？"蘇格拉底帶他們去蘋果園，要大家從果園的這端走到另一端，每人挑選一個自己認為最大的蘋果，並規定不許走回頭路，不許選擇兩次。學生便穿過果園認真挑選自己認為最大的蘋果。等大家到了果園的另一端，蘇格拉底已在那裡等候他們。他笑著問學生說：「你們挑到自己最滿意的蘋果嗎？」大家你看我我看你，都沒有回答。蘇格拉底見狀又問：「怎麼啦？你們對自己的選擇不滿意嗎？」有一個學生請求說：「老師！讓我們再挑選一次吧！因我剛走進果園時，就發現一個很大的蘋果，但我還想找一個更大更好的，當我走到果園盡頭時，才發現第一次看到的就是最大最好的蘋果。」另一個學生接著說：「我和他恰好相反，我走進果園不久，就摘下一個我認為最大的蘋果，可是後來我又發現了更大的，所以我有點後悔。」「老師，讓我們再選擇一次吧！」其他學生也不約而同地請求。蘇格拉底

笑了笑，語重心長的說：「同學們！這就是人生，人生就是一次無法重複的選擇。」

所以，當我們面對無法回頭的人生，我們只能做四件事：第一，鄭重的選擇並努力爭取，不要留下遺憾；第二，有了遺憾就理智面對，並盡力爭取改變；第三，不能改變就勇敢接受，不要後悔繼續往前走；第四，調整心態，因塞翁失馬焉知非福？陳前總統水扁先生，因臺北市長的選舉失利而有機會選上總統，這就是人生。

好！我們現在就正式進入主題，談談為什麼從事文學欣賞或創作，會帶給我們無窮的快樂呢？各位應常聽人家說："人生不如意十之有八、九"，佛家也說："人生是苦海"。可見我們的生命並不怎麼樣的完美，自然界有月圓月缺，春夏秋冬，而人類有生老病死，悲歡離合，也正因為人生的不完美，才讓我們活著有意義、有價值。各位試想，如果沒有月缺，我們怎麼會知道月圓的美麗，如果沒有冬天寒風的刺骨，我們也就無從去體會夏日陽光的可愛。我們的人生又何嘗不是如此！沒有離別的悲傷，那來相聚的歡樂？這世界如果真的是那麼完美無缺，我還真不知道我們活著要幹嘛！每天吃、喝、拉，然後等死，這樣的人生有什麼意思！所以名作家魯迅就說：

蓋凡有人類，能具二性：一曰受，二曰作。受者譬如曙日出海，瑤草作華，若非白痴，莫不領會感動；既有領會感動，則一二才士，能使再現，以成新品，是謂之作。

這意思是說，我們人類的創作，來自於對天地萬物的感受，沒有感受也就不會產生創作，所以各位要記住，自然科學甚至是哲學，是用領悟的，文學呢？是用感受的，而人生若是太完美，反而讓人感到空虛，失掉人類存在的價值。我們常聽到歐美先進國家有人自殺，卻少有聽過非洲落後國家的人自殺，只有餓死而已，就是這個道理。了解這一層意義後，我們就可更上一層樓的來談文學欣賞與創作，嘗試從苦澀的咀嚼中，咀出甘味來。各位要知道月圓固然是美，月缺依舊

二、文學與人生

也是美，只不過這是兩種不同的美而已，前者讓人的感覺是一種圓滿的美，而後者讓人的感覺是一種殘缺的帶有淒涼的美，卻也最能觸動我們人類的心靈。現在讓我們來欣賞一下南唐後主李煜的《相見歡》：

無言獨上西樓，月如鉤，寂寞梧桐深院鎖清秋。

剪不斷，理還亂，是離愁，別是一般滋味在心頭。

請各位閉一下眼睛，發揮你們的想像力，去試想一下這首詞的情境："**在一座很大的庭院裏，裏面有幾棟樓房，還有幾棵梧桐樹，然後在一個秋風瑟瑟夜深人靜的晚上，有一個孤獨的人帶著落寞神情，走上西樓的洋臺上，若有所思的望著高掛在天空的殘月。**"這種情境讓人的感覺自然是一種淒涼的美，但卻也是最能觸動我們人類心靈的跳躍，引發出情感的一種情境。懂得如何去欣賞殘缺的美後，我們自然就可化悲憤為力量，化哀愁為快樂。各位都知道，既然我們的人生不如意之事十有八、九，這也就是說在我們一生當中，必須常要去面對一些挫折、痛苦，如果你是以哭泣流淚的方式去面對，對事情的解決並沒有任何幫助，畢竟淚填不滿人生的遺憾。如果你是以憤怒、暴力的方式去面對，那也只是徒傷自己的身體而已，甚至因暴力而發生令人終生遺憾的事，對事情的解決也沒有任何幫助。這時，如果你能化悲憤為力量，將挫折、委屈寄託於筆端寫下你的憤懣、你的哀愁，將你的感觸化為美麗的詩篇，當你傾訴於紙張後，你將會發覺心中是多麼的舒暢，多麼的快樂，說不定還能讓你成名，甚至抽不少版稅而致富呢？縱然不是美麗的詩篇，也足以讓我們終生回味，各位試想當我們白髮蒼蒼時，成群兒孫聚集一起，傾聽你話說當年南爭北戰的英勇事蹟，那是多麼快樂的一件事啊！

再者，各位要知道我們人類的情緒有如一座水庫內的水，經常發脾氣的人，就像水庫經常的放開閘門，讓水庫的水適時放出，如此就不會造成水庫的崩潰，所以喜歡發脾氣的人，通常是發一發脾氣一下子就好了。而不發脾氣的人，就像水庫的水不放出一樣，一直是一點

一滴的累積，等到水庫容納不了而使閘門崩潰時，就會一發不可收拾，那種破壞力自然比愛發脾氣的人大得太多了。然而就像俗話所說的："**一種米飼百樣的人**"，我們實在很難去控制它，其實也不必去控制，只要將下游的引導溝渠建立好，那怕再多的水也能引導它流入大海或水庫。而引導人類情緒的溝渠是什麼呢？那便是從事文學的創作，我們盡可將我們的喜怒哀樂，毫不憚懼的發洩在紙張上，越是波濤洶湧，越是壯觀，發洩完後所帶給我們的，將是一種成就，一種快樂，不信你們可試試看，我是過來人深知個中的奧妙。

　　記得我十八歲時，便因家庭因素而趁著月黑風高，從我家後門偷跑出來，各位想想看，一個十八歲的鄉下土包子，身上僅帶著伍佰元及幾件衣服，跑到一個舉目無親的繁華都市臺北去奮鬥，這其中之挫折與辛酸可想而知，真是寒天飲冰水，點滴在心頭。我曾經撿過同事丟棄在垃圾筒的罐頭起來吃，也曾在三更半夜偷吃房東的飯菜而被逮個正著，但為了活下去，那是無可奈何的事。各位知道嗎？我讀書時的學費是怎麼來的，那是在同學們正興高采烈的歡度假日時，我戴著斗笠在烈日陽光下，將紅磚一塊塊的挑上四樓賺來的。雖然，我面臨的是如此困境，但我內心卻充滿著鬥志，因每當我顧影自憐於坎坷的遭遇時，我便會讀一讀鄭豐喜《汪洋中的一條船》我就會覺得我比鄭先生幸福得太多了，畢竟我有健全的四肢，足以與環境搏鬥。每當我受盡別人的欺凌恥辱時，我會去唸一唸宋代蘇東坡所說的：

　　古之所謂豪傑之士，必有過人之節，人情有所不能忍者，匹夫見辱，拔劍而起，挺身而鬥，此不足為勇也。天下有大勇者，卒然臨之而不驚，無故加之而不怒，此其所挾持者甚大，而其志甚遠也。

　　這時我心中的悲憤也會頓然消失而能一笑置之。每當我遭遇挫敗時，我便想起蔣故總統經國先生在《風雨中的寧靜》書中所說的：「**為了高尚的目標，甘願歷苦捨生，忍受一切憂傷創痛，來建設永恆的快樂。**」如此我便能坦然接受我坎坷的命運。最後我把這段奮鬥的經過，

二、文學與人生

寄託於筆端，寫下我的哀愁，我的辛酸，去參加香港中國文化學會所主辦的全球華人徵文比賽，得了第三名，黃鶯初啼竟然能榜上有名，這心中之喜悅可想而知。從此以後我便喜歡將心裏的感受，不管是喜是悲，讓它跳躍於紙上，慢慢譜成屬於自己的生命之歌。各位知道嗎？那種感覺真是好，沒想到不堪回首的往事，如今竟變成我創作的泉源，我真慶幸上帝給我一個這樣的環境，如果下輩子上帝給我選擇的權利，我想我還是會喜歡今世的我，雖然我過得很辛苦，但我已懂得如何從苦澀的咀嚼中，咀出甘味來，這也就是我在前面會說，故鄉是一個令我又恨又愛的地方之緣故。以上，各位如果能做到的話，那將是打開快樂泉源的閘門，不管是喜是悲，是好是壞，都能讓你的一生，快樂無窮。善用文學它所提供給我們的幻想空間，讓我們的思想可毫無禁忌奔馳於遼闊無際的天空上，任何不可得的事物，在文學中皆可獲得慰藉、滿足。不管是你要的白馬王子、白雪公主，或是王永慶般的財富，皆不成問題，這也就是古人所說的：**"書中自有顏如玉，書中自有黃金屋"** 的樂趣。你甚至可嚐一嚐扮演上帝的滋味，操縱你筆下人物的生死，交代月下老人，亂點他們的鴛鴦譜。也可將你最痛恨的人物，成為你筆下的犧牲品，出出你的悶氣而無傷大雅，這又何其樂哉！

至於從事文學的欣賞與創作，可產生那些功用呢？它的功用很多，不過主要的有下列三點：

第一點、文學可改造社會、淨化人心：

國父孫中山曾說：「**政治之隆污，係乎人心之振靡。**」而我們的人心要如何去振靡，這是非常重要的課題。自古以來，我們的教育方法，無非要我們如何的去知禮義、懂廉恥，如何的去克制我們的慾望。問題是這種教育在中國已具有三、四千的歷史，今天我們的社會變好了沒有？沒有！歹徒公然在縣長公館槍殺桃園縣長劉邦友，彭婉如的命案至今還沒破獲，以及藝人白冰冰女兒白曉燕的擄人勒索案等等，

層出不窮的暴力事件，我們彷彿活在野蠻的社會中。以前總是常有人把這些罪過推給所謂的〝飢寒起盜心〞，人們為了活下去那是可理解的。而今呢？臺灣這麼富裕，外匯存底位居世界前茅，但我們的社會為什麼還是這麼亂，可見我們的整個教育出了問題。就以影響重大的教育方法而論，各位回憶一下先秦時代大禹父子治水的故事，大禹父親〝鯀〞，他治水方法是用〝堵〞的方式，雖歷經九年的漫長歲月，洪水依舊沒有消退。而禹治水方法是用〝導〞的方式，將洪水引入大海，終平息了洪水氾濫。各位想想看，我們的教育依據「克己復禮」，「正心誠意」之古訓要我們克制慾望，這個也禁止，那個也不行，什麼非禮勿視，非禮勿聽，但一個雙腿修長的女孩，穿著迷你裙從我們眼前輕盈的飄過，教我們如何不多看她幾眼呢？這種教育與鯀的治水方法有何兩樣。所以人類的情感慾望是不能用堵的，要引導它得到正常的發洩，要讓他們懂得如何以藝術眼光來欣賞這位女孩的美，進而讚嘆上帝的傑作。誠如名詩人朱湘所說的：

　　人類的情感好像一股山泉，要有一條正當的出路給它，那時候它便會流為一道灌溉田畝的江河，有益於生命，或是匯為一座氣象萬千的湖澤，點綴著風景；否則奔放潰決，它便成了洪水為災，或是積滯腐朽，它便成了蚊蚋、瘴癘、汙穢、醜惡的貯藏所。

　　而這條出路便是從事文學的欣賞與創作。我舉一個例子來說明，每個人雖然都有情緒，但發洩的方法卻各自不相同，農人發洩情緒，大概就是三字經滿天飛，嚴重者充其量也只是打打架而已。地痞流氓發洩情緒，不是白刀進去紅刀出來，就是到警察局開它幾槍，示示威。而文藝家發洩情緒，大都表現在作品上，即使在罵人也是冷嘲熱諷，罵得非常斯文。簡單的說，我們的社會若從事文學欣賞與創作的人愈多，社會就愈祥和，就愈能造就一股風氣，進而帶動社會向前邁進，建立一個良性互動的社會環境，從而達到改造社會淨化人心的目的，這也就是俗話所說的：〝**喜歡文學的小孩，不會變壞**〞的原因。

二、文學與人生

第二點、文學可擴大我們的體驗，增長我們的見聞，提升我們的生存能力：

前中央研究院院長吳大猷曾說：**「識越深，觸角就愈廣。」**各位要知道，一個人對於外界的體驗是非常有限的，不要說那種像驢子轉磨般的農民，他們終生只是黏附在那幾畝有限的土地上，日出而作，日入而息。就是拿那些閱歷最廣的人來說，他們所經歷的社會各相，比起社會的全相而言，也僅是九牛一毛而已，這說明我們人類要以有限的生命去經歷那無限事物的不可能性。當然，也沒有這個必要凡事都須親身經歷，我們可從文學上吸取前人的各種經驗，以作為我們的知識，進而引為做人處事的借鏡，使我們成為先知先覺的第一種人，能拿別人的經驗來做為自己的經驗而不須付出代價。千萬不要去做那後知後覺的第二種人，凡事皆要付出代價才能獲得教訓，各位要記住這種代價有時是非常慘痛的，會造成你終生遺憾。當然，更不能去當不知不覺的第三種人，經驗後仍不知引為借鏡，一直在做錯誤的嘗試，那種代價之高就可想而知。所以我們如果能當第一種人，培養出對文學的愛好，便能從文學中吸取前人那對人生豐富體驗的總和，擴大了我們的觸角，增長了我們的知識，相對地也提昇了我們生存的能力，足以去應付各種環境的挑戰。

第三點、文學可變化我們的氣質，充實我們的人生：

在大體上而言，每個人都有每個人的氣質，每一類的人也都有每一類的氣質。基本上，軍人有軍人的氣質，文人有文人的氣質，地痞流氓或殺豬的也都有他們的樣子，這個樣子就是我所說的氣質，我們一看即大致可分辨出來。各位不妨看一看你們四周的人，大概也知道那些是學生，那些是教師，或從事其他工作的人。當然，如果我們還要細分的話，還可從每一類中加以分割，如教師這一類，體育老師就有體育老師的樣子，文科老師就有文科老師的樣子。如果你的觀察能力很強的話，你甚至連那位老師較有文學修養，那位老師的脾氣不好

等，也都可大致分辨出來。各位若不相信，我們現在請主辦人瞿毅老師站起來，面向大家，各位總不會把他看成是殺豬的吧！所以說，一個人氣質的表現，來自於其所經歷環境的總和，也就是說一個人的氣質受其所置身的環境影響。因此，如果我們能培養出對文學的愛好，自然可變化我們的氣質。

接著，文學還可提供我們一個消愁遣悶的好去處，進而規劃我們的生涯，充實我們的人生。德國哲學家叔本華曾說：「苦是人類的本份。」意思即說明了在我們的一生當中，會有許許多多的愁苦，而這種愁苦煩悶如都蘊結在我們的心中，它最能傷害身體。這時，如果你能讀一讀法國作家雨果的《悲慘世界》（LsMiserables），或是鄭豐喜《汪洋中的一條船》，你將會從埋怨上帝而變成慶幸自己。當然，如果你悶得發慌時，也不妨看一看魯迅的小說《阿Q正傳》或《離婚》等，你將會從你的嘴角邊露出會心的微笑，在百般無聊中得到慰藉，尤其是在退休後那種空虛的日子裏。各位只要留心一下你四周的親朋好友，你就會發現很多人一旦退休下來，便會頓時失去依憑，整日無所事事，煩悶得很，不是生病就是性情大變。如果他們能夠培養出對文學的愛好，就像瞿老師一樣，雖已退休了，但他熱衷於文學，辦雜誌及各種文藝活動，使他忙得不亦樂乎，生命也更為充實。

據上，我們都知道從事文學的欣賞與創作，不僅能帶給我們個人無窮的快樂，充實我們的人生外，更能建立一個良性互動的祥和社會，真可謂有百利而無一害的事情。如果各位現在就開始培養對文學的興趣，就有如打開了快樂泉源的閘門，你的一生將會過得快樂無限，這就是文學的人生。

好！今天講到此結束，講得不好，還請各位多多見諒，謝謝！再見！

貳 史跡篇

第一章　中國戲曲之概念與演進

第二章　中國戲曲之類型與分期

第三章　中國戲曲之起源與發展

中國戲曲卷

中國戲曲之劇種的種類繁多，據不完全統計，中國各民族地方戲曲之劇種約有 360 多種，傳統劇目數以萬計。比較著名的戲曲種類有：崑曲、墜子戲、粵劇、淮劇、川劇、秦腔、滬劇、晉劇、漢劇、河北梆子、河南越調、河南墜子、湘劇，以及湖南花鼓戲等劇。本單元之用意，在於讓學生知道中國戲曲的起源與發展的歷史軌跡，並依各朝代學術發展的主題來分期，自宋金時期以降，一路論述至今，讓學生一窺中國戲曲之浩瀚，而後自詡於生在大哉的文化中國。故下面以中國戲曲之概念與類別，以及中國戲曲之起源與發展來作說明：

第一章、中國戲曲之概念與演進

本單元以中國戲曲的概念與演進，說明如下：

第一節、戲曲的概念

先秦以前，戲劇通常含有歌唱或音樂歌曲的內容，故「戲劇」即是「戲曲」，「戲曲」一詞起於宋，而後開始流行。

根據資料顯示，最先使用「戲曲」這個名詞的是宋‧劉壎，他在《詞人吳用章傳》中提出「永嘉戲曲」，他所說的永嘉戲曲，就是後人所說的「南戲」、或稱「戲文」的「永嘉雜劇」。可見，戲曲這個概念，起於宋代。

第二節、概念的演進

「戲曲」一詞起於宋，而後開始流行，研究戲劇的專家學者們亦沿用此詞語至今，以作為中國古典戲劇的統稱。戲曲包含唱、白、做、打等，唱為有音樂的歌唱，白為人物的說白，做為身段動作，打為武打。清代王國維總結戲劇的概念：「必合言語、動作、歌唱，以演一故事，而後戲劇之意義始全。」[2] 曾永義教授也詳細地為中國古典戲劇做下定義：「中國古典戲劇是在搬演故事，以詩歌為本質，密切結合音樂和舞蹈，加上雜技，而以講唱文學的敘述方式，通過俳優妝扮，運用代言體，在狹隘的劇場上所表現出來的綜合文學和藝術。」[3]

綜上可知，戲劇的元素形式，唱歌、舞蹈、語言及故事四者缺一不可，透過這些要素的結合，得以栩栩如生的將情意展露，引起無數觀眾的共鳴，構成舞臺上充滿生命力的戲曲。

---

[2]. 王國維：《宋元戲曲史》（臺北：臺灣商務印書館，1994 年 12 月），頁 37。
[3]. 曾永義：《詩歌和戲曲》（臺北：聯經出版社，1988 年 4 月），頁 80。

第二章、中國戲曲之類型與分期

根據中國藝術研究院的數據，一九六〇年代初，當時中國有三百六十七個戲曲劇種，其中包括五十多個當時新創立的新興劇種，到了二〇〇五年，僅剩二百六十七個劇種。在眾多劇種中，崑曲和京劇被認為是中國傳統戲劇的最高典範，常見的劇種則有：雜劇、傳奇、豫劇、粵劇、越劇、莆仙戲、黃梅戲、平劇、皮影戲、布袋戲、歌仔戲等。本單元以中國戲曲的類型與分期，說明如下：

第一節、中國戲曲之類型

中國戲曲的類型繁多，以下僅列舉現今主要的幾種：

一、雜劇：

雜劇是中國戲曲類型的一種，盛行於元代，該劇興盛乃古代戲劇文學藝術長期發展的結果。雜劇受唐宋以來詞曲，以及各種講唱文學盛行的影響，詞變為曲，再變為戲曲來搬演故事，因而形成雜劇。在諸宮調和金院本的基礎上，雜劇進一步發展起來。當時大量外族音樂（北曲）傳入中原，亦推動文體的自然發展。「雜劇」一詞最早見於唐代，泛指歌舞以外諸如雜技等各色節目，意思和漢代的百戲相似。「雜」謂雜多，「戲」則和「劇」的意思相仿，指嬉鬧，都沒有今天戲劇的意思。到了宋代，雜劇逐漸成為一種新表演形式的專稱；這一新形式也確實稱得上「雜」，它包括有：歌舞、音樂、調笑、雜技，並且分為三段：

1. 艷段，表演內容為日常生活中的熟事，作為正式部分的引子。

2. 主要部分，大概是表演故事、說唱或舞蹈。

3. 散段，也叫雜扮、雜旺、技和，表演滑稽、調笑，或間有雜技。

其中，三段各一內容，互不連貫。

二、傳奇：

傳奇是中國戲曲類型的一種，盛行於明、清兩代。「傳奇」一詞最早是指唐代文言小說「唐人傳奇」，宋元時期則指諸宮調等說唱藝術以及南戲、雜劇。明代以後才專稱為演唱南曲為主的長篇戲曲。傳奇源自宋元南戲，因初期作品多演自唐傳奇，故有別於元代流行之雜劇。元、明以後，傳奇演變為同時繼承自元曲的一種戲曲，又稱「南曲」。構成傳奇的要素有三：曲詞、賓白和科介。傳奇稱每幕戲為一「齣」，每齣都有「齣目」。亦有類似楔子的架構，稱為家門大意或副末開場，固定於第一齣中作為報幕性質，與劇情關聯不大。每劇齣數和篇幅沒有限制，篇幅長短自由，一般比元雜劇長很多，動輒四、五十齣，有的長至百餘齣，通常在三十至五十齣之間，文字亦較為華麗。

三、京劇：

因起於北京而得名，表演者自稱為「亂彈」，又可稱為「皮黃」、「二黃」、「京調」。清末時期，徽班進入北京演出，吸收了崑曲、京腔、秦腔等的長處加以發揚光大，深受宮廷與民間的喜愛，同治時期迅速向外傳播開展，逐漸奠定出京劇自有的一套體系。徽班原先使用的伴奏樂器為笛與嗩吶，嘉慶末年則統一使用胡琴伴奏，輔以二胡、三弦等樂器。京劇的角色分為生、旦、淨、丑四種，每種角色又可再依性格容貌給予細分，唱腔技巧也有所區別，每種角色的演員，均透過服飾、表演展現出獨一無二的風格。約在辛亥革命發生的前後，京劇吹起一股改革風氣，京劇的內容開始增添現代的背景，更多的人也都投入了將京劇現代化的行列。

四、崑曲：

崑山腔為明朝四大聲腔之一，可稱為「崑曲」，起源於明初，興盛於明代晚期。明嘉靖年間，精通南北曲的音樂家魏良輔對崑山腔的唱

第二章、中國戲曲之類型與分期

法進行改良,並加入管弦樂器作為伴奏,「調用水磨,拍捱冷板」的水磨腔聲調細膩,獲得大眾的喜愛。而將新的唱腔真正搬上舞臺表演的是梁辰魚,他繼承魏良輔並加以創新,隆慶末年寫出《浣紗記》,此劇的上演造成轟動,大眾爭相學習新的崑山腔,崑曲由原本的南曲支派,與北曲融合成南北合套,在萬曆年間流行各地達到極盛,明清各有許多著名的作品誕生,清代又以千錘百鍊的折子戲為主。崑曲曲牌的文體為長短句,填詞限制嚴格,存在著一定的難度,清中葉之後,由於崑曲的形式過於講求規範,地方戲也漸漸興起,崑劇在此時走下坡,開始與民間的地方戲有所串連,保留了部分的唱腔曲目,直到一九四九年後,中國的改革與支持,才使崑劇又重新回到舞臺。

五、越劇：

出於浙江嵊縣一帶,起初是有些農民為了維持家計,以篤鼓、擅板作為伴奏,加上幫腔四處演唱,清光緒年間,漸有規模的小歌班演起小戲,以反映農民生活為主,受到民眾歡迎。一九一六年進入上海,被稱為「紹興文戲」,改採用優美的二胡與笛作為伴奏樂器,後因男班逐漸衰落,女子加入戲班的風氣旺盛,故有「女子文戲」、「女子紹興文戲」之稱,直至一九三九年左右才被正式定名為「越劇」。一九四二年至一九四九年間,演員袁雪芬等人受到話劇的啟發,越劇進入全面改革的階段,有了煥然一新的樣貌,唱腔轉變為柔美哀婉的尺調腔與弦下腔,重視演員演唱實力,表演集崑劇、京劇、話劇之大成,此時期的劇作又稱為「新越劇」。一九五〇至一九六〇年代為越劇的黃金時期,出現許多影響深遠的劇目,二〇〇六年,越劇被列入中國第一批國家級非物質文化遺產之中,為中國第二大劇種。

六、莆仙戲：

福建的古老劇種,本名為「興化戲」,流行於舊名為興化的莆田縣、仙遊縣,以及使用興化方言的地區。百戲於唐代傳入興化,融合興化民間的歌謠、十番八樂及宋詞元曲等,形成語言、演唱、聲腔皆具有

地方方言特色的興化戲，在宋代引起流行，興盛於明清時期，一九五〇年代經由創作、改編，陸續有精彩作品呈現，甚至轟動中國劇壇。表演形式古樸典雅，演員的動作受傀儡戲影響頗深，保留不少南戲的劇目及音樂，堪稱是宋元南戲的活化石，行當亦沿襲南戲的體制，有生、旦、貼生、則旦、靚妝、末、丑七個角色，俗稱「七子班」。二〇〇六年被列入中國第一批國家級非物質文化遺產。

七、布袋戲：

「布袋戲」是由演師將手套入布料縫製的木偶身體內，靈活運用手指操作木偶，做出仿擬真人的動作，因此又名「木偶戲」、「掌中戲」、「傀儡戲」。宋代傀儡戲已有高度的發展，但現今大眾所熟悉的布袋戲，約在十七世紀起源於福建泉州，十九世紀流行於泉州、漳州與廣東潮州及臺灣一帶，由單人即興演出的江湖技藝，轉變為多人演出，後場樂團伴奏的戲棚形式，劇本多由歷史故事、章回小說改編。清乾隆時期，此項藝術由閩南傳至臺灣，除了傳統布袋戲，在臺灣更發展出金光布袋戲，採用自創劇本，木偶比例如同真人，結合後製的聲光特效，甚至開拓影音市場，擁有獨立電視臺，也曾搬上大螢幕。一九六九年前後，臺灣雲林國寶級布袋戲宗師黃海岱次子黃俊雄大師曾在電視演出〈雲州大儒俠史艷文〉，造成全臺大轟動，不分士農工商、男女老少，幾乎人人沉迷觀看，導致播映時段全臺幾乎停止生產，故在播出五百八十三集後，被政府以「影響生產」為由，強制禁止播放。

八、皮影戲：

皮影戲又稱為「影戲」、「燈影戲」、「皮猴戲」，利用光與影子做出效果，獸皮或紙板做成的剪影，透過燈光將其輪廓照射在白色的布幕上，以表演故事。皮影戲之源由，傳說為漢武帝思念逝去的妃子李夫人，請來道士欲招魂，道士以李夫人的剪影置於安排的布幕後方，用以安慰皇帝，另一說則是唐代寺院藉由皮影戲進行俗講說理，後來演變成廣受歡迎的民間娛樂表演，此可見於宋代的筆記與野史紀錄當

第二章、中國戲曲之類型與分期

中,元代甚至傳到其他國家。皮影戲的盛行於明清走向頂峰,適用於婚喪喜慶等場合,臺灣的皮影戲大約在清中葉時期,由閩南、廣東潮州一帶傳入高雄及南臺灣,唱腔以潮州調為主。中日戰爭爆發,皮影戲表演被禁止,直至臺灣光復才恢復劇團演出。

九、歌仔戲:

起源於宜蘭,又稱「錦歌」、「雜錦歌」、「什錦歌」,最初以福建漳州一帶傳來的「歌仔」演唱故事,僅有生、旦、丑三種角色,在空地或廟會架起竹竿固定範圍後開始表演,形式被稱為「落地掃」,後來融合車鼓小戲與地方民謠,稱為「老歌仔戲」、「本地歌仔」。爾後又吸收臺灣其他劇種的養分,加入動作身段、舞臺布景與音樂曲調等戲劇藝術,遂成為完整的大戲。歌仔戲的語言為閩南語,貼近民眾的生活,因而風靡全臺,一九一五年,歌仔戲劇團成為售票演出的「內臺歌仔戲」,一九二五年後流行到廈門、福建以及東南亞地區,促使當地陸續組織劇團,閩南的薌劇即是歌仔戲演變而成。一九五〇至一九六〇年之間,歌仔戲進入電臺以廣播方式表演「廣播歌仔戲」,直到臺灣電視公司成立,登上螢光幕成為「電視歌仔戲」,時至今日,歌仔戲亦在國際舞臺上表演,運用進步的舞臺技術與設施,不斷推陳出新。

女衣服扮演妻子的角色，徐步歌唱其冤苦，由於其且步且歌，因而得踏搖之名，待其丈夫來到，則會演出毆打的情形加以諷刺。

四、隋唐時期：

參軍戲盛行在唐代，起源於後趙。後趙時是以戲謔為主演出時事，有一名參軍官因貪污而下獄，而後的大會上，俳優就會扮成那名官員進行對話調笑，到了發展較為成熟的唐代，飾演反面官員的主要角色稱為參軍，負責嘲弄官員的角色則稱為蒼鶻。經過歷代的吸收與轉化，逐步發展出簡略的故事劇情，懂得運用時事作為題材，表演中亦融入各項技藝，可說是具備了戲劇的基本條件。

五、宋金時期：

宋代被認為是戲曲發展完整而具備戲曲條件的重要階段，北宋開創出繁華盛世，人民娛樂需求的提高，雅俗文化產生交流，話本小說盛行於民間，透過說話人講演，小說故事廣為流傳，遊樂場所興起，瓦舍勾欄林立，在這樣的有利環境之下，戲曲獲得更多發揮與成長的空間。

配合歌舞表演的歌舞劇，是以詞曲敘事，形式主要可分為傳踏、大曲、曲破三種。「傳踏」又稱為轉踏，歌舞兼備，多是僅以一曲演唱一件事，以多首曲演唱一事則較為稀少。「大曲」與「曲破」原本皆為舞曲，大曲的結構相當龐大，適合敘述故事，曲破則是擷取大曲的入破以後來演唱，當此二種舞曲填上宋詞演一故事，便成為一種戲曲表演。

上述的歌舞劇是歌舞加上詞曲，若是去除舞蹈，歌唱時僅有鼓作為節拍伴奏，即為鼓子詞，又可稱為講唱戲，初期只用一首詞重疊以敘一事，後期逐漸以多首詞敘一事，甚至加入散文，變成散文與詞相間的形式。用散文獎，以韻文唱，更易於敘述，且更加生動有變化。

第三章、中國戲曲之起源與發展

　　北宋始創，南宋盛行的諸宮調，不同於歌舞劇，是一支曲調配合一個故事，諸宮調不限於同一種宮調的曲子，可合多曲來講述故事，亦具備著唐代變文的講唱性質，較之變文更為豐富的是其說白為散文形式，音樂的多變性，使故事可長可短，孕育出元代雜劇的雛型。

　　現存的諸宮調作品有《西廂記諸宮調》、《劉知遠諸宮調》以及《天寶遺事諸宮調》。金人董解元的《西廂記諸宮調》是保存最為完整的諸宮調，細膩的人物刻劃，精彩的對話唱詞，崔鶯鶯的故事，經由小說、講唱，在此時更透過戲劇的方式靈活表現出來，具有承先啟後的重要地位。作者佚名的作品《劉知遠諸宮調》如今僅存殘文五則，內容講述劉知遠與李三娘之故事，體製與《西廂記諸宮調》相比較為簡略，大約是與《西廂記諸宮調》同時期或更早。而諸宮調之末，為元人王伯成所撰的《天寶遺事諸宮調》，其書亦已散佚，只餘套曲。

　　影響元雜劇較深的除了諸宮調以外，尚有賺詞，賺詞乃取一個宮調的曲子若干，用以合為整體，著重歌唱，亦可敷演短小的故事。

　　宋代雜劇與金朝院本在談論時被劃分為二，實則為一，院本是行院所編的底本之意，金朝始有院本之稱，其實就等同於宋代所說的雜劇。宋代雜劇有北曲和南曲之分，南曲乃繼承著北曲而發展。宋代雜劇以滑稽戲為大宗，另有傀儡戲以及宋代始有的影戲，其劇本的結構與角色的描寫方面，都有明顯的進步，若是較複雜的情節，甚至能連續搬演好幾天，如參軍戲到了此時，角色已非只有參軍與蒼鶻，更增添人數，角色分工趨向細膩。

　　南曲戲文又稱為「南戲」、「戲文」，起源於溫州民間，因此又可稱為「溫州雜劇」，最早的戲文有《趙貞女蔡二郎》、《王煥》、《王魁》等作品，多數亡佚，部分餘有些許殘文，後來《永樂大典》中發現《張協狀元》、《宦門子弟錯立身》、《小孫屠》三種南戲劇本，其中《張協狀元》為現存最早且完整的南戲劇本。

六、元代時期：

元曲分為散曲與劇曲，散曲只是清唱沒有劇情，元代劇曲可分為南曲和北曲，南曲為南戲，北曲即為雜劇，南戲作品資料甚少留存，所以元代又以雜劇為主。

元雜劇繼承了宋代大曲和宋金諸宮調的長處，為了方便舞臺上的演出，規定一齣戲劇的結構以四折為通例，演出一個完整故事，間或可酌加楔子，置於劇首或兩折之間，以補四折之不足，每折一套套曲，採用不同宮調，且由一人獨唱。每本雜劇皆有題目與正名，書寫於劇本末端，有總結劇本內容，作為招攬生意廣告的作用。真正的戲曲，重點在於其必為代言體的體裁，元雜劇以前的戲劇皆為敘事體，元雜劇除了曲文、賓白，也加入了代表表演動作的「科」，科白部分使用敘事體，曲文則全使用代言體，戲曲發展至此，才真正完全具備戲曲的所需要素。

元代雜劇可說是戲曲蓬勃發展的階段，各個階層的生活經驗，皆透過劇作家之筆表現出來，諸多精彩的作品即於此刻應運而生。元代雜劇之所以興盛，歸功於繁榮富裕的社會環境，蒙古族四處征戰，打通歐、亞兩大洲，商旅頻繁往來，工業高度發展，人民對於娛樂的追求逐漸擴大，劇場也成為重要的娛樂場所。欲維持生意興隆的要領，劇場與劇本品質勢必掌握，除了時常出入劇場等地，具有實際劇場經驗的劇作家負責編寫工作，元代廢除科舉考試，仕途目標受到阻礙，無發揮之地的士人，適逢戲劇娛樂正盛，便也紛紛投入執筆的行列。

關漢卿被推崇為雜劇之祖，甚至被比喻為東方的莎士比亞並非憑空而來，他長期生活於劇場，具有豐富的經驗，不僅編劇也曾參與演出，其作品數量高達六十多種，故事題材相當廣泛，多取材於現實社會，語言平易通俗，很能引起一般觀眾的共鳴。《救風塵》為諷刺意味濃厚的喜劇，以妓女為主角展開故事，一方面以巧妙手法撰寫喜劇，一方面也道出妓女生活的悲哀。《感天動地竇娥冤》為社會悲劇的代表

第三章、中國戲曲之起源與發展

作，揭露官場社會黑暗腐敗，百姓求助無門的景象，也塑造出竇娥忠貞孝順、剛烈堅強的人物形象，對天發下三誓願的情節雖帶有鬼神色彩，卻是凸顯了天理昭彰善惡有報的戲劇效果。其他如《單刀會》、《蝴蝶夢》、《拜月亭》等也都是十分優秀的劇作。

王實甫的代表作為愛情喜劇《西廂記》，主角張君瑞與崔鶯鶯勇於打破傳統，追求理想愛情，機智果敢的紅娘也是凸出的人物典型。王實甫擅長摹寫景物，營造氣氛，以高超的藝術技巧塑造鮮明的人物形象和錯綜複雜的情節，形成華麗優美的戲劇風格。

白樸的雜劇特色是文詞優美，代表作品為《梧桐雨》及《牆頭馬上》。《梧桐雨》以唐明皇與楊貴妃的故事加以敷演，一方面點出統治者荒廢政事，唐朝由興盛走向衰亡的過程，一方面也描繪明皇與貴妃之間的愛情，對兩人遭遇表示同情，情感哀淒動人，有濃厚的抒情性。《牆頭馬上》為隱含著婚姻問題的喜劇，女主角李千金對裴少俊一見鍾情後，即主動追求他，為了自主愛情甚至不惜私奔，面對少俊的懦弱，李千金也給予毫不留情的指責，大膽勇敢的女性形象塑造得相當成功。

馬致遠《漢宮秋》寫王昭君與漢元帝的故事，劇中的虛構情節與正史有些出入，不僅提升王昭君忠貞愛國的形象，也巧妙地使戲劇效果更為顯著，而漢元帝從夢中驚醒，聽聞鴻雁飛鳴，情感的起伏轉折令人目不暇給，與《梧桐雨》唐明皇感傷聽雨，思念楊貴妃的場景有異曲同工之妙。白樸《梧桐雨》與馬致遠《漢宮秋》同被認為是元代歷史劇的精彩代表作，皆有著對歷史興衰之感懷情思，懷抱著民族精神的情感投射。

鄭光祖的《倩女離魂》取材自唐朝陳玄祐的傳奇《離魂記》，王文舉與張倩女自幼指腹為婚，王生為求得功名進京應試，倩女魂魄離體相隨上京，作者以超乎現實的荒誕情節，塑造出倩女對愛情忠貞不渝的形象。《王粲登樓》藉由歷史人物王粲的故事，抒發流落他鄉的遊子

情懷及懷才不遇的憤慨之情，意境悲壯高遠。

康進之的《李逵負荊》以一場誤會塑造出梁山泊的英雄形象，作者對於人物的刻劃極為細緻，李逵正直磊落、豪邁魯莽的個性，與宋江的從容大度、深沉不露是本齣戲最凸出的對比。

紀君祥的《趙氏孤兒》是改編自歷史故事的悲劇，劇中揭露權貴奸臣的兇殘行為，也對正義之士不惜犧牲自我的精神加以讚揚，此劇更傳到歐洲，成為世界聞名的戲劇。

作者佚名的《漁樵記》為文人劇，寫朱買臣飽讀詩書，卻是默默無聞，透露出文人才華遭受埋沒的憤慨，劇中妻子玉天仙假意向朱買臣逼討休書，引發夫妻吵架之片段，玉天仙句句尖酸刻薄，亦形成此劇一大特色。。

七、明代時期：

元代中期之後，雜劇南移，南戲因而受到雜劇的影響，吸收北曲之長，經由沈和、范居中、蕭德祥等人的投入改良，戲曲的發展在明初走入傳奇的時代。傳奇的體製較之雜劇相當自由，每劇的長短不拘，劇首以「家門」表示劇情大意，不限單一宮調，可以換韻，唱詞不限獨唱，可對唱、合唱，任何角色皆可唱。「傳奇」在唐代是指文言小說，宋、元時期開始用來稱呼戲曲，《小孫屠》與《宦門子弟錯立身》中專指傳奇為南戲，到了明代，傳奇正式成為南曲戲文的專有戲劇名稱，明初最著名的，即是《荊釵記》、《劉知遠白兔記》、《拜月亭》、《殺狗記》，簡名為「荊劉拜殺」的「四大南戲」，加上高明的《琵琶記》則合稱為「五大傳奇」。

《荊釵記》的作者眾說紛紜，今傳版本的作者有柯丹邱與明寧獻王朱權兩種說法，全劇描寫王十朋與錢玉蓮兩人的愛情，以及孫汝權從中作梗的故事，玉蓮遭受陷害而投江，所幸被人救起，經過一番波折，兩人才終於團圓，情節高潮起伏不斷，因而極受觀眾的喜愛。

第三章、中國戲曲之起源與發展

　　《劉知遠白兔記》簡稱《白兔記》，作者無從考據，內容為劉知遠與李三娘的故事，其中最凸出的人物為李三娘，李三娘在壓力逼迫與生活困苦的環境之下，展現出強韌堅貞的個性，樸實的語言文字使本劇充滿了寫實的精神。

　　《拜月亭》的另一名稱為《幽閨記》，明何良俊、王世貞、沈德符、沈自晉均認為作者為施惠，但鍾嗣成未說施惠作《拜月亭》，呂天成亦持不贊同的說法。本劇內容講述了金朝受北番侵略時，兩對青年男女相遇相戀的故事，其中諸多巧合與誤會環環相扣，故事曲折離奇，語言平易樸實，生動活潑，在眾多戲曲中散發出與眾不同的光芒。

　　《殺狗記》相傳為徐𤱈所作，寫孫華、孫榮兄弟失和，孫華妻子楊月真屢次勸諫未果，經過誣告案件，孫榮挺身證明孫華清白，兩人方重修舊好。劇中人物的性格皆清晰可辨，劇情淺顯通俗，引人入勝。

　　高明的《琵琶記》改編自民間流傳已久的南戲作品，主角蔡伯喈變成忠孝兩全的角色，最終也賜予男女主角圓滿的結局。全劇情節以蔡伯喈求取功名與趙五娘悲慘遭遇雙線發展，趙五娘孝順賢慧、刻苦耐勞，卻又堅強具有主見，堪為婦女的最佳典範，其他人物也都刻畫得栩栩如生，配合不同的身分地位，文句語言皆自然合宜。

　　明初之際有「四大聲腔」，即是海鹽腔、餘姚腔、弋陽腔、崑山腔，其中以弋陽腔流傳最廣，崑山腔原先僅侷限於吳中一帶，經過不斷的研究改良，嘉靖年間魏良輔創造出「水磨腔」，梁辰魚繼而加工創新，使得崑曲快速興起，直至清乾隆末年皆獨霸劇壇。傳奇的體制確立，使得文人紛紛藉傳奇自由發揮才思，加上崑曲獨領風騷，從此雜劇與傳奇的區別，成為短劇與長劇之分，此時傳奇的代表作品為李開先的《寶劍記》與梁辰魚的《浣紗記》。

　　李開先的《寶劍記》寫《水滸傳》中林沖的故事，但情節卻有很大的變動，小說中的林沖是不堪妻子受辱，因而被逼上山，而此劇中

林沖則是不滿奸臣亂政，上本參奏高俅和童貫，被誣以重罪而發配滄州，林沖無奈被逼上梁山，著重於描寫林沖對抗奸邪的愛國精神。

梁辰魚的《浣紗記》描寫范蠡在溪邊遇到西施，兩人一見鍾情的愛情故事，全劇以一縷溪紗巧妙貫穿其中，穿插吳越之戰與國家興衰，梁辰魚透過此劇，將新崑山腔搬上舞臺，自此奠定崑曲的地位。

明萬曆之後，戲曲走向講究格律與堆砌辭藻的道路，失去原有的自然本色，此時劇壇分為重聲律的吳江派與重文辭的臨川派。吳江派的宗師為沈璟，要求格律協和，《南九宮十三調曲譜》一問世，即帶動鑽研聲律的風氣；臨川派的宗師為湯顯祖，主張不受格律所限，才采自然揮灑，湯顯祖最為著名的四部作品為《紫釵記》、《牡丹亭》、《南柯記》、《邯鄲記》，四部劇本皆受到唐傳奇的影響，加以改編或新添創意，由於內容皆與「夢」相關，故合稱為「臨川四夢」，或稱「玉茗堂四夢」。

《紫釵記》是由未完成的《紫簫記》刪改而成，情節取自唐蔣防的傳奇《霍小玉傳》，卻由悲劇轉為團圓的喜劇，霍小玉的癡情、盧太尉的惡權、黃衫客的俠義在劇中皆被凸顯。

《牡丹亭》即《還魂記》，描寫杜麗娘和書生柳夢梅的生死之戀，杜麗娘一往情深，使其掙脫家庭與禮教的束縛，為情而死、由死復生的情節，象徵愛情力量的偉大，此劇一出引起無數共鳴，女性沉迷此劇者尤多，為「臨川四夢」中最具代表性的作品。

《南柯記》情節取自唐李公佐的傳奇《南柯太守傳》，而《邯鄲記》情節取自唐沈既濟的傳奇《枕中記》，兩劇都揭示人生如同夢幻一場，功名利祿皆是虛幻，藉此也揭露當時官場的險惡黑暗。

湯顯祖的「臨川四夢」以外，尚有其他佳作，高濂的《玉簪記》寫陳妙常與潘必正的愛情故事，深刻細膩地描繪主角二人的心理，外在產生的悲劇因素，因為主角堅定不移的愛情信念而顯得虛乏無力，

第三章、中國戲曲之起源與發展

因而成為一齣經典的愛情劇目。

隨著傳奇的發展，雜劇漸趨沒落，到了明嘉靖之後，雜劇亦開始受到南曲的影響，劇本規律呈現南北交雜的現象，純粹北曲的演唱已不復見，成為文字精悍簡練的短劇，明代雜劇較具代表的是徐渭、康海與王九思等人。

徐渭的雜劇作品《狂鼓史漁陽三弄》、《玉禪師翠鄉一夢》、《雌木蘭替父從軍》、《女狀元辭鳳得凰》合稱為《四聲猿》，《狂鼓史漁陽三弄》寫禰衡與曹操同在陰曹，重演當年擊鼓罵曹之事，禰衡擊鼓與罵曹本為兩事，經由徐渭的巧妙結合，全劇結構緊湊，亦抒發作者懷才不遇、壯志難酬的情感。

康海的《中山狼》與王九思的《中山狼院本》題材相同，寫東郭先生救了中山狼一命，反遭恩將仇報，最後是杖黎老人出手相救，康海作品情節曲折，文字簡潔，融戲劇性與哲理性於一體，優於王九思之作。

八、清代時期：

明末清初，劇作家多活躍在蘇州一帶，其中以李玉為代表，被稱為蘇州派，他們的作品能反映現實生活與政治情形，具有時代意義，李玉的《清忠譜》即寫出市民與東林黨人的矛盾衝突，劇情結構緊湊，鬥爭場面浩大。直至康熙年間，「南洪北孔」的出現，洪昇的《長生殿》與孔尚任的《桃花扇》，被譽為清代傳奇的巨擘，順利將傳奇推向高峰。

洪昇的《長生殿》寫唐明皇與楊貴妃的故事，增加了歷史和政治的內容，雖譴責明皇享樂豪奢，卻也對兩人寄予同情，歌頌至死不渝的愛情，楊貴妃故事發展至此，已達完美的境界。

孔尚任的《桃花扇》是藉著侯方域和秦淮名妓李香君的愛情故事，穿插明末南明滅亡過程的歷史劇，劇中大部分皆為真人真事，男女主

角的悲歡離合與明朝興衰相扣，流露著家國衰亡的傷感。

清代雜劇雖較傳奇沒落，但創作數量不少，可惜無較亮眼的作品，多是文人抒懷之作。唐英的《梅龍鎮》特色在於依據梆子腔改編，寫明正德皇帝微服出巡至梅龍鎮，在酒店內遇李鳳姐之事件，本折僅出現生與小旦，兩人的情意與心態均透過生動逗趣的對話表露無遺。桂馥作品有雜劇《放楊枝》、《題園壁》、《謁帥府》、《投溷中》四種，合稱《後四聲猿》，仿徐渭《四聲猿》體制，演白居易、陸游、蘇軾、李賀的故事，《題園壁》寫陸游於沈園壁上題〈釵頭鳳〉詞的故事，目的乃藉古人韻事，抒發個人情懷。

乾隆時期政治穩定，戲班大盛；乾隆之後，雜劇、傳奇相繼沒落。崑曲文辭典雅，被稱為「雅部」，但後期作品由於過度的修飾文藻，成為專屬於上層社會或知識分子的劇作，與民眾需求相距甚遠，因此地方戲曲開始受到重視，相對於雅部，被認為是俗樂的「花部」因而興起，包含京腔、秦腔、弋陽腔、梆子腔、羅羅腔、二黃等民間腔調被稱為「亂彈」，其中最先崛起的是弋陽腔，又稱「海鹽腔」，在北京結合當地語音而被稱為「京腔」，自清初至中葉之間，在宮廷大戲中與崑曲並駕齊驅，秦腔與二黃調則是促成了平劇的誕生。地方戲曲所敷演的故事，普遍能夠反映民眾思想與符合民眾喜好，於是花部亂彈戲在社會期許下快速成長，在道光年間達到鼎盛，崑曲則走向衰落。而花部亂彈的劇目雖然豐富，卻因不受重視，很少刊刻出版，多數亡佚了。

九、民國時期：

自清代興起的民間地方戲曲，在城市中得到不同文化藝術的滋潤，各自形成獨特的地方劇種，如京劇、越劇、粵劇、楚劇、滬劇、莆仙戲等，崑劇雖然幾度沒落，卻也與地方戲曲交融，重新回到舞臺。

有一批造詣不錯的戲曲藝術家，從事于戲曲藝術的改良活動，著名的如：汪笑儂《哭祖廟》、《受撣臺》、《孝婦羹》、《鏤金箱》等劇作；

第三章、中國戲曲之起源與發展

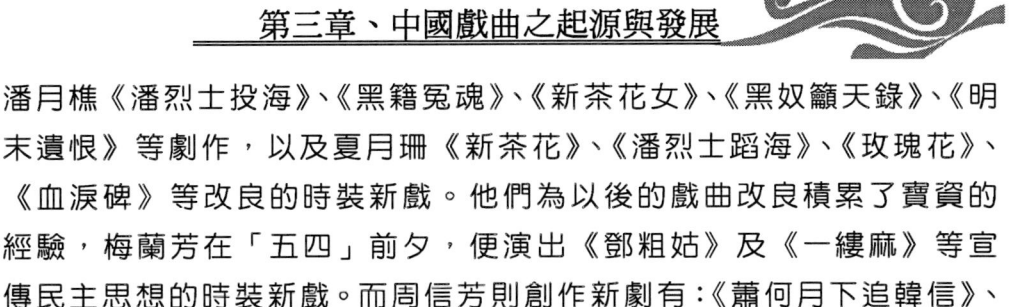

潘月樵《潘烈士投海》、《黑籍冤魂》、《新茶花女》、《黑奴籲天錄》、《明末遺恨》等劇作，以及夏月珊《新茶花》、《潘烈士蹈海》、《玫瑰花》、《血淚碑》等改良的時裝新戲。他們為以後的戲曲改良積累了寶貴的經驗，梅蘭芳在「五四」前夕，便演出《鄧粗姑》及《一縷麻》等宣傳民主思想的時裝新戲。而周信芳則創作新劇有：《蕭何月下追韓信》、《封神榜》、《臨江驛》、《明末遺恨》、《海瑞上疏》等劇作；金仲蓀《碧玉簪》、《聶隱娘》、《梅妃》、《沈雲英》、《文姬歸漢》、《斟情記》等劇作。袁雪芬則高居越劇改革之大旗，主演魯迅名著《祥林嫂》，在中國戲曲中率先形成融合編、導、舞、音、美為一體的綜合藝術機制，將中國戲曲藝術大寫意與大寫實相結合。

西方話劇也在這個時期引入中國，稱為「文明新戲」。在初期，由於是一種外來的藝術形式，想要植根於中華民族的文化土壤，必然要經歷一個磨合、適應的過程，所以並不發達。直至一九一九年的「五四運動」，也照原樣引進西方話劇，形成現實主義的戲曲，稱為「新劇」。一九二八年起稱中國「話劇」，沿用至今。「五四」旨在解放思想的新文化運動，反對舊道德，提倡新道德；反對文言文，提倡白話文，於是造就新文學的興起，新劇也在這場偉大的文化運動中形成，並鼎盛發展。

二〇年代，上海成立「戲劇協社」嶄露頭角，由著名戲劇家洪深擔綱，不僅組織過多次公演，以一出《少奶奶的扇子》轟動上海，使話劇聲名大震。它在中國話劇界，首先建立現代導演制度，並培養不少戲劇人才。一九二五年，周信芳在演出《漢劉邦》時，首次在廣告中用了導演的辭彙說：「周信芳君主編導演兩大本漢史破天荒文武機關好戲」。

三〇年代，是中國飽經憂患的年代。一九三一年，爆發「九一八事變」，日本關東軍在東北瀋陽市附近發動軍事行動，侵略我國東北地區。中國話劇已從各流派的兼收並蓄，轉向以現實主義為主流，現代

主義的戲劇實驗漸趨消歇。在時代情勢的催動下，中國話劇一掃既往的浪漫、感傷的基凋，而轉向悲憤、抗爭，主動地承擔起喚起民眾、拯救國家的重任。

四〇年代，中國話劇經過十幾年的摸索後，終於找到自己的發展道路，並開始走向成熟繁榮的黃金時期。該話劇把中國社會及民眾的需要，緊密結合在一起，並植根於民族文化上的土壤。在借鑑西方話劇的同時，更以中國傳統的藝術精神，對這外來藝術形式進行創造性的轉化，使之成為中國現實的需要，為民眾所喜愛的戲劇品種。這個年代，湧現了曹禺、夏衍等一批傑出的劇作家和一批傑出的劇作，職業劇團也開始出現，演劇藝術幾近世界水準。而傳統戲曲則始終紮根於中國民間，為人民喜聞樂見。中國戲曲劇種繁多，在中國各民族的地方戲曲，約有三百六十多種，傳統劇目數以萬計，其中之京劇、越劇、黃梅戲、評劇、豫劇依次被稱為中國五大戲曲劇種。到五〇年代，中華人民共和國成立後，又出現許多改編的傳統劇目，新編歷史劇和表現現代生活題材的現代戲，都受廣大觀眾熱烈歡迎。

吳梅是這個時期的大師，是戲曲理論家，也是戲曲作家。一九一七年，蔡元培看到吳梅所寫的《顧曲麈談》等文章後，聘請他到北京大學擔任教授與崑曲組導師，朱自清、田漢、鄭振鐸、齊燕銘、梅蘭芳、俞振飛、韓世昌等便是他的學生，也是最早把崑曲帶入中國大學成為正式科目者。吳梅以其在戲曲創作、研究與教學出名，被譽為「近代著、度、演、藏各色俱全之曲學大師」。著有：《詞餘講義》、《南北詞簡譜》、《元劇研究 ABC》、《曲學通論》、《中國戲曲概論》、《元劇研究》、《南北詞譜》、《奢摩他室曲叢》、《霜厓詩錄》、《霜厓詞錄》、《遼金元文學史》、《文錄》、《霜厓曲錄》、《霜厓讀畫錄》等作品。戲曲創作則有：《風動山》、《綠窗怨記》、《東海記》、《血飛花》、《義士記》等五部

第三章、中國戲曲之起源與發展

傳奇戲,以及《軒亭秋》、《暖香樓》、《湘真閣》、《落茵記》、《雙淚碑》、《無價寶》、《惆悵爨》等七部雜劇。

十、海峽四地代時期:

海峽四地是指:臺灣、大陸、香港,以及澳門等四地,茲說明如下:

1. 臺灣戲曲:

臺灣的戲曲起源於清朝,在十六世紀開始,大批來自福建泉州、漳州等地的移民進入臺灣,也將他們的民俗風情、生活習慣、語言文化傳入,同時在臺灣灑下了戲曲的種子。而南管戲,又稱七子戲,在十八世紀之前是主要代表,隨後被北管戲,又稱亂彈戲所取代。除南北管戲,還有其他戲劇形式,如:閩劇、大人戲、查某戲、囝仔戲、子弟戲、車鼓戲、皮猿戲、傀儡戲、掌中戲(布袋戲),以及歌仔戲、客家大戲、新劇等新興劇種,在日劇初期,便被引入新派正劇和臺灣正劇,作為新劇形式的先驅。新劇是一個概括性分類,以當時社會為背景,使用現代服裝和白話文,並採用與傳統戲曲不同的舞臺布景。在臺灣戲劇史上,新劇扮演著重要角色,但發展受到政治環境因素的影響,也密切關聯著臺灣社會文化特質及歷史處境。

二〇年代,林獻堂、蔣渭水、蔡培火、王敏川等人成立「臺灣文化協會」,希望藉由文化的啟蒙,喚起臺灣人的民族意識。該會認為傳統戲曲演出和宗教祭祀等民俗儀式,是日本政府控制和奴役臺灣人民的手段,由此激發新劇運動。該會結合同好,以戲劇演出來改變當時的社會文化及思想觀念,提升庶民的文化水準,故被稱為「文化劇」。然而,文化劇的深奧寓意使教育程度不高的民眾難以共鳴,隨著協會分裂,文化劇也逐漸式微。一九二四年,張維賢於日本求學期間接觸到日本小劇場,回臺即成立「星光演劇研究會」,引進最新的舞臺觀念和技術,推動臺灣新劇的專業化發展。歌仔戲是二十世紀初,發源於

臺灣的傳統戲曲，演出以摻雜文言的閩南語為主，讓社會大眾也能接觸文雅辭彙或忠孝節義的故事，成為臺灣早期社會重要娛樂活動之一；而客家大戲，於清代便隨客家移民傳入臺灣，是改良自大陸的「客家三腳採茶戲」，在臺灣受不同劇種與歷史脈絡發展的影響而成為大戲形式，為臺灣特有的戲曲劇種。

三〇年代，張維賢又成立「民烽演劇研究會」，並開設表演訓練班，結合楊三郎、連雅堂、黃天海、吉宗一馬等知識份子，推出一系列講座，包括：舞臺藝術、近代劇概論、音樂、舞蹈、美術等，為臺灣新劇帶來了創新的變革，張維賢被譽為「臺灣新劇第一人」。新劇運動的目標，是透過新的戲劇形式取代傳統戲曲，以提升民眾的文化水平和思想進步。大致分為兩類：一類是「追求藝術發展」，代表有：張維賢為首的「星光演劇研究會」、「民烽演劇研究會」、「鼎新社」，以及林摶秋、張文環、王井泉等人的「厚生演劇研究會」；另一類是「著重宣傳社會改革」，主要以「臺灣文化協會」為主。

四〇年代，林摶秋的出現，使新劇再度興起。他也曾在日本留學，直接參與當地劇團，並在「東寶映畫」電影公司工作，這些經歷使他結識留日的音樂家呂泉生、呂赫若等人。返臺後，應邀參與簡國賢編寫的劇作《阿里山》擔任導演，而嶄露頭角。一九四三年，林摶秋、張文環、呂泉生、呂赫若和其他知識青年成立「厚生演劇協會」，旨在為臺灣人創作戲曲，推出《閹雞》等劇碼，以反映臺灣人民在日本皇民化運動的高壓統治下，仍對自由的渴望與希望。由於新劇受制於社會發展和政治因素的限制，常受日本政府與後來的國民政府的關注和壓制，只得以業餘形式存在，但缺乏藝術深度與娛樂性，難於激發民眾的熱情回應，而逐漸沒落。此時的歌仔戲，因具有高度娛樂性，是人民農忙之餘的節目，因此很快就取代其他劇種，成為當時最受歡迎的大眾娛樂形式。

五〇年代，除歌仔戲持續發展外，布袋戲也興起，它是一種起源

第三章、中國戲曲之起源與發展

於十七世紀閩南泉州，後來在臺灣廣泛發展的戲劇形式。其劇本以話本、演義小說為主，多採武俠小說為題，表現手法重視各種奇特劍招與武功的展現。後發展成「金光布袋戲」，開始在中南部各地的野臺戲中開始展演，除在劇情上仍延續劍俠戲時期的武俠內容外，也開始新創劇情及主角，在表現手法上，金光戲採用華麗的布景、金光閃閃的戲服，並以燈光或其他特效來增加武打的效果。

一九四九年，國民政府遷臺時，崑劇、京劇也遠渡來臺，京劇更被尊稱為「國劇」而鼎盛一時。後來的戲曲也嘗試結合西方戲劇，出現舞臺劇、現代戲等新興表演形式，並改以幕為單位，劇本上以括號的文字，用以說明心情狀態、表情動作、開閉幕等提示，情節多是透過獨白或對話的臺詞產生。各個劇種隨著臺灣社會的進步發展，在文化與藝術之間不斷地交會融合，陸續成為具有臺灣特色的戲曲。一九五〇年，政府成立「中華文藝獎金委員會」，鼓勵創作具有「國家民族意識」和「具有反共抗俄意義」的文藝作品。同年，由張道藩、陳紀瀅等人所發起的「中國文藝協會」也成立，吸納一批劇場人才，加上軍隊、機關學校成立的劇團，將宣傳「反共抗俄」的思想創作推向高峰。

六〇年代，臺灣社會逐漸穩定，留學風氣漸開，由白先勇、王文興等人所創辦的《現代文學》雜誌創刊，開啟大眾對現代主義的認識，並翻譯介紹許多當時在歐美極具影響力的劇作家作品。李曼瑰參考了國外小劇場的經營模式，成立「三一戲劇藝術研究社」，廣收學員並定期舉辦公演，成為推動戲劇運動改革的起點。她還舉辦世界劇展、青年劇展等校園學子為主的戲劇演出活動，致力於各個階層推廣戲劇演出運動，以通過戲劇激發青年和大眾對國家的愛國思想，使低迷的戲劇環境得以改善並促進創作，臺灣話劇運動由此進入新的階段。而金光布袋戲，在電影戲院演出已相當普遍，它也仍是鄉村地區的重要娛樂之一，並與福建之布袋戲有很大的不同，有濃厚臺灣本土的風格。

七〇年代，一群熱愛戲劇和電影的臺灣青年，於一九六五年創辦《劇場》雜誌，介紹許多西方藝術電影和劇場，讓讀者了解西方劇場的現況和發展，學習西方現代劇場的創作理論、各種劇場形式和劇本題材，為臺灣戲劇帶來新的視野。在這個年代，重要的劇作家包括：姚一葦，他的作品題材多元且產量豐富；張曉風則與「基督教藝術團契」合作，運用史詩劇場的方式進行演出；黃美序翻譯愛爾蘭劇作家葉慈的一系列作品，並創作許多以民間故事為基礎的短劇，嘗試新的現代話劇風格。透過該等戲劇作家的作品，人們得以一窺當時與西方藝術和文學開展交流的劇場風貌。一九七〇年，黃俊雄將黃海岱的《忠勇孝義傳》改編為自己的首部作品《雲州大儒俠》，首創電視布袋戲戲劇。他將布偶尺寸加大，強調眼部的神氣，以流行音樂取代傳統的鑼鼓。在臺視播出後轟動全國，造成萬人空巷，連續演出五百八十三集，創下當年臺灣電視節目最高收視率97%。一九七四年六月二十五日，當局以「妨礙農工作息」為由勒令停播。

八〇年代，姚一葦推行第一屆「實驗劇展」，共有五部作品參展，包括：「蘭陵劇坊」《包袱》、金士傑《荷珠新配》、姚一葦《我們一同走走看》、黃建業《凡人》、黃美序《傻女婿》等劇。這次實驗劇展的作品與傳統話劇風格不同，開啟傳統與現代戲劇的對話，讓更多人看到戲劇發展的多種可能，對後來現代戲劇的發展產生重大的影響，被視為臺灣「現代戲劇」發展的里程碑。該劇展總共舉辦五屆，演出三十六齣戲劇。參與的團體有：蘭陵劇坊、學校戲劇科系的老師及學生、校友組成的演出團體。該等創作取材，除翻譯自外國劇作家的作品外，還包括改編當代小說、改編傳統戲曲劇作等，其內容主要反映現實生活中的感情、工作、婚姻等問題，以避免批判現實或觸及敏感的政治問題。這股小劇場的實驗劇展浪潮，深深影響此後臺灣劇場的發展。當時具有代表性的劇團包括：蘭陵劇坊，代表人物有金士傑、吳靜吉、李國修、卓明、劉靜敏、馬汀尼等人。

九〇年代後迄今，展現完全不同的創作風貌，顛覆傳統話劇的風

第三章、中國戲曲之起源與發展

格，充滿前衛的實驗性質，且打破單一的鏡框式舞臺限制，尤其是八〇年代，臺灣逐漸解嚴，許多劇團開始關注社會變革和時事議題。有些劇作表現出明顯的意識形態，而其他則結合了社會運動，如：學運、農運、工運和婦運等，呈現多元且強烈的批判風格。代表的劇團有：「優劇場」、「臨界點劇象錄」和「河左岸劇團」等，並發展出更受大眾歡迎的表演形式和劇本創作，逐漸成為臺灣劇場的主流，被稱為「大劇場」或「商業劇場」。大劇場內容更注重通俗易懂，與觀眾的生活經驗相貼近，進而產生共鳴的主題。具代表的劇團有：「臺灣渥克劇團」、「密獵者皇冠劇團」、「金枝演社」、「臺南人劇團」、「差事劇團」，以及「表演工作坊」、「屏風表演班」、「果陀劇場」、「綠光劇團」等團體。

一九八八年，由黃強華家族的臺灣霹靂國際多媒體公司所創立的《霹靂布袋戲》電視開播，從第一集《霹靂金光》至二〇二三年發行完畢之《霹靂天機》為止，該系列目前發行共計二千九百四十七集。黃強華、黃文擇和黃文耀是黃俊雄的兒子，布袋大師黃海岱孫子，他們繼承家族衣缽，成名於布袋戲劇場。《霹靂布袋戲》其表演手法與傳統布袋戲有很大的不同，其特色在於以金光布袋戲的基礎上進一步的發展，包括：加強聲光爆破效果，尤其是使用電腦特效，戲偶的加大與精緻化，並改進操偶等方式，使之為非常逼真的擬人化演出，是老、中、青、少等四代皆著迷的節目，歷久而不衰，是文壇史上一個很特別的現象。

2. 大陸戲曲：

五〇年代，中華人民共和國成立後，政府意識到戲曲的重要性，針對戲曲作了大幅度的改革與提升，並成立「中國戲劇家協會，以推動戲曲發展，由此產生大量的戲曲作家及演藝家。中國戲劇家協會本名中華全國戲劇工作者協會，一九五三年更為今名，是中國戲劇家組成的人民團體，同時也是中國文學藝術界聯合會的團體會員。目前共超過一萬個會員，團體會員則有33個。個人會員主要為中國戲劇界具

有一定成就的劇作家、導演、演員、理論教育家、管理人員或領導人等。團體會員主要為三十一個一級行政區的劇協和新疆生產建設兵團及中國石油劇協，遍布全國。下設有：《中國戲劇》、《劇本》、《中國戲劇年鑑》等雜誌社與中國戲劇出版社，以及設有：中國戲劇獎，包含梅花表演獎、曹禺劇本獎、優秀劇目獎、小戲小品獎、校園戲劇獎、理論評論等獎項，尤其是舉辦中國戲劇節、中國校園戲劇節、全國小戲小品展演、中國少兒戲曲小梅花薈萃等全國性戲劇活動及各類人才培訓班，不斷推出優秀戲劇作品和戲劇人才，這對於中國戲曲的發展產生重大的影響。有一批優秀劇目，如：京劇《將相和》、《白蛇傳》；平劇[5]《秦香蓮》；越劇《梁山伯與祝英臺》；崑劇《十五貫》等戲曲。

　　文革期間，吳晗還撰寫了歷史京劇《海瑞罷官》的樣板戲。之後又陸續推出一系列樣板戲作品，如：京劇《白毛女》、《紅燈記》、《奇襲白虎團》；越劇《西廂記》；平劇《劉巧兒》；滬劇《蘆盪火種》；豫劇《朝陽溝》等劇作。文革結束後，為民眾喜愛但被停演或遭到批判的大量傳統劇，如：京劇《謝瑤環》；莆仙劇《春草闖堂》；呂劇《姊妹易嫁》等戲，也得以重新上演。戲曲發展至今天，雖經過不同的年代，然也不斷更新，以適應新時代、新觀眾的需求，保持和發揚民族傳統的藝術特色，尤其是戲曲界提出「現代化」與「戲曲化」的問題，已成為這個時期積極探討和積極實踐的問題。

　　八〇年代，是改革開放的新時期，人們注視的社會熱點發生轉換，審美能力不斷提高，審美趣味也發生巨大變化，加之影視、歌舞、體育等各種文化形式的蓬勃發展，使得劇場受到很大的衝擊與擠壓，觀眾大量流失，戲劇人才也紛紛改換門庭，尤其是現代戲劇，面臨前所未有的危機。面對日新月異的社會現實和反應冷淡的觀眾，戲劇界也開始探索新的戲劇發展之路，劇作家也開始注重題材的外在價值，將藝術觸角伸向社會的深層，對生活、人生作出多向度的觀照，從而

---

[5] 民國十七年，國民革命軍北伐後，北京改名北平，京劇便改稱平劇。

第三章、中國戲曲之起源與發展

挖掘出生活的豐富內涵，引起觀眾對生活的哲理思考。一九八〇年，馬中駿、賈鴻源、瞿新華等人創作的《屋外有熱流》，作品以荒誕、象徵的現代話劇技巧組織劇情，以主題意蘊的哲理性和藝術形式的新穎獨特，引起戲劇界和理論界的廣泛關注。由此出現一種實驗戲劇，是對五四以來中國現代戲劇的革新與反叛，亦是對西方現代派戲劇的引進與借鑑。也是對中國現代戲劇傳統的繼承與發展，它激活了中國戲曲的舞臺。

九〇年代後迄今，高行健於一九八五年創作《野人》，是林兆華導演新嘗試的戲劇作品，戲劇中的多重主題、複調等多種技巧方式的運用，都突破以往僵化傳統戲劇的束縛。公演之後，這部作品引起很大的反響，且褒貶不一。有人認為，作品中表達的主題不夠明確，有生態、婚姻、文化，以及政治問題等，這樣的多重主題容易讓觀眾找不到重點，不太適應於觀眾的觀賞。時間橫跨七、八千年，空間則包含城市、鄉村等，時間與空間都十分宏大。時空過於廣泛，就不容易講好故事，更何況也不是按照線性敘述方式進行。也有人認為，該作品突破戲劇中時間與空間的限制，像文學作品一般有廣闊的時空，更容易包含各種深層次的思想內涵。一九八六年，劉錦雲的《狗兒爺涅槃》；一九八八年，陳子度的《桑樹坪紀事》等作品，皆使實驗戲劇成為一股巨大的文藝新潮，並產生蔚為壯觀的成果。

3. 香港戲曲：

據學者陳守仁的研究認為[6]：香港在乾隆五十一年（1786）已有戲曲演出活動，地點是在新界元朗大樹下的天后廟。可能當時香港仍沒有本地戲班，故須由國內聘請戲班。這時期也是廣東省珠江三角洲一帶，

---

[6] 參見陳守仁《香港粵劇發展史--廿世紀初至當代的香港粵劇》，「香港粵劇學者協會」，網址：https://www.hkacos.com/2018/07/19/%E9%A6%99%E6%B8%AF%E7%B2%B5%E5%8A%87%E7%99%BC%E5%B1%95%E5%8F%B2/，2025.06.04上網。

開始形成本地班以漸次取代外江班，故演出的劇種極有可能是粵劇的雛型，所使用的大概是「官話」而非「粵語」，演出的劇目屬傳統的「江湖十八本」。至十九世紀末粵劇中興，又產生了「大排場十八本」及「新江湖十八本」，較為人熟悉的劇目有《七賢眷》及《西河會》等。粵劇的官話時期使用的唱腔稱「古腔」，一直延續到二〇年代及三〇年代，香港粵劇演員已普遍使用粵語方言取代官話。

二十世紀初粵劇發展的里程碑是從農村進入都市。香港第一間戲院建於一八六五年，名為「大來戲院」，經常演出粵劇。一九二〇年開始，香港陸續增建戲院，如：高陞、普慶、太平、和平、新戲院等每天皆有粵劇演出，反映戲院在都市裏穩步植根。一九二七年，名粵劇家薛覺先從上海返回廣州，並於一九二九年在香港建立「覺先聲劇團」。一九三三年，香港政府准許男女合班，薛覺先夥同唐雪卿及上海妹等女性旦角演員，組成「覺先聲男女劇團」。同年，名粵劇家馬師曾由美國返中國，後到香港組織「太平劇團」，開始長達九年的「薛馬爭雄」時期，至香港淪陷才結束。這個時期，薛覺先的首本劇目有：《胡不歸》、《西施》、《王昭君》、《心聲淚影》等。馬師曾的首本劇目則有：《賊王子》、《苦鳳鶯憐》等。

四〇年代到五〇年代，香港粵劇的編劇、音樂及演員人材輩出，為香港粵劇此後的發展奠定了穩固的基礎。在編劇方面，如：李少芸、陳冠卿及潘一帆等創作不少名劇，唐滌生則創作超過四百四十齣粵劇而獨步劇壇。芳艷芬在五〇年代初，已成為香港炙手可熱的花旦演員，她所領導的「新艷陽劇團」，演出較著名的有：《艷陽長照牡丹紅》、《程大嫂》、《萬世流芳張玉喬》、《洛神》及《六月雪》等不少名劇。而由吳君麗領導的「麗聲劇團」，也演了多部名作，包括《雙仙拜月亭》、《白兔會》、《百花亭贈劍》及《血羅衫》等戲曲。

六〇年代，白雪仙與任劍輝所領導的「仙鳳鳴劇團」先後演了唐滌生的《牡丹亭驚夢》、《蝶影紅梨記》、《帝女花》、《紫釵記》及《再

第三章、中國戲曲之起源與發展

世紅梅記》，從而實現「班霸」的夢想。一九五九年唐滌生英年辭世，享年42載，香港劇壇痛失英才。但唐滌生、任劍輝、白雪仙及芳艷芬等人對日後的影響仍十分深遠。唐滌生逝世後，麥炳榮及鳳凰女所領導的「大龍鳳劇團」崛起，先後演了《百戰榮歸迎彩鳳》、《鳳閣恩仇未了情》等劇。林家聲則先後與李寶瑩組織「家寶劇團」，與陳好逑組織「慶新聲劇團」及「頌新聲劇團」，公演《雷鳴金鼓戰笳聲》、《無情寶劍有情天》等劇。

七〇年代，任劍輝、白雪仙的門下龍劍笙、梅雪詩等組織了「雛鳳鳴劇團」，經常演出唐滌生的名劇。以至到九〇年代的一九九二年散班前，該劇團極受香港及東南亞觀眾的歡迎，成為一時的「班霸」。

八〇年代到二十一世紀初，儘管香港飽歷西方文化衝擊，而多種演藝形式競爭劇烈，但傳統戲曲在香港仍在蓬勃的發展。估計每年約有30個粵劇戲班，製作合超過一千場的演出：其中約三百場屬神功戲[7]，其餘七百多場分別在社區會堂、商業戲院、香港大會堂及香港文化中心上演。

九〇年代後迄今，香港活躍的粵劇團及演員有：林錦堂與梅雪詩領導的「慶鳳鳴劇團」；蓋鳴暉與吳美英領導的「鳴芝聲劇團」；阮兆輝領導的「春暉劇團」；梁漢威領導的「漢風粵劇團」；龍劍笙、南鳳、尹飛燕、龍貫天、陳詠儀等人領導的「天鳳儀劇團」；陳劍聲、新劍郎、陳好逑、王超群、尤聲普、廖國森、任冰兒、李龍、李鳳、梁兆明、

---

[7]. 神功戲，泛指一切因神誕、廟宇開光、鬼節打醮、太平清醮及傳統節日而上演的戲曲表演，是人、神共享的戲劇表演；神功是指為神做功德，平日的燒香、拜神、修建祭壇或廟宇的活動，都屬於神功活動；百姓為了酬謝神恩、酬神祈福，神功戲是舉行一連串慶祝活動之一，亦是當中的重點節目，一般都在為節慶而建立的大戲棚內演出；在廣東一般稱「神功戲」，而中國北方多稱「社戲」（社戲一詞中的「社」字指的是舊事奉社神之所在，另有一說「社」字為古代地區的一個小單位，社中演戲，即稱社戲），臺灣稱為「酬神戲」。

羅家英、汪明荃等人領導的「福陞粵劇團」；還有：陳鴻進、陳寶珠、鄧美玲、陳嘉鳴、鄭詠梅、陳劍烽、溫玉瑜、衛駿輝、陳銘英、劉惠鳴等資深演員。新秀演員則有：李沛妍、鄭雅琪、黎耀威、謝曉瑩、梁煒康、王潔清、譚穎倫、關凱珊、藍天佑、宋洪波、劍麟、康華、煒唐、御玲瓏、御東昇、黃葆輝、陳澤蕾、文華、馮靈音、梁心怡等人。

4. 澳門戲曲：

澳門「清平戲院」附近，即今日福隆新街一帶，形成商業娛樂一體的格局，也催生了曲藝活動的發展。光緒七年（1881），商人盧九仿照西人俱樂部形式，創設華商會所「宜安公司」。同年，由華人合資成立的「生利公司」，以及一八八二年成立的「同和公司」。該等公司經營紙牌、骨牌、擲狀元籌、下象棋等賭博，同時也兼具看新聞紙、看書、弦歌、唱戲及宴飲等活動，是早期兼營賭博、宴飲、戲曲等的綜合場所。清末，政府和民間有識之士都屢倡禁賭，但作為葡萄牙殖民地的澳門，不受清政府的政策限制，各種賭博越加興旺，妓館亦應酬不暇，也帶動了曲藝活動。

十九世紀初，澳門流行的曲藝與同時期的廣東省城相若。至遲在嘉慶末年，珠江上的花艇歌姬，除唱乾隆年間已傳入的蘇曲及其他時調外，也開始流行以粵語演唱的南音和粵謳，而用官話演唱的大調、小調、班本及各類梆子曲目，也有傳唱。粵語說唱木魚書，有一篇名為《花箋記》用粵語寫成：「唱出男女愛情的故事，講男子入人家庭園，遇到女子，並向女方提親追求。男以花箋傳情，曲曲折折，至終得天子賜婚。」於道光四年（1824）在澳門出版英譯本，流傳至歐洲。

十九世紀中至二十世紀初，由於頻繁的廟宇興修和相關的酬神演戲活動，造就曲藝的興盛。澳門的曲藝活動，除寄生在妓寨、賭館等娛樂場所外，也有依託在新式社團下，由非職業玩家所組成的音樂組織，促進了曲藝的發展，尤其是民國十二年（1923），在澳門成立的澳

第三章、中國戲曲之起源與發展

門精武體育會，下設音樂部，分西樂、京調、粵調等三種，便是一個十分重要的機構。一九二四年，該會響應三江水災籌賑大會，在「域多利戲院」舉行賑災晚會；一九二六年，該會在「清平戲院」舉行三周年慶典演出：呂文成、丘鶴儔、錢廣仁、蔡子銳、李達榮、吳劍泉、張達偉、區文祥、陳鑒波等人均有參與。呂文成和蔡子銳等人分別演唱《瀟湘琴怨》、《燕子樓》、《原來伯翁公》等曲，凌匹則演唱京腔《玉堂春》。呂文成是演奏家，也是創制高胡，撰作《步步高》、《平湖秋月》等多首經典廣東音樂著稱。至於蔡子銳則善打鑼鈸，在新月唱片公司負責伴奏及唱曲灌片。

　　三〇年代，一些職業及非職業樂手，便在澳門成立樂社，出版樂譜，以提升粵樂和曲藝的水準。許太空、陳卓瑩、陳鑒波、張達偉、何國培等人，在澳門泗口孟街永源銀號內成立「天籟樂廬」，他們將平日玩得較有心得的粵樂，彙編成《粵樂府》一書，在澳門刊印發行，除過場譜子外，還收錄傳統用官話演唱的大調、梆子、二黃、粵謳、南音、梵音等曲。這個時期，也是無線廣播事業的興起，更是極大推動粵曲的傳播，在電視興起之前，聆聽電臺播放粵曲成為大眾的娛樂與時尚。

　　四〇年代，澳門第一個話劇團體，由香港、澳門藝人聯合組織的「藝聯」成立，在半年的時間搬演了《武則天》、《日出》、《雷雨》、《茶花女》、《明末遺恨》和《巡閱史》等多個大型劇目。往後數十年，現實主義成為創作的主流，劇曲家以此反映現實生活的風貌和意義。澳門廣播電臺也開始邀請樂社或個別唱家[8]，每週到電臺播唱粵曲。《華僑報》、《大眾報》等報紙甚至開始增設「播音節目」專欄，為電臺的播送作預告。從報紙上刊登的播音節目表看，電臺播出的粵曲唱片，與歌壇流行的曲目大體一致，既有獨唱，也有合唱；既有女伶間的合唱

---

[8] 唱家為港澳地區對非職業的粵曲演唱愛好者的習慣稱呼。

曲，也有女伶與粵劇伶人，或音樂玩家之間的合唱。一九三七年，盧溝橋事變爆發，抗日戰爭全面展開，隨著上海、廣州、香港分別於一九三七年、一九三八年及一九四一年相繼淪陷，澳門因葡萄牙屬中立國，成為省港及鄰近地區華人的避難所，人口在一九三九年的二十幾萬人，至一九四〇年躍升至三十七萬之多。原主要活躍於省港兩地的戲班亦紛紛移師澳門，加上第二次世界大戰期間，電影片源短缺，國華、南京、平安、域多利等戲院紛紛招攬名班駐場公演粵劇。

　　五〇年代，在澳門演出之戲班，數目之多，名角之眾，班期之密，可謂空前絕後。因此，在這個時期，彙集在澳門的粵劇演員，或以「名伶大會串」的方式演唱粵曲，盛況一時。其中最負盛名者，莫過於有「四大平喉」之稱的女平喉：小明星、張月兒、徐柳仙等人。小明星因香港淪陷，便取道澳門返回廣州，停留澳門期間曾在國華戲院演唱；張月兒在澳門多處演唱，也曾受聘在澳門中央酒店演唱；徐柳仙在抗日戰爭前便在澳門演唱，戰時也活躍於澳門歌壇；她們在澳門期間的演出，除表演自己的首本名曲外，也有唱以抗日戰爭為主題的新撰粵曲。此時流行的粵曲，已梆黃合流[9]，除穿插板眼、龍舟、南音、粵謳、

9　所謂梆黃，係板腔體系，在粵劇行內所稱的名子；它指沒有固定旋律的唱腔，是粵曲四大體系中最常見的一種；板腔體又稱「齊句過門體」，分為「梆子」、「二黃」兩大類；撰曲家先根據既定格式寫出曲詞，演員再以「依字行腔」的方式設計及唱出旋律；梆黃分上下句，曲詞結構以七字、八字和十字句為基礎，上句的結句字為仄聲字，下句則以平聲字為結句字；演唱梆黃時，只有結句音為固定的，演員可因應唱詞多少而增減裝飾性之經過音，稱為「拉腔」；梆子源自中國西北部一帶的秦腔，因主要用梆子敲擊樂器伴奏而得名；而粵曲早期的伴奏樂器二絃是以「士、工」兩音調絃，所以又稱為「士工」；梆子腔中，平子喉（分為大喉、平喉、子喉三種唱腔）的結句音是不同的；平喉上句收「尺」音，下句收「上」音；子喉上句收「上」音，下句則收「合」音；以「士工滾花」為例，是以散板（即自由拍）的方式演唱；唱時要配合鑼鼓點及旋律序，而旋律序的種類取決於第二句唱詞之結句音，例如「上字序」、「尺字序」等；「反線中板」亦是梆子腔中常見的板式，曲詞結構屬七字或十字句，以中板（即一板一叮）的方式演唱；例如《玉梨魂》一曲就包含十字句反線中板，因調式屬於反線，平子喉結

第三章、中國戲曲之起源與發展

梵音等曲調外,更加入國語時代曲,如:《毛毛雨》、《明月千里寄相思》和新譜寫的廣東音樂小調填詞,且完全用粵語演唱,內容亦不少通俗諧趣之作。在舞廳的情景中,為追求聲效和聲量,往往會運用更多西樂拍和,再加上用作伴舞的關係,就連拍和梆黃時,節拍也會趨向平均輕快,這種樂曲潮流,對粵曲的創作和演繹造成了一定的影響。

六〇年代,隨著抗日戰爭與國共內戰結束,不少戰時寓居澳門的人,也在短時間內陸續離開澳門,以至澳門人口下降到十幾萬人。長期以來,澳門除賭業外,其他類型的經濟活動發展較緩慢,就業機會有限,造成寄託在妓院、茶座、歌壇的曲藝市場逐漸萎縮,戲曲的創作與演出也自然下降。

七〇年代,香港粵語流行曲的興起,人們已有更多娛樂消遣的選擇,以自娛自樂為目的的曲藝社團開始發達。這些團體給各階層熱愛粵曲的人士,提供娛樂身心的機會,培養不少粵曲粵樂的唱家和樂手,為後來粵曲在澳門再度復蘇埋下基礎,並在演唱風格方面發展出一定的澳門特色。具代表性的如:高煥釗的《瘋子伊凡》、趙天亮的《法庭內的小故事》與《相逢何必曾相識》、麥發強《萍水相逢》與《怒民》等人及劇作,尤其是許國權、王智豪、莫兆忠、陳柏添、劉佩儀等戲

句音是一樣的;上句收「六」音,下句則收「上」音;十字句分為四頓,每頓結束處都有因應尾音的短過序(音樂過門);而二黃腔的來源眾說紛紜,因以「合、尺」兩音定絃,所以亦稱「合尺」,二黃腔的平子喉結句音是一樣的;上句收「上」音,下句收「合」或「尺」音;二黃腔常用的板式有八字句二黃慢板,以一板三叮的方式演唱,在曲譜可簡稱「二黃」;「二黃」分正線、反線及乙反線,拉腔部份較多,《花染狀元紅》之〈庵堂重會〉中一段生旦對唱,就體現了「二黃」抒情委婉的風格;可見,板腔體系唱腔的自由度大,非常講究演唱者與拍和的配合,其格式嚴謹而又靈活多變的特點;見梁寶華:〈戲曲天地・粵劇的美學--粵曲「梆黃」特色〉,《am730》,網址:https://www.am730.com.hk/%E5%A8%9B%E6%A8%82/-%E6%88%B2%E6%9B%B2%E5%A4%A9%E5%9C%B0-%E7%B2%B5%E5%8A%87%E7%9A%84%E7%BE%8E%E5%AD%B8-%E7%B2%B5%E6%9B%B2-%E6%A2%86%E9%BB%83-%E7%89%B9%E8%89%B2/278561,2025.06.04 上網。

曲家，集編、導、演於一身，是臺前幕後的多面能手。

八〇年代，隨著大陸實施改革開放，政治氣氛日見寬鬆，粵曲演出的活動在澳門再度活躍，工聯會下屬的社團也重新演唱傳統粵曲。與此同時，澳葡政府在1976年頒佈《自由集會結社法》，放寬過去對居民結社的限制性規定，確立自由結社為澳門公民享有的基本權利。社團設立由此無須事先取得批准，創立者只需辦理簡單的手續，即可成立。由此，澳門社團數目大量增長，部分曲藝社就在這段期間成立。過去，傳統的現實主義一直是澳門劇壇的「主旋律」創作，它體現著澳門話劇對中國話劇一脈傳承的精神。但這個年代，因受西方戲劇思潮的影響，澳門劇壇從創作風格到表演形式，也開始發生變化。由此，在香港電視和流行曲發展如日中天之時，大部分澳門市民愛好的大眾娛樂，是香港製作的電影、電視劇和粵語流行曲，粵曲活動主要由社團延續。廣東的專業團體，如：廣東省粵劇院、佛山青年粵劇團、廣東民間藝術團等，與澳門的曲藝團體多有往來，彼此經常在兩地同臺演出。具代表性的如：李盤志所創作的《天使的控訴》、《超人之死》、《神奇女俠也移民》和《回到往日垃圾時》等劇作，該等以寫工業安全和現代化城市環境保護問題見稱；還有譚淑霞的《誰言寸草心》、《幸運何價》和《我要獎學金》等劇作。此等劇作皆充滿現實主義的風格。

九〇年代後迄今，亦如臺灣、大陸、香港一樣，是一個多元的時期，各種類型文學與作家數量都有相當的成長，尤其是廣東曲藝名家白燕仔、譚佩儀，應澳門旅遊娛樂公司職工聯誼會之邀，到澳門為該會的曲藝組講授曲藝演唱課程，使澳門的曲藝界，得以吸納廣東曲藝界，在建國以來逐漸發展的特色與優勢，紮根傳統又能突破傳統的唱腔，加上澳門撰曲者人數有限，當時廣州撰曲名家陳冠卿、陳自強的作品，便成為澳門唱者在舊曲目以外的新選擇。這個年代的曲藝社數目又創新高，從一九九一年至一九九九年新成立的曲藝社團數約在一百至一百七十之間，如雨後春筍般相繼出現，尤其是政府資助曲藝活動，舉辦藝術節，組織比賽，提供廉價甚至免費場地，讓非職業唱曲

第三章、中國戲曲之起源與發展

者有更多粉墨登場的機會。[10]

一九八七年，「澳門筆會」成立，其宗旨乃為促進作者聯繫，交流寫作經驗，研究文學問題，輔導青年寫作，積極建立和加強與國際及其他地區文學組織之間的關係。一九八九年再創立《澳門筆匯》，該雜誌是發表澳門文學界新作的園地，以刊登澳門作家、翻譯家的作品為主，亦逐步與各地作家交流，發表他們的作品，以立足澳門，走出澳門。

一九九六年，澳門政府舉辦「澳門人・澳門事」劇本創作比賽，共收到四十多個參賽作品，這代表政府對文化藝術活動的重視與尊重。該等作品，大多遵循現實主義的創作方法，對澳門的歷史和現狀作縱橫向的分析比較，以藝術形式再現。從內容上看，有反映歷史滄桑的，如：余潤霖寫意大利傳教士利瑪竇的《斷雲依水》，及鄭繼生寫時代變遷的《鏡海濠情》；也有浪漫奇巧，如：梁淑琪《連理樹》，還有更多的是以澳門社會生活為命脈，與現實息息相關的作品。

一九九八年，「澳門戲劇協會」成立，更標誌著澳門戲劇愛好者的集合，群策群力共同促進發展。

一九九九年，隨著澳門回歸祖國的文學大家庭，澳門文學的發展呈現新的生態，並空前的繁榮。在國家和澳門特區政府設置「澳門文學獎」、「澳門文學節」、成立「澳門基金會」、建立「澳門文學館」等多項文化措施的積極推動下，本土文學社團如雨後春筍般的蓬勃，詩、散文、小說、戲劇、電影、評論等幾乎所有文學門類文學社團均有涉及，傳統詩詞更是普及。新生代作家，如：寂然本名鄒家禮的《夜黑

---

[10] 參見《中國曲藝志・澳門卷》編輯部：〈灣區曲藝之光匯耀濠江 ——澳門曲藝史略〉，《澳門記憶》，網址：https://www.macaumemory.mo/specialtopic_4e5b5d51767a4156a900dda64ff2f252#:~:text=，2025.06.04 上網。

風高》、《島嶼的語言》等小說,《青春殘酷物語》、《閱讀,無以名狀》等散文集;黃文輝《因此》、《我的愛人》、《歷史對話》等詩集,《不要怕,我抒情罷了》、《偽風月談》等散文集;林玉鳳《詩・想》等詩集、《一個人影,一把聲音》等散文集;馮傾城《她的第二次愛情》、《飄逝的永恆》等散文集,以及《澳門當代劇作選》所收錄的李宇梁〈怒民〉、鄭繼生〈來客〉、李宇梁〈等靈〉、李宇梁〈Made in Macau〉、穆凡中〈撞鐘寺軼事〉、李盤志〈荒島〉、陳煥珊〈從死亡裡走出來的人〉、許國權〈空白的信紙〉、譚淑霞〈灰姑娘之非常結局〉、周樹立〈兩小無猜〉、陳柏添〈一線傳真〉、盧耀華〈剖〉、謝穎思〈四喜〉、莫兆忠的〈星星男孩〉等劇作。他們作品採取多重主題,探索突破傳統,以多元表達的方式來呈現,兼具地域性和開放性的特色。尤其是澳門回歸後,有大量的內地和海外移民定居於澳門,或是出生於澳門的移民後裔作家的成長,逐漸成為澳門文壇的中堅,他們以「澳門人」身份自居的澳門意識和文學自覺,將澳門視為自己的家園,用深情的筆墨書寫這裡的歷史和現實,增強了澳門文學的「本土性」和「草根性」。

至於葡裔主要作家則有:江道蓮(葡語:Deolinda da Conceição)發表在《澳門新聞報》的〈現代女性裏〉及〈現代的狂歡節及狂歡節的時光〉短文、《長衫》小說集;飛歷奇(Henrique de Senna Fernandes)的《愛情與小腳趾》、《大辮子的誘惑》、《南灣:澳門故事》等小說集;高美士(Luís Gonzaga Gomes)有關美國科學家、政治家班傑明・富蘭克林的報導,從此開始了作家生涯,《澳門傳說》是一本講述澳門及其鄰近諸島的神話傳說的小說,以及飛文基(葡語:Miguel de Senna Fernandes),著有《見總統》(1993年)、《華哥去西洋》、《西洋,怪地方》等劇本;若瑟・山度士・飛利拉(葡語:Jose Inocêncio dos Santos Ferreira),一生共創作十八本著作,作品有詩歌、散文、話劇劇本、及小型歌劇劇本等作品,並自編自導自演過多齣澳門土語語劇和小型歌劇,以及用澳門土語創作多種電臺節目。該等作品反映族群生活、關心女性,以及對不同族群和文化之間和平共處。

參

賞析篇

第一章、宋金時期
第二章、元代時期
第三章、明代時期
第四章、清代時期
第五章、民國時期

文學創作，有其難易之別，發展自有先後。易者如散文，起於最早的西周時期[1]；次者詩則於東周的春秋時期；再次小說是東周的戰國時期；最難戲曲則遲至宋代才發展完整而具備戲曲的條件。故本單元將戲曲分成：一、宋金時期；二、元代時期；三、明代時期；四、清代時期；五、民國時期以及六、海峽三地時期。在歷代戲曲中精選多篇佳作，冀望讓讀者的視野更加寬闊。

第一章、宋金時期

宋金時期有：南戲選與諸宮調選，茲賞析如下：

第一節、南戲選

《張協狀元·第二齣》

內容導讀

《張協狀元》寫張協赴考應舉途中，在五雞山遭劫，投宿古廟得貧女相留，結為夫婦。張協得中狀元，樞密使王德用女兒勝花欲嫁給張協遭拒，抑鬱而亡。貧女進京尋夫，反被張協嫌貧而棄。張協梓州上任，途經五雞山拔劍砍傷貧女，幸被李大公大婆所救。王德用到梓州赴任張協之上司，對張協任意使喚，又認貧女為義女。當張協表示願意娶王女時，王德用遂將貧女嫁之。

雖是夫妻相聚為作結，過程中的張協卻實是忘恩負義的寡情之人。原劇本為悲劇結局，九山書會改編者試圖為其翻案，卻導致情節出現前後矛盾的情況。全劇以張協與貧女為主，李大公與王德用為輔穿插進行，出場人物甚多，廣納各式樂曲，也以人充當道具或模擬聲音，顯示初期南戲邁向進步成熟的狀態。

---

[1] 見朱建亮：〈《尚書》成書年代考析〉，《國學》2017 年 2 期。

叁、賞析篇：第一章、宋金時期--張協狀元

　　第二齣開場即為歌舞場面，由張協與後行子弟演唱，引導戲文正式開始，後淨末歌唱而出，以滑稽口吻製造詼諧趣味，是劇中常用的喜劇手法，也埋下請圓夢先生解夢的伏筆，留有說唱文學過渡至戲曲階段的痕跡。

作者介紹

　　佚名。《張協狀元》撰於南宋，為現存《永樂大典》戲文三種之一，是最早的南戲劇本。據首齣：「《狀元張協傳》，前回曾演，汝輩搬成。」及第二齣：「九山書會，近日翻騰，別是風味。」，可推敲為溫州九山書會的人依照《狀元張協傳》所創作。

課文說明

　　【本文】（生[2]上白）訛末[3]。（眾喏[4]）（生）勞得謝送道呵！（眾）相煩那子弟！（生）後行子弟，饒個【燭影搖紅】斷送[5]。（眾動樂器）（生踏場數調[6]）（生白）【望江南】多忔戲[7]，本事實風騷[8]。使拍超烘[9]非樂事，蹴毬打彈[10]謾徒勞，設意品[11]笙簫。諧謔砌[12]，酬酢[13]仗歌謠。出入須還詩斷送[14]，中間惟有笑偏饒，教看眾樂酶酶[15]。適來聽得一派樂

---

[2]. 生：角色名，男主角。
[3]. 訛末：發語詞。
[4]. 喏：答應的聲音。
[5]. 斷送：宋雜劇或是歌舞演出於表演後吹的樂曲。
[6]. 踏場數調：按照音調的節奏跳舞。
[7]. 忔戲：可愛。忔：ㄑㄧˋ，喜也，或音ㄧˋ。
[8]. 風騷：原指文采風雅，此指美妙。
[9]. 使拍超烘：拍打、起鬨、說笑。
[10]. 蹴毬打彈：ㄘㄨˋ ㄑㄧㄡˊ，宋元盛行的遊戲；蹴：踢；毬：圓球；打彈：用棒捶球，擊入遠處洞穴中為勝。
[11]. 品：吹奏。
[12]. 諧謔砌：插科與打諢配合。
[13]. 酬酢：本指筵席中主客互相敬酒，此指應對報答。
[14]. 出入須還詩斷送：上下場都須以詩相送。
[15]. 樂酶酶：樂陶陶，快樂的樣子。

聲，不知誰家調弄[16]？（眾）【燭影搖紅】。（生）暫藉軋色[17]。（眾）有。（生）罷！學個張狀元似像[18]。（眾）謝了！（小生）畫堂悄最堪宴樂，繡簾垂隔斷春風。波艷艷杯行泛綠，夜深深燭影搖紅。（眾應）（生唱）【燭影搖紅】燭影搖紅，最宜浮浪[19]多忔戲。精奇古怪事堪觀，編撰於中美。真個梨園院體[20]，論詼諧除師怎比？九山書會，近目翻騰[21]，別是風味。一個若抹土搽灰，趨蹌出沒[22]人皆喜。況兼滿座盡明公，曾見從來底。此段新奇差異，更詞源移宮換羽[23]。大家雅靜，人眼難瞞，與我分個伶利[24]。

（白）祖來張協居西川，數年書卷雞窗[25]前。有意皇朝輔明主，風雲未際何憪憪[26]。一寸筆頭爛今古[27]，時復壁上飛雲煙[28]。功名富貴人之欲，信知萬事由蒼天。張協夜來一夢不祥，試尋幾個朋友扣它則個[29]。（末淨[30]囉咭[31]出）（淨有介[32]白）拜揖！（末）一出來便開放大口[33]。尊

---

[16]. 調弄：演奏。
[17]. 軋色：指吹斷送與曲破的人。
[18]. 似像：模樣，即舞臺上亮相。
[19]. 浮浪：流蕩不務正業。
[20]. 梨園院體：梨園指唐代訓練培養樂工的地方，院體指學習宮廷模樣。
[21]. 近目翻騰：目前修改；近目：目前。
[22]. 趨蹌出沒：上下場行走合乎於節拍；趨蹌：快步走。蹌：ㄑㄧㄤˋ，腳步凌亂。出沒：上下場。
[23]. 移宮換羽：變化宮調，指另創新腔。
[24]. 伶利：即伶俐，引申為清楚。
[25]. 雞窗：晉宋處宗與長鳴雞的故事，見劉義慶《幽明錄》，後代指書房，此指窗戶。
[26]. 病憪憪：久病慵懶的樣子，引伸為無生氣。
[27]. 爛今古：意在誇耀自己文采光輝可照古今。爛：光亮。
[28]. 時復壁上飛雲煙：梁武帝命張僧繇畫龍點睛之典故。
[29]. 則個：表動作進行的祈求語氣。
[30]. 淨：角色名，此指副淨。
[31]. 囉咭：歌唱。囉：ㄉㄨㄢˊ。咭：ㄉㄚˊ，歌唱時用手或足打節拍。
[32]. 有介：重複一次的動作。
[33]. 放大口：聲音洪亮。

叁、賞析篇:第一章、宋金時期--張協狀元

兄先行。(生)仁兄先行。(淨)契兄先行。(生末)依次而行。(生)噯[34]！休訝男兒未際時，困龍必有到天期。十年窗下無人問，一舉成名天下知。小子亂談。(末)噯！(淨)尊兄也噯。(末)可知，是件人之所欲。噯，這噯卻與貪字不同。噯！(淨)又噯。(末)也得。詩書未必困男兒，飽學應須折桂枝[35]。一舉首登龍虎榜，十年身到鳳凰池[36]。小子亂談[37]。(淨)尊兄開談了。(末)亂道。(淨)尊兄也開談了。(生)亂道。(淨)小子正是譚[38]，正是譚。(末)到來這裡打杖鼓。(淨)哩[39]！(末)喫得多少，便飽了。(淨)昨夜燈前正讀書。(末)奇哉！(淨)讀書直讀到雞鳴。(末)一夜睡不著。(淨)外面囉唣[40]。

(末)莫是報捷來？(淨)不是。外面囉唣開門看。(末)見甚底？(淨)老鼠拖個馱貓兒。(末)只見貓兒拖老鼠。(淨)老鼠拖貓兒。(三合)(末爭)(淨笑)韻腳難押，胡亂便了。(末)杜工部後代[41]。(生)尊兄高經？(淨)小子詩賦。(末)默記得一部《韻略[42]》。(淨)《韻略》有甚難，一東，二冬。(末)三和四？(淨)三文醬，四文蔥[43]。(末)那得是市買帳？(生)卑人夜來俄得一夢。(淨)小子最快[44]說夢，又會解夢。(末)不知尊兄夢見甚底？(生)夜來夢見兩山之間，俄逢一虎。傷卻左肱，又傷外股。似虎又如人，如人又似虎。(淨)惜乎尊兄

---

[34]. 噯：ㄞˋ，發語詞。
[35]. 折桂枝：指登第。
[36]. 鳳凰池：宮池名，中書省所在之處。此指中進士，十年後便位居宰相。
[37]. 亂談：亂說。
[38]. 譚：同談，談論，聲音與打鼓聲相同，借以戲謔。
[39]. 哩：一ㄠ，發語詞。
[40]. 囉唣：吵鬧。
[41]. 杜工部後代：杜甫任工部員外郎，稱為杜工部，此指淨說話是為杜撰。
[42]. 韻略：宋丁度撰，全名《禮部韻略》。
[43]. 三文醬，四文蔥：《韻略》韻目本為「三鍾、四江」，此處刻意採諧音，又前後錯置。
[44]. 快：會。

正夢之間獨自了。（末）如何？（淨）若與子路[45]同行，一拳一踢。（打末著介）（末）我卻不是大蟲[46]，你也不是子路。（淨）這夢小子圓不得。（末）法糊消食藥。（淨）見說府衙前有個圓夢[47]先生，只是請他過來，問他仔細。（生）尊兄說得是。（淨）明朝請過李巡[48]來。（生）造物何嘗困秀才。（末）萬事不由人計較。（合）算來都是命安排。（末淨下）（生唱）。

【粉蝶兒】徐步花衢[49]，只得回家，叩雙親看如何底。（外[50]作公出接）草堂中，聽得鞋履響，是孩兒來至。你讀書莫學，浪兒們一輩。

（生白）爹爹，恭維萬福！（外）讀書破萬卷，下筆如有神。道亨[51]則匡濟[52]天下，道不亨則獨善一身。汝朝經暮史，晝讀夜習，然後可言其命。時日未至，曲珠無係蟻[53]之能；運限通時，直鉤有取魚[54]之望。（生唱）

【千秋歲】論詩書，緩視微吟處，真個得趣。（外）黃榜[55]將傳，欲待我兒榮耀門閭[56]。（生）兒特啟：今欲去。未得取，爹慈旨。（合）願得身康健，待明年那時，喝道狀元歸。（外唱）

【同前】我聞伊，夜來得一夢，你便說個詳細。（生）兩山之間，被一非[57]虎擒搥。（外）人之夢，不足信。且一面，裝行李。（合）願得

---

[45]. 子路：仲由，孔子弟子，此借暴虎馮河之典故以戲謔。
[46]. 大蟲：此指老虎。
[47]. 圓夢：解夢。
[48]. 李巡：李巡官之簡稱，巡官指占卜星相的人。
[49]. 衢：ㄑㄩˊ，四通八達的道路。
[50]. 外：角色名，指次要的角色。
[51]. 亨：通達。
[52]. 匡濟：匡助救濟。
[53]. 曲珠無係蟻：指運氣不好，語出自《太平御覽》引《衡波傳》；係：繫。
[54]. 直鉤有取魚：形容運氣很好，語出自《文苑英華》的〈呂望釣玉璜賦〉。
[55]. 黃榜：皇帝所頒的詔書，此指招考的公告。
[56]. 門閭：鄉里的門，此指鄉里。
[57]. 非：疑似為「蜚」，通「飛」。

叁、賞析篇：第一章、宋金時期--張協狀元

身榮貴，管桃花浪暖[58]，一躍雲衢[59]。

（外白）孩兒，康節先生[60]說得好：『斷以決疑不可緩。』當斷不斷，反受其亂。我卻說與你媽媽，教逼邐[61]些行李裹足之資。你交副末[62]底取圓夢先生來圓夢看。（生）大人說得極是，這個謂之決疑。

（外）孩兒要去莫蹉跎。（生）夢若奇哉喜更多。

（外）遇飲酒時須飲酒。（合）得高歌處且高歌。（並下）

作品賞析

《張協狀元》為《永樂大典戲文三種》歷經浩劫仍倖存的三篇之一，屬南宋時期婚變戲的類型。關於戲文三種，早年青木正兒在《中國近世戲曲史》中曾提及：「三種曲辭，都平凡少力，多不足觀。關目佳者，雖往往有之，然排場之法幼稚，而不知運用方法，如文章價值而論之，與北曲雜劇直有霄壤之差。觀乎此，元代南戲之為北雜劇壓倒不振者，非偶然也。」張庚、郭漢城《中國戲曲通史》亦說：「從今存的一本早期南戲，《張協狀元》中，我們還可以較清楚地看出，它在表現手法上，接受了很多民間歌舞、諸宮調的因素，而在演出結構和塑造人物的手法上，也頗多吸收了話本、諸宮調乃至傀儡戲的藝術經驗。」據沈璟《南九宮十三調曲譜》所收錄元人佚曲【刷子序】：「書生負心：叔文玩月，謀害蘭英；張協身榮，將貧女頓忘初恩。無情，李勉將韓妻鞭死，王魁負倡女忘身。」由此可知男主角之品格。

本篇節選自《張協狀元》第二齣，以歌舞場面開場，由張協與後行子弟演唱，引導戲文正式開始，後淨末歌唱而出，以滑稽口吻製造

---

[58]. 桃花浪暖：科舉多在春天桃花盛開，黃河漲潮時，此處借魚躍龍門之典故。
[59]. 雲衢：上天的道路，形容考試中宛如魚龍飛上天。
[60]. 康節先生：即宋代學者邵雍。
[61]. 逼邐：張羅、準備。
[62]. 副末：角色名，由參軍戲中的蒼鶻所變，善於製造效果。

詼諧趣味，為後文埋下請圓夢先生解夢的伏筆。

宋代，科舉錄取名額增加，給了許多出身貧寒的人爭取競試的機會，在許多藝文作品中也常反映當時那種「一封天子詔，四海壯元心」的社會景象。例由「詩書未必困男兒，飽學應須折桂枝。一舉首登龍虎榜，十年身到鳳凰池」一段，便將讀書人渴望「一舉成名天下之」的心情表露無遺。

於詞句引用上，《張協狀元》一文常可從戲文的下場詩中窺得熟語的沿用，如：「遇飲酒時需飲酒，得高歌處且高歌」二句，在文本中則運用改寫成「孩兒要去莫蹉跎，夢若奇哉喜更多，遇飲酒時需飲酒，得高歌處且高歌。」除此之外，本篇也保留有說唱文學過渡至戲曲階段的痕跡。

然而，關於《張協狀元》的產生年代，目前仍舊眾說紛紜，無一定論。然綜觀通篇文本，《張協狀元》卻能反映當代社會景況，並進而由研究文本明瞭南戲早期發展概況，其珍貴的史料價值性不言可喻。

問題討論

一、何謂南戲？

二、「雞窗」語出何處？原先典故為何？

三、生、旦、淨、末、丑以及副末、副淨所代表的角色個性各如何？

西廂記諸宮調

第二節、諸宮調選

《西廂記諸宮調・卷六》

內容導讀

《西廂記諸宮調》又名《絃索西廂》，亦稱《董西廂》，乃根據唐元稹〈鶯鶯傳〉於民間流傳的基礎創作而成，作者以團圓結局改寫了張生與崔鶯鶯的故事，描寫了崔鶯鶯、張生勇於追求愛情自由的情形，亦賦予原作中毫不起眼之婢女紅娘新的生命，成為主角兩人之間的關鍵人物。

卷六描寫崔鶯鶯的母親相國夫人發現張生與鶯鶯私下幽會，找來紅娘質問，紅娘以聰慧機智與老夫人鬥爭，成功說服老夫人應允兩人之事，但張生需考取功名後才前來迎娶。張生苦無盤纏上路找尋和尚法聰，法聰慷慨解囊，分別之刻，張生與鶯鶯兩人離情依依，躍然紙上。

作者介紹

董解元（？～？），生卒年、名號及籍貫皆不詳，約活躍於金章宗時期。「解元」為當時對讀書人的泛稱，而非其名。依其作品的水平觀來，作者乃極具才情之人，而非市井小民之流。著有《西廂記諸宮調》，明胡應麟曰：「精工巧麗，備極才情。而字字本色，言言古意，當是當今傳奇鼻祖。金人一代文獻盡此矣。」其體製宏偉完整，曲調繁多，格律精準，可謂為諸宮調最完美之佳作。

課文說明

【卷六】

【本文】【仙呂調・戀香衾】一夕幽歡信無價，紅娘萬驚千怕，且

恐夫人暗中知察。暫不多時雲雨罷，紅娘催定如花，把天般恩愛，變成蕭灑[1]。○君瑞鶯鶯越偎[2]的緊，紅娘道：「起來麼，娘呵！」戴了冠兒，把玉簪斜插。欲別張生臨去也，偎人懶兜羅襪。「我而今且去，明夜來呵！【尾】懶別設[3]的把金蓮撒[4]，行不到書窗直下，兜地回來又說些兒話。

自是朝隱而出，暮隱而入，幾半年矣。夫人見鶯容麗倍常[5]，精神增媚，甚起疑心。夫人自思，必是張生私成暗約。

【雙調‧倬倬戚】相國夫人自窨約[6]：是則是這冤家沒彈剝[7]，陡恁地精神偏出跳[8]，轉添嬌，渾不似舊時了？○舊日做下的衣服件件小，眼謾[9]眉低胸乳高，管有兀誰廝般著[10]，我團[11]著這妮子，做破大手腳[12]。

鶯以情繫心，戀戀不已。夫人察之，是夕私往。

【大石調‧紅羅襖】君瑞與鶯鶯，來往半年過，夜夜偷期[13]不相度。沒些兒斟量，沒些兒懼憚，做得過火。鶯鶯色事迷心，是夜又離香閣。方信樂極悲來[14]，怎知覺，惹場天來大禍。○那積世的老婆婆，其時暗猜破，高點著銀釭[15]堂上坐問侍婢以來，兢兢戰戰，一地裡篤麼[16]。問

---
[1]. 蕭灑：淒清、悽涼。
[2]. 偎：傍著、靠著。
[3]. 懶別設：懶懶地。
[4]. 撒：走動。
[5]. 倍常：遠超過正常的程度。
[6]. 窨約：思量、忖度；窨：ㄧㄣˋ，深藏、忍住。
[7]. 彈剝：缺點、差錯。
[8]. 出跳：少年男女到了青春期間，體態容貌轉為美好出眾；跳：‧ㄊㄧㄠ。
[9]. 眼謾：眼倦。
[10]. 廝般著：相伴著。
[11]. 團：估量、猜度。
[12]. 大手腳：大的手段、行為。
[13]. 偷期：男女暗中幽會或發生不正常的關係。
[14]. 樂極悲來：快樂到極點，往往轉為悲哀。
[15]. 銀釭：銀燈。

鶯鶯更夜如何，背遊私地，有誰存活[17]？諸侍婢莫敢形言，約多時，有口渾如鎖。

【尾】相國夫人高聲喝：「賤人每怎敢瞞我！喚取紅娘來問則箇！」

一女奴奔告鶯，鶯急歸。見夫人坐堂上，鶯鶯戰慄[18]。夫人問紅娘曰：「汝與鶯更夜何適[19]？」紅娘拜曰：「不敢隱匿[20]，張生猝[21]病，與鶯往視疾。」夫人曰：「何不告我？」答曰：「夫人已睡，倉猝[22]不敢覺夫人寢。」夫人怒曰：「猶敢妄對，必不捨汝！」

【中呂調・牧羊關】夫人堂上高聲問：「為何私啟閨門？你試尋思早晚時分，迤逗[23]得鶯鶯去，推探張生病。恁般閑言語，教人怎地信？〇思量也是天教敗，算來必有私情。甚不肯承當，抵死諱定，只管廝瞞昧[24]，只管廝咭哔？好教我禁不過，這不良的下賤人！

【尾】「思量又不當口兒穩。如還抵死的著言支對[25]，教你手托著東牆，我直打到肯。」

紅娘徐而言曰：「夫人息怒，乞申一言。」

【仙呂調・六么令】「夫人息怒，聽妾話踪繇，不須堂上，高聲揮喝罵無休。君瑞又多才多藝，咱姐姐又風流。彼此無夫無婦，這時分相見，夫人何必苦追求！〇一對兒佳人才子[26]，年紀又敵頭[27]。經今半

---

[16]. 篤麼：ㄉㄨˇ ㄇㄛˊ，徘徊或盤旋。
[17]. 存活：應付。
[18]. 戰慄：因恐懼、寒冷或激動而顫抖。
[19]. 何適：往哪裡去。
[20]. 隱匿：隱藏。
[21]. 猝：ㄘㄨˋ，突然。
[22]. 倉猝：匆忙、急促。
[23]. 迤逗：引誘、逗引；迤：ㄧˇ。
[24]. 瞞昧：欺瞞的意思。
[25]. 支對：應付、對付。
[26]. 佳人才子：姿色美麗的女子和才華出眾的男子，泛指才貌相當，有婚姻或

載，雙雙每夜書幃裡宿，已恁地出乖弄醜[28]，潑水再難收[29]。夫人休出口，怕旁人知道，到頭贏得自家羞。

【尾】「一雙兒心意兩相投，夫人白甚閑疙皺？休疙皺，常言道「女大不中留[30]」。

「當日亂軍屯寺，夫人、小娘子皆欲就死。張生與先相無舊，非慕鶯之顏色[31]，欲謀親禮，豈肯區區陳退軍之策，使夫人、小娘子得有今日？事定之後，夫人以兄妹繼之，非生本心，以此成疾，幾至不起。鶯不守義而忘恩，每侍湯藥，願兄安慰。夫人聰明者，更夜幼女，潛見鰥男，何必研問，是非禮也。夫人罪[32]妾，夫人安得無咎[33]？失治家之道。外不能報生之恩，內不能蔽鶯之醜，取笑於親戚，取謗於他人。願夫人裁之。」夫人曰：「奈何？」紅娘曰：「生本名家，聲動天下。論才則屢被魏科[34]，論策則立摧兇醜，論智則坐邀大將，論恩則活我全家，君子之道盡於是矣。若因小過，俾結良姻，通男女之真情，蔽閨門之餘醜，治家報德，兩盡美矣。

【般涉調‧麻婆子】「君瑞又好門地，姐姐又好祖宗；君瑞是尚書的子，姐姐是相國的女；姐姐為人是稔色[35]，張生做事忒通疏[36]；姐姐有三從[37]德，張生讀萬卷書。○姐姐稍親文墨[38]，張生博通今古；姐姐

愛情關係的男女。
[27]. 敵頭：相當、相匹敵。
[28]. 出乖弄醜：在眾人面前丟臉、出醜。
[29]. 潑水再難收：潑出去的水難以收回，喻既成的事實，難以更改。
[30]. 女大不中留：女子長成之後，到了相當年齡便應當出嫁，不宜久留於家中。
[31]. 顏色：姿色。
[32]. 罪：歸咎、責備。
[33]. 咎：ㄐㄧㄡˋ，過失。
[34]. 魏科：古代科舉考試名列前茅者；魏：ㄨㄟˊ。
[35]. 稔色：豐妍豔麗的美色；稔：ㄖㄣˇ。
[36]. 通疏：通情達理，性格爽朗。
[37]. 三從：舊禮教中婦女應遵守的從父、從夫、從子三個規範。
[38]. 文墨：泛指文辭、著述之事。

不枉做媳婦，張生不枉做丈夫；姐姐溫柔勝文君[39]，張生才調[40]過相如[41]；姐姐是傾城[42]色，張生是冠世[43]儒。

【尾】「著君瑞的才，著姐姐的福：咱姐姐消得箇夫人做，張君瑞異日須乘駟馬車。」

夫人曰：「賢哉，紅娘之論！雖然如此，未知鶯之心下何似。恐女子之性，因循失德，實無本心。」令紅娘召之。「我欲親問所以。」鶯鶯羞惋而出，不敢正立。

【般涉調·沁園春】是夜夫人，半晌無言，兩眉暗鎖。多時方喚得鶯鶯至，羞低著粉頸，愁斂著雙蛾[44]，桃臉兒通紅，櫻唇兒青紫，玉筍[45]纖纖不住搓。不忍見盈盈地[46]，粉淚淹損鈿窩。〇六十餘歲的婆婆，道：「千萬擔饒[47]我女呵！子母腸肚[48]終須熱。著言方便，撫恤[49]求和。事到而今，已裝不卸，潑水難收怎奈何？都閑事，這一場出醜，著甚達摩？

【尾】「便不辱你爺、便不羞見我？我還待送斷你子箇，卻又子母情腸意不過。」

夫人曰：「事已如此，未審汝本意何似？願則以汝妻生，不願則從

---

[39]. 文君：即卓文君，為古蜀地富商卓王孫之女，有文才。
[40]. 才調：才華格調。
[41]. 相如：即司馬相如，為人口吃而善著書，相如之賦，詞藻瑰麗，氣韻排宕，為漢賦辭宗，被尊稱為「賦聖」
[42]. 傾城：形容極為美麗動人。
[43]. 冠世：卓越出眾的才能。
[44]. 雙蛾：女子的眉毛。
[45]. 玉筍：形容女子潔白纖細的手。
[46]. 盈盈地：充滿的樣子。
[47]. 擔饒：饒恕、原諒。
[48]. 腸肚：心意。
[49]. 撫恤：安慰。恤：ㄒㄩˋ。

今斷絕。」鶯鶯待道「不願」來，是言與心違；待道「願」來後，對娘怎出口？卒無詞對。夫人又問。

【雙調‧豆葉黃】「我孩兒安心，省可煩惱！這事體[50]休聲揚[51]著，人看不好。怕你箇冤家是廝落[52]。你好好承當，咱好好的商量，我管不錯。○有的言語，對面評度。凡百如何，老婆斟酌。」女孩兒家見問著，半晌無言，欲語還羞，把不定心跳。

【尾】可憎[53]的媚臉兒通紅了，對夫人不敢分明道，猛吐了舌尖兒，背背地笑。

願郎不欲分明道，盡在回頭一笑中。拂旦令紅娘召生小飲。生懼昨夜之敗，辭之以疾。

【仙呂調‧相思會】君瑞懷羞慘，心只自思念：這些醜事，不道怎生遮掩。「紅娘莫恁把人乾廝唗！我到那裡見夫人吵[54]，有甚臉？○尋思罪過蓋為自家險。算來今日請我，赴席後爭敢？」紅娘見道，道：「君瑞真箇欠！我道你佯小心，粧大膽。」

紅娘曰：「但可赴約，別有長話。」生驚曰：「如何？」紅娘以實告生。生謝曰：「誠如是，何以報德？」曰：「妾不敢望報。夫人與鄭恆親，雖然昨夜見許，未足取信。先生赴約，可以獻物為定。比及鶯鶯終制以來，庶無反覆，以斷前約。」生曰：「善！然自春寓此，迄今囊橐[55]已空矣，奈何？」

【仙呂調‧喜新春】「草索兒上，都無一二百盤纏，一領白衫又不

---

[50]. 事體：事情。
[51]. 聲揚：洩漏機密。
[52]. 廝落：受人嘲弄、奚落。
[53]. 可憎：可愛；憎：ㄗㄥ。
[54]. 吵：ㄕㄚ，語尾助詞，相當於「啊」。
[55]. 囊橐：ㄋㄤˊ ㄊㄨㄛˊ，行李財物。

西廂記諸宮調

中穿；夜擁孤衾三幅布，晝欹[56]單枕是一枚甑：只此是家緣。○要酒後，廚前自汲新泉；要樂，當筵自理冰弦；要絹，有壁畫兩三幅；要詩後，卻奉得百來篇：只不得道著錢。」

紅娘曰：「先生平昔與法聰有舊，法聰新當庫司[57]，先生歸而貸之，何求不得！」生聞言而頓省，遂往見聰。

【大石調・驀山溪】張生是日，叉手[58]前來告：「有事敢相煩，問庫司兄不錯。相公的嬌女許我作新郎。這事體，你尋思，定物終須要。○小生客寄，沒箇人挨靠[59]。剛準備些兒，其外多也不少，不合借索。總賴弟兄情，如借得，感深恩，是必休推託。」

【尾】法聰聞言先陪笑，道：「咱弟兄面情非薄，子除了我耳朵兒愛的道。」

生曰：「如有餘資，煩貸幾索，甚幸！」聰曰：「常住錢不敢私貸。貧僧積下幾文起坐，盡數分付足下[60]，勿以寡見阻。」取下五十索。聰曰：「幾日見還？」生指期拜納。

【雙調・荼荷香】忒孤窮，要一文錢物，也擘劃[61]不動。法聰不忍，借與五千貫青銅。「幾文起坐，被你箇措大倒得囊空。三十、五十家攢來，比及儹[62]到，是幾箇齋供[63]。」○君瑞聞言道：「多謝！」起來叉手，著言倍奉[64]：「若非足下，定應難見花容。咱家命裡，算來歲運亨通，

---

[56]. 欹：一，傾斜不正。
[57]. 庫司：管理財務的人員。
[58]. 叉手：拱手，將十指交錯放在胸前，表示恭敬。
[59]. 挨靠：倚靠。
[60]. 足下：古代下對上或同輩相稱的敬辭。
[61]. 擘劃：策劃、安排；擘：ㄅㄛˋ。
[62]. 儹：ㄗㄢˇ，聚積。
[63]. 齋供：做佛事齋僧的人，一般用現金布施，按人數均分。和尚得到的齋供是私人財產。
[64]. 倍奉：獻殷勤、奉承。

多應魚化為龍。恁時節，奉還一年請俸[65]。」

【尾】法聰笑道：「休打閧！不敢問利息輕重，這本錢幾年得用！」

生以錢易金，赴夫人約，坐不安席。酒行，夫人起曰：「昨不幸相公歿，攜稚幼留寺，羣賊方興，非先生矜憫[66]，母子幾為魚肉[67]矣！無以報德。雖先相以鶯許鄭恒，而未受定約。今欲以鶯妻君，聊以報可乎？」

【大石調·玉翼蟬】夫人道「張解元」，美酒斟來滿。道：「不幸當時，羣賊困普救，全家莫能逃難。賴先生便畫妙策，以此登時免。今日以鶯鶯酬賢救命恩，問足下願那不願？」○夫人曰：「如先生許，則滿飲一盞。」張生聞語，急把頭來暗點。小生目下身居貧賤，粗無德行，情性荒疏學藝淺。相公的嬌女，有何不戀？何以夫人苦勸？吃他一盞，忽地推了心頭一座山。

生取金以奉夫人曰：「貧生旅食，姑此為禮，無以微見卻。」夫人不受，曰：「何必乃爾！」紅娘曰：「物雖薄，禮不可廢也。」夫人受金。生拜堂下。夫人曰：「然鶯未服闋[68]，未可成禮。」生曰：「今蒙文調[69]，將赴選闈[70]，姑待來年，不為晚矣。」夫人曰：「願郎遠業功名為念，此寺非可久留。」生曰：「倒指[71]試期，幾一月矣。三兩日定行。」夫人以巨觥為壽[72]。生飲訖。令紅娘送生歸。生謂紅娘曰：「不意有今日！」答曰：「適鶯聞夫人語親，忻喜之容，見於面；聞郎赴文調，愁怨之容，動於色。」生曰：「煩為我言之：功名世所甚重，背而棄之，

---

[65]. 請俸：指官員的薪金。
[66]. 矜憫：ㄐㄧㄣ ㄇㄧㄣˇ，同情憐惜。
[67]. 魚肉：把人當為魚、肉，比喻欺凌踐踏。
[68]. 服闋：三年守喪期滿除服；闋：ㄑㄩㄝˋ。
[69]. 文調：科舉考試。
[70]. 選闈：考場。
[71]. 倒指：屈指。
[72]. 為壽：祝福。

賤丈夫也。我當發策決科[73]，策名仕版，謝原憲之圭竇，衣買臣之錦衣[74]，待此取鶯，愜予素願。無惜一時孤悶，有妨萬里前程。」紅娘以此報鶯，亦不見答。自是不復見矣。後數日，生行，夫人暨鶯送於道，法聰與焉。經於蒲西十里小亭置酒。悲歡離合一樽酒，南北東西十里程。

【大石調‧玉翼蟬】蟾宮客[75]，赴帝闕，相送臨郊野。恰俺與鶯鶯，鴛幃暫相守，被功名使人離闕。好緣業[76]！空悒怏[77]，頻嗟歎[78]，不忍輕離別。早是恁淒淒涼涼受煩惱，那堪值暮秋時節！○雨兒乍歇，向晚風如漂冽[79]，那聞得衰柳蟬鳴悽切！未知今日別後，何時重見也。衫袖上盈盈搵淚[80]不絕，幽恨眉峰暗結。好難割捨，縱有千種風情何處說？

【尾】莫道男兒心如鐵，君不見滿川紅葉，盡是離人眼中血！

【越調‧上平西纏令】景蕭蕭，風淅淅[81]，雨霏霏[82]，對此景怎忍分離？僕人催促，雨停風息日平西。斷腸何處唱《陽關》[83]？執手臨岐。○蟬聲切，蛩[84]聲細，角聲韻，雁聲悲，望去程依約天涯。且休上馬，苦無多淚與君垂。此際情緒你爭知，更說甚湘妃！

---

[73]. 發策決科：寫作應考之文，決勝於考試。
[74]. 謝原憲之圭竇，衣買臣之錦衣：指由貧賤轉為富貴；原憲：孔子弟子，家貧。圭竇：形容卑微窮困的人家；買臣：朱買臣，家貧好學，以賣薪自給，後買臣顯貴。
[75]. 蟾宮客：喻科舉考試得中的人，此指張生。
[76]. 好緣業：好事多磨、無緣之意；業：
[77]. 悒怏：一、一ㄤ、，憂悶不樂。
[78]. 嗟歎：感嘆惋惜；嗟：ㄐㄧㄝ。
[79]. 如漂冽：寒冷得像在水中一樣。
[80]. 搵淚：擦拭眼淚；搵：ㄨㄣˋ，擦拭、揩拭。
[81]. 淅淅：形容風、雨的聲音。
[82]. 霏霏：雨雪煙雲盛密的樣子。
[83]. 陽關：古人離別所唱之曲，即《陽關三疊》。
[84]. 蛩：ㄑㄩㄥˊ，蟋蟀的別名。

【鬭鵪鶉】囑付情郎：「若到帝里[85]，帝里，酒釀花穠[86]，萬般景媚，休取次共別人，便學連理[87]。少飲酒，省遊戲，記取奴言語，必登高第。○專聽著伊家，好消好息；專等著伊家寶冠霞帔。妾守空閨，把門兒緊閉；不拈絲管，罷了梳洗。你咱是必把音書頻寄。

【雪裡梅】「莫煩惱，莫煩惱！放心地，放心地！是必是必，休恁做病做氣！○俺也不似別的，你情性俺都識。臨去也，臨去也！且休去，聽俺勸伊。」

【錯煞】「我郎休怪強牽衣，問你西行幾日歸？著路裡小心呵，且須在意。省可裡晚眠早起，冷茶飯莫吃，好將息，我倚著門兒專望你。」

生與鶯難別。夫人勸曰：「送君千里，終有一別。」

【仙呂調‧戀香衾】冉冉[88]征塵動行陌，盃盤取次安排。三口兒連法

聽外，更無別客。魚水似夫妻正美滿，被功名等閒離拆。然[89]終須相見，奈時下難捱。○君瑞啼痕污了衫袖，鶯鶯粉淚盈腮。一箇止不定長吁，一箇頓不開眉黛。君瑞道「閨房裡保重」，鶯鶯道「途路上寧耐」。兩邊的心緒，一樣的愁懷。

【尾】僕人催促怕晚了天色，柳隄兒上把瘦馬兒連忙解。夫人好毒害，道：「孩兒每回取箇坐車兒來。」

生辭夫人及聰，皆曰：「好行！」夫人登車。生與鶯別。

---

[85]. 帝里：指京城。
[86]. 酒釀花穠：形容茂盛的花草，此指別的女人；釀：一ㄢˋ，味道濃厚。穠：ㄋㄨㄥˊ，花木繁盛。
[87]. 連理：兩棵樹的枝葉連生在一起，用以比喻男女不可分離的愛情。
[88]. 冉冉：風捲塵土漸去漸遠的樣子，形容離別時的征塵。
[89]. 然：雖然。

西廂記諸宮調

　　【大石調·驀山溪】離筵已散，再留戀應無計。煩惱的是鶯鶯，受苦的是清河君瑞。頭西下控著馬，東向馭坐車兒。辭了法聰，別了夫人，把樽俎[90]收拾起。○臨上馬還把征鞍倚。低語使紅娘，「更告一盞以為別禮」。鶯鶯君瑞彼此不勝愁，廝覷[91]者，總無言，未飲心先醉。

　　【尾】滿斟離杯，長出口兒氣，比及道得箇「我兒將息」，一盞酒裡，白泠泠[92]的滴彀[93]半盞兒淚。

　　夫人道：「教郎上路，日色晚矣！」鶯啼哭，又賦詩一首贈郎。詩曰：「棄置今何道，當時且自親。還將舊來意，憐取眼前人。」

　　【黃鍾宮·出隊子】最苦是離別，彼此心頭難棄捨。鶯鶯哭得似癡呆，臉上啼痕都是血，有千種恩情何處說？○夫人道：「天晚教郎疾去。」怎奈紅娘心似鐵，把鶯鶯扶上七香車[94]。君瑞攀鞍空自攧[95]，道得箇「冤家寧耐些」。

　　【尾】馬兒登程，坐車兒歸舍；馬兒往西行，坐車兒往東拽：兩口兒，一步兒，離得遠如一步也！

　　【仙呂調·點絳唇纏令】美滿生離，據鞍冗冗[96]離腸痛。舊歡新寵，變作高唐夢。○回首孤城，依約青山擁。西風送，戍樓[97]寒重，初品《梅花弄》。

　　【瑞蓮兒】衰草萋萋[98]一徑通，丹楓索索[99]滿林紅。平生踪跡，無

---

[90]. 樽俎：ㄗㄨㄣ ㄗㄨˇ，盛酒食的器具。
[91]. 廝覷：相看、觀看。
[92]. 白泠泠：形容純淨潔白的液體；泠：ㄌㄧㄥˊ。
[93]. 彀：ㄍㄡˋ，足夠。
[94]. 七香車：古代達官貴人家中婦女所乘的車，用有香氣的木材構成。
[95]. 攧：ㄉㄧㄢ，頓足、跺腳。
[96]. 冗冗：ㄖㄨㄥˇ ㄖㄨㄥˇ，繁多而雜亂的樣子。
[97]. 戍樓：瞭望臺，守邊軍士用來遠望的高樓。
[98]. 萋萋：草茂盛的樣子。

定著如斷蓬。聽塞鴻，啞啞[100]的飛過暮雲重。

【風吹荷葉】憶得枕鴛衾鳳，今宵管半壁兒沒用，觸目淒涼千萬種，見滴流流[101]的紅葉，淅零零[102]的微雨，率剌剌[103]的西風。

【尾】驢鞭半裊，吟肩雙聳，休問離愁輕重，向箇馬兒上馱[104]也馱不動。

離蒲西行三十裡，日色晚矣，野景堪畫。

【仙呂調·賞花時】落日平林噪晚鴉，風袖翩翩吹瘦馬，一徑入天涯。荒涼古岸，衰草帶霜滑。〇瞥見箇孤林端[105]入畫，籬落蕭疎帶淺沙，一箇老大伯捕魚鰕；橫橋流水，茅舍映荻花。

【尾】駝腰的柳樹上有漁槎[106]，一竿風斾[107]茅簷上掛，澹煙瀟灑，橫鎖著兩三家。

生投宿於村店。

【越調·聽前柳纏令】蕭索江天暮，投宿在數間茅舍，夜永愁無寐。謾咨嗟[108]，枕頭上怎寧貼？〇倚定箇枕頭兒越越的[109]哭，哭得悄似癡呆。畫櫓聲搖拽，水聲嗚咽[110]，蟬聲助悽切。

---

[99]. 索索：冷寂蕭條的樣子。
[100]. 啞啞：形容鳥鳴聲；啞：一ㄚ。
[101]. 滴流流：盤旋、旋轉的樣子。
[102]. 淅零零：形容風雨、霜雪飄打的聲音。
[103]. 率剌剌：ㄌㄚˋ ㄌㄚˋ，形容風聲。
[104]. 馱：ㄊㄨㄛˊ，背負。
[105]. 端：確實。
[106]. 漁槎：漁船。
[107]. 風斾：此指村店所掛的旗子；斾：ㄆㄟˋ，旗幟的通稱。
[108]. 咨嗟：ㄗ ㄐㄧㄝ，嘆息。
[109]. 越越的：暗暗的、悄悄的。
[110]. 嗚咽：ㄨ 一ㄝˋ，形容淒涼低沉的聲音。

【蠻牌兒】活得正美滿,被功名使人離闕。知他是我命薄?你緣業?比似他時再相逢也,這的般愁,兀的般悶,終做話兒說。○料得我兒今夜裡,那一和煩惱哯嗻[111]。不恨咱夫妻今日別,動是經年,少是半載,恰第一夜。

【山麻稽】淅零零地雨打芭蕉葉,急煎煎[112]的促織兒[113]聲相接。做得箇蟲蟻兒天生的劣,特故把愁人做脾憋[114],更深後越切。○恨我寸腸千結,不埋怨除你心如鐵。淚痕兒淹破人雙頰,淚點兒怕搵不迭,是相思血。

【尾】兀的不煩惱煞人也!燈兒一點甫能吹滅,雨兒歇,閃出昏慘慘[115]的半窗月。

西風怯雨眠難熟,殘月窺人酒半醒。

【南呂宮・應天長】無語悶答孩,漫漫兩淚盈腮,清宵夜好難捱,一天愁悶怎安排?役損[116]這情懷。睡不著,萬感勉強的把旅舍門開,披衣獨步在月明中,凝睛看天色。○澹雲遮籠素魄,野水連天天竟白。見衰楊折葦,隱約映漁臺。新愁與舊恨,睹此景,分外增煞白[117]。柳陰裡忽聽得有人言,低聲道:「快行麼娘咳!」

【尾】張生覷了失聲道:「怪」!見野水橋東岸南側,兩箇畫不就的佳人映月來。

---

[111]. 哯嗻:ㄕㄜ ㄓㄜ,能幹、出眾,亦可寫作「奢遮」。
[112]. 急煎煎:焦急、急忙的樣子。
[113]. 促織兒:即蟋蟀,本性怕光,棲身於土中或石礫下,以植物為食。
[114]. 脾憋:憋拗忸氣。
[115]. 昏慘慘:形容昏暗不明。
[116]. 役損:牽引、惹起。
[117]. 煞白:衰敗,亦有說法解為「臉色慘白」。

鞋弓襪窄，行不動，步難移；語顫聲嬌，喘不迭，頻道困。是人是鬼俱難辨，為福為災兩不知。生將取劍擊之，而已至矣。因叱之曰：「爾乃誰人唬秀才？」月影柳陰之下，定睛細認。云云。

【雙調・慶宣和】「是人後疾忙快分說，是鬼後應速滅。」入門來取劍取不迭，兩箇來的近也，近也！○君瑞回頭再覷些，半晌癡呆，回嗔作喜[118]唱一聲喏，卻是姐姐那姐姐！

熟視之，乃鶯、紅也。生驚問曰：「爾何至此？」鶯曰：「適夫人酒多寐熟，妾與紅娘計之曰：『郎西行，何日再面？』紅曰：『郎行不遠，同往可乎？』妾然其言，與紅私渡河而至此。」生攜鶯手歸寢。未及解衣，聞羣犬吠門。生破窗視之，但見火把照空，喊聲震地，聞一人大呼曰：「渡河女子，必在是矣！」

【商調・定風波】好事多妨礙，恰拈了冠兒，鬆開裙帶，汪汪的狗兒吠，順風聽得喊聲一派。不知為箇甚，唬得張生變了面色，真箇大驚小怪。○火把臨窗外，一片地叫「開門」，倒大驚駭。張生隔窗覷，見五千餘人，全副執戴[119]；一箇最大漢提著雁翎刀，厲聲叫道：「與我這裡搜猜[120]。」

【尾】柴門兒腳到處早蹉開，這君瑞有心掙揣[121]，向臥榻上撒然覺來。

無端怪鵲高枝噪，一枕鴛鴦夢不成。坐而待旦，僕已治裝。

【仙呂調・醉落魄纏令】酒醒夢覺，君瑞悶愁不小。隔窗野鵲兒喳喳地叫，把夢驚覺人來，不當箇嘴兒巧。○悶打孩似吃著沒心草，

---

[118]. 回嗔作喜：由生氣轉為高興。
[119]. 全副執戴：全副武裝。
[120]. 搜猜：搜尋。
[121]. 掙揣：ㄓㄥˋ ㄔㄨㄞˇ，勉強支撐。

西廂記諸宮調

越越的哭到月兒落,被頭兒上淚點多少,媚媚的[122]不乾,抑也抑得著[123]。

【風吹荷葉】枕畔僕人低低道:「起來麼解元,天曉也!」把行李琴書收拾了。聽得幽幽角奏,噹噹地鐘響,忔忔地雞叫。

【醉奚婆】把馬兒控著,不管人煩惱。程程去也,相見何時卻?

【尾】華山又高,秦川又杳,過了無限野水橫橋,騎著瘦馬兒圪登登[124]的又上長安道。

行色一鞭催瘦馬,羈愁[125]萬斛引新詩。長安道上,只知君瑞艱難;普救寺中,誰念鶯鶯煩惱?鶯自郎西邁,憔悴不勝。乘間詣郎閱書之閣,開牖[126]視之,非復曩日[127]。鶯轉煩惱。

【黃鍾宮・侍香金童纏令】才郎自別,剗地愁無那。裊裊爐煙縈綠瑣,濃睡覺來心緒惡。衣裳羞整,霧鬟斜嚲。○香消玉瘦,天天都為他,眼底閑愁沒處著。是即是下梢相見,咱大小身心,時下打疊不過。

【雙聲疊韻】吟硯乾,黃卷堆,冷落了讀書閣。金篆寶鼎獸爐,誰爇[128]龍涎火?幾冊書,有誰垛[129]?粉箋暗,被塵污,悄沒人照覷[130]子箇。

【刮地風】薄倖[131]的冤家好下得,甚把人拋躲?眉兒澹[132]了教誰

---

[122]. 媚媚的:慢慢的。
[123]. 抑也抑得著:絞也絞得出。
[124]. 圪登登:一ˋ ㄉㄥˋ ㄉㄥˋ,狀聲詞,形容馬蹄聲。
[125]. 羈愁:作客他鄉所引起的愁緒。
[126]. 牖:一ㄡˇ,窗戶。
[127]. 曩日:ㄋㄤˇ ㄖˋ,從前。
[128]. 爇:ㄖㄨㄛˋ,焚燒。
[129]. 垛:ㄉㄨㄛˋ,整理堆疊起來。
[130]. 照覷:照料看顧。
[131]. 薄倖:薄情、無情。

畫？哭損秋波。琵琶塵暗，懶拈金撲[133]。有新詩，有新詞，共誰酬和？那堪對暮秋，你道如何？

【整金冠令】促織兒外面鬥聲相聒，小即小，天生的口不曾合[134]。是世間蟲蟻兒裡的活撮[135]，叨叨的絮[136]得人怎過？

【賽兒令】愁麼，愁麼，此愁著甚消磨？把腳兒擷了、耳朵兒搓，沒亂煞，也自摧挫。塞鴻來也那！塞鴻來也那！

【柳葉兒】淅冽冽的曉風簾幙，滴流流的落葉辭柯。年年的光景如梭，急煎煎的心緒如火。

【神仗兒】這對眼兒，這對眼兒，淚珠兒滴了萬顆；止約不定，恰纔淹了，撲簌簌[137]的又還偷落，勝秋雨點兒多。

【四門子】些兒鬼病天來大，何時是可？羅衣寬褪肌如削，悶答孩地獨自箇。空恨他，空怨他，料他那裡與誰做活？空恨他，空怨他，不道人圖箇甚麼？

【尾】把寶鑑[138]兒拈來強梳裡，腮兒被淚痕兒浥破[139]，甚全不似舊時節風韻我？

自季秋與郎相別，杳無一信；早是離恨，又值冬景；白日猶閑[140]，

---

[132]. 澹：ㄉㄢˋ，清淡而不濃。
[133]. 金撲：彈琵琶用的金撥。
[134]. 天生的口不曾合：古人以為蟲鳴由口發出，後來知曉有些為振翼作聲，不改舊說。
[135]. 活撮：小東西，多用於貶義；撮：ㄘㄨㄛ，又音ㄘㄨㄛˋ。
[136]. 叨叨的絮：形容說話囉嗦、多話；叨叨：ㄉㄠ·ㄉㄠ。
[137]. 撲簌簌：狀聲詞，形容物體輕輕的不斷落下來，大多用來形容流淚急而多的樣子；簌：ㄙㄨˋ。
[138]. 寶鑑兒：寶鏡。
[139]. 浥破：濕著。
[140]. 猶閑：還過得去。

清宵更苦。

【中呂調・香風合纏令】煩惱知何限，悶答孩地獨自淚漣漣。身心悄似顛，相思悶轉添。守著燈兒坐，待收拾做些兒閒針線，奈身心！

不苦歡[141]，不苦歡！○一雙春筍玉纖纖，貼兒[142]裡拈線，把繡針兒穿。行待紝針關[143]，卻便紝針尖。欲待裁領衫兒段，把繫著的裙兒胡亂剪，胡亂剪！

【石榴花】覷著紅娘，認做張郎喚。認了多時自失歎，不惟道鬼病相持，更有邪神繳纏[144]。○苦、苦！天、天！此愁何時免？鎮日思量敧萬千遍。算無緣得歡喜存活，只有分與煩惱為冤。○譬如對燈悶悶的坐，把似和衣強強的眠。心頭暗發著願，願薄倖的冤家夢中見。爭奈按不下九曲迴腸[145]，合不定一雙業眼。

【尾】是前世裡債、宿世的冤，被你擔閣了人也張解元！

明年，張珙廷試[146]，第三人及第[147]。

作品賞析

董解元的《西廂記》無論是人物性格、情節架構或角色關係皆有了新的詮釋意義，文中洋溢著追求自由與樂觀進取的精神氛圍。有別於《會真記》及《商調蝶戀花詞》那般陳腐與對生命的無奈，而是著重於紅塵男女勇敢突破禮教枷鎖，並且熱情擁抱美好愛情的描繪。本篇選自《董西廂》第六卷，其內容重在摹寫張生與崔鶯鶯對於分離的

---

[141]. 不苦歡：不快樂。
[142]. 貼兒：放繡線的夾子。
[143]. 紝針關：用線穿過針孔。
[144]. 繳纏：糾纏。
[145]. 迴腸：形容內心焦慮，好似腸子在迴轉糾結。
[146]. 廷試：科舉的殿試。
[147]. 第三人及第：考取進士第一甲第三名。

躊躇不捨，透過對話安排及情景鋪述，將兩人間深刻的依戀躍然紙上。

在言語的運用上，《董西廂》的文字俗雅適中合宜，具有質樸奇俊的藝術風格。例如「馬兒登程，坐車兒歸舍；馬兒往西行，坐車兒往東拽：兩口兒，一步兒，離得遠如一步也！」、「莫道男兒心如鐵，君不見滿川紅葉，盡是離人眼中血！」等句，讀來清新自然，令人滿口生香。除此之外，董解元在文中亦發揮諸宮調說唱相輔相成的特點，將抒情與敘事二者行文手法巧妙結合。

全篇讀來生動自然，於小亭裡男女相別一幕，作者更配以四套曲子來襯此場景，將人物心理糾結、情愁心思完美刻劃，情景交融，詞藻俊秀優美，藝術價值極高。

問題討論

一、鶯鶯的故事不停地流傳演繹，《西廂記諸宮調》承上啟下各有哪些作品？

二、何謂諸宮調？諸宮調作品可考者尚有哪些？

三、董解元在《西廂記諸宮調》中對人物形象做了何種轉變？

第二章、元代時期

元代時期有：雜劇選與南戲傳奇選兩大類，茲賞析如下：

第一節、雜劇選

雜劇選，可分為以歷史為背景之歷史劇、以愛情為背景之愛情劇、以社會為背景之社會劇、以文人為背景之文人劇。茲賞析如下：

一、歷史劇

《梧桐雨‧第二、三折》

內容導讀

《梧桐雨》全名《唐明皇秋夜梧桐雨》，乃根據白居易〈長恨歌〉及陳鴻《長恨歌傳》等創作而成，以〈長恨歌〉的「秋雨梧桐葉落時」文意命名，作者以歷史題材加以敷演，一方面點出唐明皇晚年荒政，唐代由盛而衰，一方面也對明皇與貴妃的遭遇表示同情，劇中文詞優美，情感哀淒動人，有濃厚的抒情性。明皇與貴妃成日朝歌暮宴，於七夕之夜許下盟誓，而安祿山被派為漁陽節度使，心有懷恨遂率兵造反，明皇倉皇奔蜀，行至馬嵬坡，眾人請誅楊國忠兄妹，明皇無奈，貴妃被眾人以尺組縊斃。明皇避亂四川三年後亂平回宮，日夜思念，在夢中與貴妃相見卻被梧桐雨聲驚醒，惆悵不已。

第二折寫明皇與貴妃宮廷宴賞的場景，使臣進貢荔枝贏得貴妃一笑，跳起霓裳羽衣舞，然歌舞昇平之時，卻聞安祿山之變，動亂前後的對比也在此突顯。第三折寫馬嵬坡事變，著力於描寫明皇的反應，進退兩難的窘境，內心的痛苦掙扎，都是此折的重點。

作者介紹

白樸（公元 1226 年～？），字仁甫，一字太素，號蘭谷，河北真定人，原籍山西隩州人，幼年經歷動亂，由元好問收養，後隨父親白華移居真定。自幼聰慧善記，精於度曲，文字儒雅婉麗，為元曲四大家之一。主要著作為散曲《天籟集》，劇作十六種，現存者僅《梧桐雨》、《牆頭馬上》、《東牆記》三種。

課文說明

【第二折】

【本文】（安祿山引眾將上，云）某安祿山是也。自到漁陽，操練蕃漢人馬，精兵見有四十萬，戰將千員。如今明皇年已昏眊[1]，楊國忠、李林甫播弄[2]朝政。我今只以討賊為名，起兵到長安，搶了貴妃，奪了唐朝天下，才是我平生願足。左右，軍馬齊備了麼？（眾將云）都齊備了。（安祿山云）著軍政司先發檄一道，說某奉密旨討楊國忠等。隨後令史思明領兵三萬，先取潼關，直抵京師，成大事如反掌耳！（眾將云）得令。（安祿山云）今日天晚，明日起兵。（詩云）統精兵直指潼關，料唐家無計遮攔[3]。單要搶貴妃一個，非專為錦繡江山。（同下）（正末引高力士，鄭觀音抱琵琶，寧王吹笛，花奴打羯鼓[4]，黃翻綽[5]執板，捧旦上）（正末云）今日新秋天氣，寡人朝回無事，妃子學得霓裳羽衣舞[6]，同往御園中沉香亭下，閑耍[7]一番。早來到也，你看這秋來風物，好是動人也呵！（唱）

---

[1]. 昏眊：老邁；眊：ㄇㄠˋ。
[2]. 播弄：擺佈玩弄。
[3]. 遮攔：阻擋。
[4]. 花奴打羯鼓：唐代汝陽王李璡，小名花奴，善擊羯鼓。
[5]. 黃翻綽：伶人。
[6]. 霓裳羽衣舞：唐代宮廷舞，舞者手執彩帶，配合霓裳羽衣曲，表現出縹緲虛幻的仙境。
[7]. 閑耍：閒暇時嬉戲消遣。

第二章、元代時期--梧桐雨

【中呂‧粉蝶兒】天淡雲閑，列長空數行征雁。御園中夏景初殘，柳添黃，荷減翠，秋蓮脫瓣，坐近幽蘭，噴清香玉簪花[8]綻。

（帶云）早到御園中也。雖是小宴，倒也整齊。（唱）

【叫聲】共妃子喜開顏，等閑等閑。御園中列餚饌[9]，酒注嫩鵝黃[10]，茶點鷓鴣斑[11]。

【醉春風】酒光泛紫金鐘，茶香浮碧玉盞。沉香亭畔晚涼多，把一搭兒[12]親自揀揀。粉黛濃粧，管絃齊列，綺羅[13]相間。

（外扮使臣上，詩云）長安回望繡成堆[14]，山頂千門次第開。一騎紅塵妃子笑，無人知是荔枝來。小官四川道差來使臣，因貴妃娘娘好啖[15]鮮荔枝，遵奉詔旨，特來進鮮。早到朝門外了。宮官，通報一聲，說四川使臣來進荔枝。（做報科）（正末云）引他進來。（使臣見駕科，云）四川道使臣進貢荔枝。（正末看科，云）妃子，你好食此果，朕特令他及時進來。（旦云）是好荔枝也。（正末唱）

【迎仙客】香噴噴味正甘，嬌滴滴色初綻。只疑是九重天謫來人世間。取時難，得後慳[16]。可惜不近長安，因此上教驛使[17]把紅塵踐。

（旦云）這荔枝顏色嬌嫩，端的[18]可愛也。（正末唱）

---

[8]. 玉簪花：植物名，開白或淡紫色花，蕊如簪頭，有香味。
[9]. 餚饌：泛指飯菜。
[10]. 鵝黃：一種美酒名，淡黃色。
[11]. 鷓鴣斑：茶的顏色像鷓鴣羽毛斑點的深赭色。
[12]. 一搭兒：這一帶地方。
[13]. 綺羅：華麗的絲織品或衣服。
[14]. 繡成堆：指風景美麗，好似繡成的光彩。
[15]. 啖：ㄉㄢˋ，吃。
[16]. 慳：ㄑㄧㄢ，吝惜、愛惜。
[17]. 驛使：驛站替人傳遞書信或物件的人。
[18]. 端的：果然、真的；的：ㄉㄧˋ。

【紅繡鞋】不則[19]向金盤中好看,便宜將玉手擎[20]餐,端的個絳紗籠罩水晶寒[21]。為甚教寡人醒醉眼,妃子暈嬌顏,物稀也人見罕。

(高力士云)請娘娘登盤,演一回霓裳之舞。(正末云)依卿奏者。(正旦做舞,眾樂攛掇[22]科)(正末唱)

【快活三】囑付你仙音院莫怠慢,道與你教坊司要迭辦[23]。把個太真妃扶在翠盤間,快結束宜妝扮。

【鮑老兒】雙撮得泥金衫袖挽,把月殿裡霓裳按,鄭觀音琵琶準備彈,早搭上鮫綃[24]襻。賢王玉笛,花奴羯鼓,韻美聲繁。寧王錦瑟,梅妃玉簫,嘹[25]亭循環。

【古鮑老】屹剌剌[26]撒開[27]紫檀,黃翻綽向前手拍板。低低的叫聲玉環,太真妃笑時花近眼。紅牙箸趁五音、擊著梧桐案,嫩枝柯猶未乾、更帶著瑤琴音泛,卿呵,你則索出幾點瓊珠汗。(旦舞科)(正末唱)

【紅芍藥】腰鼓聲乾,羅襪[28]弓彎,玉佩丁東[29]響珊珊[30],即漸裡舞嚲[31]雲鬟[32]。施呈你蜂腰細,燕體翻,作兩袖香風拂散。(帶云)卿倦也,

---

[19] 不則:不但。
[20] 擎:ㄑㄧㄥˊ,持、拿。
[21] 絳紗籠罩水晶寒:形容荔枝外皮紅皺如紗,裡面包覆的果肉如水晶剔透。
[22] 攛掇:ㄘㄨㄢ ˙ㄉㄨㄛ,幫忙、配合。
[23] 迭辦:籌措、辦理。
[24] 鮫綃:ㄐㄧㄠ ㄒㄧㄠ,傳說中鮫人所織的絲絹、薄紗。
[25] 嘹:聲音清脆悠揚。
[26] 屹剌剌:狀聲詞,形容物體相碰所發出的聲音;屹:ㄧˋ。
[27] 撒開:鬆手、放開。
[28] 羅襪:絲織的襪子。
[29] 丁東:狀聲詞,形容佩玉撞擊聲。
[30] 珊珊:佩玉相擊聲。
[31] 嚲:ㄉㄨㄛˇ。

第二章、元代時期--梧桐雨

飲一杯酒者。(唱)寡人親捧杯玉露甘寒,你可也莫得留殘,拚著個醉醺醺直吃到夜靜更闌。

(旦飲酒科)(淨扮李林甫上,云)小官李林甫是也,見為左丞相之職。今早飛報將來,說安祿山反叛,軍馬浩大,不敢抵敵,只得見駕。(做見駕科)(正末云)丞相有何事這等慌促?(李林甫云)邊關飛報,安祿山造反,大勢軍馬殺將來了。陛下,承平日久,人不知兵,怎生是好?(正末云)你慌做甚麼!(唱)

【剔銀燈】止不過奏說邊庭上造反,也合看空便,覷[33]遲疾緊慢。等不的俺筵上笙歌散,可不氣丕丕[34]冒突[35]天顏!那些個齊管仲鄭子產,敢待做假忠孝龍逢比干?

(李林甫云)陛下,如今賊兵已破潼關,哥舒翰失守逃回,目下就到長安了,京城空虛,決不能守,怎生是好?(正末唱)

【蔓菁菜】險些兒慌殺你個周公旦,(李林甫云)陛下,只因女寵盛,讒夫昌,惹起這刀兵來了。(正末唱)你道我因歌舞壞江山?你常好是占奸,早難道羽扇綸巾笑談間,破強虜三十萬。

(云)既賊兵壓境,你眾官計議,選將統兵,出征便了。(李林甫云)如今京營兵不滿萬,將官衰老,如哥舒翰名將,尚且支持不住,那一個是去得的?(正末唱)

【滿庭芳】你文武兩班,空更些烏靴象簡[36],金紫羅襴[37]。內中沒個英雄漢,掃蕩塵寰[38]。慣縱的個無徒祿山,沒揣的撞過潼關,先敗了

---

[32]. 雲鬟:盤捲如雲的秀髮。
[33]. 覷:ㄑㄩˋ,看。
[34]. 氣丕丕:激動氣急。
[35]. 冒突:冒犯唐突。
[36]. 象簡:象牙製成的手板,明以前一至五品的高官所拿,亦稱象笏。
[37]. 襴:ㄌㄢˊ,上衣和下裳相連的衣服。
[38]. 塵寰:佛家稱人間的用語,因罪惡太多。

哥舒翰。疑怪昨宵向晚[39]，不見烽火報平安。

（云）卿等有何計策，可退賊兵？（李林甫云）安祿山部下，蕃漢兵馬四十餘萬，皆是以一當百，怎與他拒敵？莫若陛下幸蜀，以避其鋒，待天下兵至，再作計較。（正末云）依卿所奏。便傳旨，收拾六宮嬪御，諸王百官，明日早起，幸蜀去來。（旦作悲科，云）妾身怎生是好也！（正末唱）

【普天樂】恨無窮，愁無限。爭奈倉卒之際，避不得驀[40]嶺登山。鑾駕遷，成都盼。更那堪滻水[41]西飛雁，一聲聲送上雕鞍。傷心故園，西風渭水，落日長安。

（旦云）陛下，怎受的途路之苦？（正末云）寡人也沒奈何哩！（唱）

【啄木兒尾】端詳[42]了你上馬嬌，怎支吾[43]蜀道難！替你愁那嵯峨[44]峻嶺連雲棧，自來驅馳[45]可慣，幾程兒挨得過劍門關？（同下）

---

[39]. 向晚：傍晚。
[40]. 驀：ㄇㄛˋ，越過。
[41]. 滻水：河川名，源於陝西省藍田縣西南谷中；滻：ㄔㄢˇ。
[42]. 端詳：詳細察看。
[43]. 支吾：應付、對付。
[44]. 嵯峨：ㄘㄨㄛˊ ㄜˊ，山勢高峻的樣子。
[45]. 驅馳：策馬奔走。

第二章、元代時期--梧桐雨

【第三折】

（外扮陳玄禮上，詩云）世受君恩統禁軍[46]，天顏[47]喜怒得先聞。平武備皆無用，誰料狂胡[48]起戰塵。某右龍武將軍陳玄禮是也。昨因逆胡安祿山倡亂，潼關失守。昨日宰臣會議，大駕暫幸[49]蜀川，以避其鋒。今早飛報說，賊兵離京城不遠。聖主令某統領禁軍護駕，軍馬點就多時，專候大駕起行。（正末引旦及楊國忠、高力士，並太子、扈駕[50]郭子儀、李光弼上）（正末云）寡人眼不識人，致令狂胡作亂。事出急迫，只得西行避兵，好傷感人也呵！（唱）

【雙調‧新水令】五方旗招颭日邊霞，冷清清半張鑾駕。鞭倦裊[51]，鐙慵踏[52]，回首京華，一步步放不下。

（帶云）寡人深居九重，怎知閭閻[53]貧苦也！（唱）

【駐馬聽】隱隱天涯，剩水殘山五六搭；蕭蕭林下，壞垣破屋兩三家。秦川遠樹霧昏花，灞橋[54]衰柳風瀟灑。煞不如碧窗紗，晨光閃爍鴛鴦瓦[55]。

（眾扮父老上，云）聖上，鄉里百姓叩頭。（正末云）父老有何話說？（眾云）官闕，陛下家居；陵寢，陛下祖墓，今舍此欲何之？（正末云）寡人不得已，暫避兵耳。（眾云）陛下既不肯留，臣等願率子弟，從殿下[56]東破賊，取長安。若殿下與至尊[57]皆入蜀，使中原百姓，誰為

---

[46]. 禁軍：皇帝的侍衛軍隊。
[47]. 天顏：指皇帝。
[48]. 狂胡：指安祿山起兵造反。狂：猖狂、反叛。
[49]. 幸：稱皇帝親至。
[50]. 扈駕：護衛皇帝車駕的隨從。
[51]. 鞭倦裊：馬鞭懶得擺動；裊：搖曳、擺動。
[52]. 鐙慵踏：馬鐙懶得踏。鐙：ㄉㄥˋ，掛在馬鞍兩旁，讓騎馬的人踏腳用。
[53]. 閭閻：鄉里的門，引伸為民間。
[54]. 灞橋：陝西省橫跨灞水之上的橋，離人常在此折柳送別，。
[55]. 煞不如碧窗紗，晨光閃爍鴛鴦瓦：指荒郊景色不能與皇宮相比，碧窗紗、鴛鴦瓦皆代指宮殿景致；煞不如：真不如。
[56]. 殿下：對太子或諸王的尊稱，此指太子李亨。

之主？（正末云）父老說的是。左右，宣我兒近前來者。（太子做見科）（正末云）眾父老說，中原無主，留你東還，統兵殺賊。就令郭子儀、李光弼為元帥，後軍分撥三千人，跟你回去，你聽我說。（唱）

【沉醉東風】父老每忠言聽納，教小儲君[58]專任征伐。你也合分取些社稷憂，怎肯教別人把江山霸，將這顆傳國寶[59]你行留下。（太子云）兒子只統兵殺賊，豈敢便登天位？（正末唱）剿除了賊徒，救了國家，更避甚稱孤道寡？

（太子云）既為國家重事，兒子領詔旨，率領郭子儀、李光弼回去也。（做辭駕科）（眾軍不行科）（正末唱）

【慶東原】前軍疾行動，因甚不進發？（眾軍吶喊科）一行人覷了皆驚怕。嗔忿忿[60]停鞭立馬，惡嗷嗷[61]披袍貫甲，明颼颼[62]掣劍離匣，齊臻臻[63]雁行班[64]排，密匝匝[65]魚鱗似亞[66]。

（陳玄禮云）眾軍士說，國有奸邪，以致乘輿[67]播遷；君側之禍不除，不能斂戢[68]眾志。（正末云）這是怎麼說？（唱）

【步步嬌】寡人呵萬里煙塵，你也合嗟訝[69]，就勢兒把吾當諕，國家又不曾虧你半掐[70]。因甚軍心有爭差[71]？問卿咱，為甚不說半句兒知

---

[57] 至尊：指皇帝唐明皇。
[58] 儲君：王儲，指李亨。
[59] 傳國寶：指玉璽，在此有讓位之意。
[60] 嗔忿忿：氣憤惱怒的樣子；嗔：ㄔㄣ，生氣憤怒。
[61] 惡嗷嗷：惡狠狠的樣子；嗷：ㄒㄧㄥ。
[62] 明颼颼：光閃閃的樣子；颼：ㄅㄧㄠ。
[63] 齊臻臻：整齊的樣子。
[64] 班：等同。
[65] 密匝匝：形容又多又密；匝匝：ㄗㄚ ㄗㄚ，形容稠密、茂盛。
[66] 亞：同壓，指一個緊接一個。
[67] 乘輿：皇帝坐的車乘，代稱皇帝。
[68] 斂戢：自我約束、平息；戢：ㄐㄧˊ，收斂。
[69] 嗟訝：ㄐㄧㄝ ㄧㄚˋ，嗟嘆驚訝，此處引申為同情。
[70] 半掐：很少，比喻少許。

第二章、元代時期--梧桐雨

心話？

（陳玄禮云）楊國忠專權誤國，今又與吐蕃使者交通[72]，似有反情，請誅之以謝天下。（正末唱）

【沉醉東風】據著楊國忠合該萬剮，鬥[73]的個祿山賊亂了中華。是非寡人股肱[74]難棄舍，更兼與妃子骨肉相牽掛。斷遣[75]盡枉玷污[76]了五條刑法[77]，把他剝了官職，貶做窮民，也是陣殺，允不允，陳玄禮將軍鑒察！

（眾軍怒喊科）（陳玄禮云）陛下，軍心已變，臣不能禁止，如之奈何？（正末云）隨你罷！（眾殺楊國忠科）（正末唱）

【雁兒落】數層槍，密匝匝，一聲喊，山摧塌。原來是陳將軍號令明，把楊國忠施行罷。

（眾軍仗劍擁上科）（正末唱）

【撥不斷】語喧嘩，鬧交雜，六軍不進屯戈甲。把個馬嵬坡簇合沙[78]，又待做甚麼？諕的我戰欽欽[79]遍體寒毛乍[80]。吃緊的軍隨印轉，將令威嚴，兵權在手，主弱臣強。卿呵，則你道波，寡人是怕也那不怕！

（云）楊國忠殺了，您眾軍不進，卻為甚的？（陳玄禮云）國忠謀反，貴妃不宜供奉，願陛下割恩正法。（正末唱）

---

[71]. 爭差：有差異。
[72]. 交通：來往。
[73]. 鬥：同逗，挑起、引發之意。
[74]. 股肱：大腿與上臂，比喻輔佐的大臣。
[75]. 斷遣：處分。
[76]. 盡枉玷污：只有平白玷污。
[77]. 五條刑法：古代五種輕重不等的刑法，隋唐以後為死、流、徒、杖、笞。
[78]. 簇合沙：圍困；沙：語助詞，無義。
[79]. 欽欽：形容身體因受驚或受冷而打顫的樣子。
[80]. 寒毛乍：緊張恐懼而寒毛直立。

【攬箏琶】高力士,道與陳玄禮休沒高下,豈可教妃子受刑罰?他見請受[81]著皇后中宮,兼踏著寡人御榻。他又無罪過,頗賢達;須不似周褒姒舉火取笑,紂妲己敲脛覷人[82]。早間把他個哥哥壞了,總便有萬千不是,看寡人也合饒過他,一地胡拿。

(高力士云)貴妃誠無罪,然將士已殺國忠,貴妃在陛下左右,豈敢自安。願陛下審思之,將士安,則陛下安矣。(正末唱)

【風入松】止不過鳳簫羯鼓間琵琶,忽剌剌板撒紅牙。假若更添個六幺花十八,那些兒是敗國亡家[83]!可知道陳後主遭著殺伐,皆因唱《後庭花》。

(旦云)妾死不足惜,但主上之恩,不曾報得,數年恩愛,教妾怎生割捨?(正末云)妃子,不濟事了,六軍心變,寡人自不能保。(唱)

【胡十八】似恁地對咱,多應來變了卦。見俺留戀著他,龍泉三尺手中拿。便不將他刺殺,也將他嚇殺。更問[84]甚陛下,大古[85]是知重俺帝王家?

(陳玄禮云)願陛下早割恩正法。(旦云)陛下,怎生救妾身一救?(正末云)寡人怎生是好?(唱)

【落梅風】眼兒前不甫能[86]栽起合歡樹,恨不得手掌裡奇擎[87]著解語花[88],盡今生翠鸞同跨。怎生般愛他看待他,怎下的教橫拖在馬嵬坡

---

81. 請受:領受。
82. 敲脛覷人:妲己曾見老人在冬天赤腳涉水,好奇的派人去敲開其小腿察看。
83. 「止不過」四句:唐明皇為貴妃辯解,指她只不過擅於歌舞,沒有做任何壞事。
84. 更問:哪裡管得著。
85. 大古:大估、大概。
86. 不甫能:好不容易可以。
87. 奇擎:單手舉起、托著。
88. 解語花:唐玄宗讚貴妃之語。

第二章、元代時期--梧桐雨

下!

（陳玄禮云）祿山反逆，皆因楊氏兄妹；若不正法，以謝天下，禍變何時得消？望陛下乞與楊氏，使六軍馬踏其屍，方得憑信。（正末云）他如何受的？高力士，引妃子去佛堂中，令其自盡，然後教軍士驗看。（高力士云）有白練[89]在此。（正末唱）

【殿前歡】他是朵嬌滴滴海棠花，怎做得鬧荒荒亡國禍根芽？再不將曲彎彎遠山眉兒畫，亂鬆鬆雲鬢堆鴉。怎下的[90]磣磕磕[91]馬蹄兒臉上踏！則將細裊裊[92]咽喉掐，早把條長攙攙[93]素白練安排下。他那裡一身受死，我痛煞煞獨力難加。

（高力士云）娘娘去罷，誤了軍行，（旦回望科，云）陛下好下的[94]也！（正末云）卿休怨寡人！（唱）

【沽美酒】沒亂殺[95]，怎救拔？沒奈何，怎留他？把死限俄延[96]了多半霎，生各支[97]勒殺，陳玄禮鬧交加[98]。

（高力士引旦下）（正末唱）

【太平令】怎的教酪子裡[99]題名單罵，腦背後著武士金瓜。教幾個鹵莽的宮娥監押，休將那軟款的娘娘驚諕。你呀，見他，問咱，可憐見唐朝天下。

---

[89]. 白練：白色的絹條。
[90]. 怎下的：怎麼忍心。
[91]. 磣磕磕：悽慘可怕的樣子；磣：ㄔㄣˇ，難看；磕：ㄎㄜ，撞擊。
[92]. 細裊裊：形容纖細的樣子。
[93]. 長攙攙：長長的樣子。
[94]. 好下的：狠狠心。
[95]. 沒亂殺：心慌意亂；沒：ㄇㄛˋ。
[96]. 俄延：拖延、耽擱。
[97]. 生各支：活生生；各支：語助詞，無義。
[98]. 交加：厲害。
[99]. 酪子裡：背地裡。

（高力士持旦衣上，云）娘娘已賜死了，六軍進來看視。（陳玄禮率眾馬踐科）（正末做哭科，云）妃子，閃[100]殺寡人也呵！（唱）

【三煞】不想你馬嵬坡下今朝化，沒指望長生殿裡當時話。

【太清歌】恨無情捲地狂風刮，可怎生偏吹落我御苑名花，想他魂斷天涯，作幾縷兒彩霞。天那，一個漢明妃[101]遠把單于嫁，止不過泣西風淚濕胡笳[102]。幾曾見六軍廝踐踏，將一個屍首臥黃沙？

（正末做拿汗巾哭科，云）妃子不知那裡去了？止留下這個汗巾兒，好傷感人也！（唱）

【二煞】誰收了錦纏聯窄面吳綾襪[103]，空感歎這淚斑斕擁項鮫綃帕。

【川撥棹】痛憐他不能夠水銀灌玉匣[104]，又沒甚彩艤宮娃[105]，拽布拖麻，奠酒澆茶。只索[106]淺土兒權時葬下，又不及選山陵，將墓打[107]。

【鴛鴦煞】黃埃散漫悲風颯，碧雲黯淡斜陽下。一程程水綠山青，一步步劍嶺巴峽。唱道[108]感歎情多，恓惶[109]淚灑，早得升遐[110]，休休[111]卻是今生罷。這個不得已的官家[112]，哭上逍遙玉驄馬[113]。（同下）

---

[100]. 閃：拋下。
[101]. 漢明妃：即王昭君，為了和親遠嫁番王單于。
[102]. 胡笳：吹奏樂器名，漢代流行於塞北和西域一帶；笳：ㄐㄧㄚ。
[103]. 綾襪：用細軟有花紋的織物製成的薄襪。
[104]. 水銀灌玉匣：將水銀灌注在棺材中防腐，用於古代帝王的葬儀；玉匣：指棺材。
[105]. 宮娃：宮女。
[106]. 只索：只能。
[107]. 打：打造。
[108]. 唱道：同「暢道」，簡直是、真正是。
[109]. 恓惶：ㄒㄧ ㄏㄨㄤˊ，驚恐煩惱的樣子。
[110]. 升遐：帝王死去。
[111]. 休休：算了。
[112]. 官家：稱皇帝家，此指皇帝。
[113]. 玉驄馬：青白色的馬，泛指健壯的駿馬。

第二章、元代時期--梧桐雨

作品賞析

　　本篇節選自白樸《梧桐雨》第二、三折。寫唐明皇和楊貴妃在宮廷宴賞時，使臣進貢荔枝贏得貴妃一笑。卻在歌舞昇平之時，聞得安祿山叛變，作者將動亂前後的對比凸顯刻劃。而後的馬嵬坡事變，更深刻地將唐明皇的無措窘境以及內心的痛苦掙扎躍然紙上。

　　於此篇，作者除了將當時的歡愉與今日的淒涼作一強烈對比外，同時亦點明金王國的時代特徵。文中既鞭撻唐玄宗的貪圖享樂，另一方面卻也對有情人間的悲歡離合賦予最大的同情。

　　全劇結構層次井然，詩意濃厚。文中大量運用疊字、排比與對偶，詞藻優美、用字精確，為白樸最為成功的文學作品之一，歷史評價頗高。（清）李調元《雨村曲話》：「元人詠馬嵬事無慮數十家，白仁甫《梧桐雨》劇為最。」王國維《人間詞話》：「白仁甫《秋夜梧桐雨》劇，沉雄悲壯，為元曲冠冕。」

問題討論

　　一、諸多文人皆以唐明皇與楊貴妃的故事為題材，你喜歡哪個版本？

　　二、馬嵬下上，唐明皇遭遇哪些難題？若是你會如何應變？

　　三、劇中頻繁運用疊字詞，以求能生動表達，你能否想出其他疊字詞？

　　四、作者如何看待這段歷史與愛情？

　　五、何謂安史之亂？

《漢宮秋・第三折》

內容導讀

《漢宮秋》，全名《破幽夢孤雁漢宮秋》，寫王昭君與漢元帝之事，根據《漢書・元帝紀》及《後漢書・南匈奴傳》等資料，並加入虛構情節，描述漢元帝派毛延壽挑選宮女，宮女王昭君不向毛延壽賄賂，遭醜化其畫像，因而被打入冷宮。毛延壽事後東窗事發，叛國逃入匈奴，引兵犯境，滿朝文武束手無策，漢元帝只得讓昭君出塞和番，昭君行至交界的黑江時投江自盡，元帝在夢中見昭君歸來，驚醒時卻聞鴻雁飛鳴，感傷淒楚。

此劇情節結構緊湊而不鬆散，故事中成功塑造漢元帝、王昭君、毛延壽等人物形象，角色個性皆十分鮮明，第三折寫元帝與昭君在灞橋送別的場景，以及元帝想到回宮的情況，情感的起伏轉折，令人目不暇給，折盡是秋光寂寥，淒涼蕭瑟的風景，渲染出一片濃厚的悲劇氣氛。

作者介紹

馬致遠（約 1250 年～1321 年），字千里，號東籬，大都人，為元曲四大雜劇家之一。曾任江浙行省官吏，晚年不滿時政而辭官，歸隱田園。其作品多為田園題材，風格豪放清逸兼具，詞采典雅輕麗，散曲收入於《東籬樂府》，雜劇作品有《漢宮秋》、《青衫淚》、《岳陽樓》等。

課文說明

【第三折】

【本文】（番使擁旦上，奏胡樂科，旦云）妾身王昭君，自從選入宮中，被毛延壽將美人圖點破，送入冷宮，甫能得蒙恩幸，又被他獻與番王形像。今擁兵來索，待不去，又怕江山有失。沒奈何將妾身出塞和番。這一去，胡地風霜，怎生消受也！自古道：「紅顏勝人多薄命，

漢宮秋

莫怨春風當自嗟。」(駕引文武內官上,云)今日灞橋餞送明妃,卻早來到也。(唱)

【雙調‧新水令】錦貂裘[1],生[2]改盡漢宮妝,我則索[3]看昭君畫圖模樣[4]。舊恩金勒短[5],新恨玉鞭長。本是對金殿鴛鴦,分飛翼,怎承望!

(云)您文武百官計議,怎生退了番兵,免明妃和番者。(唱)

【駐馬聽】宰相每商量,大國使還朝多賜賞。早是俺夫妻悒怏[6],小家兒出外也搖裝[7]。尚兀自渭城衰柳助淒涼,共那灞橋流水添惆悵。偏您不斷腸。想娘娘那一天愁都攛[8]在琵琶上。

(做下馬科)(與旦打悲科)(駕云)左右慢慢唱者,我與明妃餞一杯酒。(唱)

【步步嬌】您將那一曲陽關[9]休輕放,俺咫尺如天樣[10]。慢慢的捧玉霞觴[11]。朕本意待尊前捱些時光。且休問劣了宮商[12],您則與我半句兒俄延著唱。

(番使云)請娘娘早行,天色晚了也。(駕唱)

---

[1]. 錦貂裘:匈奴地區天寒,衣服多是穿著皮裘之類。
[2]. 生:硬生生,表示極不情願。
[3]. 則索:必須好好的看;索:必須。
[4]. 畫圖模樣:昭君美麗的模樣在畫中。
[5]. 舊恩金勒短:以前的恩愛如馬口勒鐵般的短,指相聚沒多久。
[6]. 悒怏:ㄧˋ ㄧㄤˋ,悶悶不樂的樣子。
[7]. 小家兒出外也搖裝:小戶人家出門也會搖裝一番;搖裝:即遙裝,古代習俗凡遠行者將離家,先挑一吉日出門,親友送行江邊,上船者出去一下子又回來,擇日正式出發。
[8]. 攛:ㄘㄨㄢ,聚攏而取,此指聚集。
[9]. 一曲陽關:〈陽關三疊〉曲,男女離別之曲。
[10]. 咫尺如天樣:如咫尺天涯般遙不可及。
[11]. 霞觴:倒了如彩霞般顏色酒液的酒杯。
[12]. 劣了宮商:音樂不諧;宮商:音樂的簡稱。

【落梅風】可憐俺別離重，你好是歸去的忙。寡人心先到他李陵臺[13]上。回頭兒卻才魂夢裡想，便休題貴人多忘。

（旦云）妾這一去，再何時得見陛下？把我漢家衣服都留下者。（詩云）正是：今日漢宮人，明朝胡地妾。忍著主衣裳，為人作春色。[14]（留衣服科）（駕唱）

【殿前歡】則什麼留下舞衣裳，被西風吹散舊時香[15]。我委實怕宮車再過青苔巷，猛到椒房[16]，那一會想菱花鏡裡妝，風流相[17]，兜的[18]又橫心上。看今日昭君出塞，幾時似蘇武還鄉[19]？

（番使云）請娘娘行罷，臣等來多時了也。（駕云）罷罷罷！明妃，你這一去，休怨朕躬也。（做別科，駕云）我那裡是大漢皇帝！（唱）

【雁兒落】我做了別虞姬楚霸王[20]，全不見守玉關征西將[21]。那裡取保親的李左軍，送女客的蕭丞相[22]？

（尚書云）陛下不必掛念。（駕唱）

【得勝令】他去也不沙[23]架海紫金梁[24]？枉養著那邊庭上鐵衣郎。

---

[13]. 李陵臺：漢武帝名將李陵之墓。
[14]. 今日漢宮人四句：前二句出於李白詩，後二句出於陳師道詩。
[15]. 西風吹散舊時香：元詩人元淮〈昭君出塞〉詩。
[16]. 椒房：后妃所居宮殿，以椒泥塗牆。
[17]. 風流相：品行舉止瀟灑清高。
[18]. 兜的：突然的。
[19]. 蘇武還鄉：蘇武出使匈奴，因不投降被囚十九年方能回國。
[20]. 別虞姬楚霸王：喻昭君與漢帝依依不捨之情。
[21]. 守玉關征西將：玉關及玉門關，設有守關的東西南北四征將軍與四鎮將軍。
[22]. 保親的李左軍兩句：李左軍與蕭丞相都是漢朝功臣，歷史上並無兩人送人和親之事，此為漢武帝諷朝中大臣毫無用處；保親：促成婚姻的媒人。送女客：女子出嫁跟著去的人。
[23]. 不沙：不是。
[24]. 架海紫金梁：比喻得力的將相。

您也要左右人扶持，俺可甚糟糠妻下堂[25]！您但提起刀槍，卻早小鹿兒心頭撞[26]。今日央及煞娘娘[27]，怎做的男兒當自強！

（尚書云）陛下，咱回朝去罷。（駕唱）

【川撥棹】怕不待放絲韁[28]，咱可甚鞭敲金鐙響[29]。你管燮理[30]陰陽，掌握朝綱，治國安邦，展土開疆。假若俺高皇，差你個梅香[31]，背井離鄉，臥雪眠霜。若是他不戀恁春風畫堂[32]，我便官封你一字王[33]。

（尚書云）陛下，不必苦死留他，著他去了罷。（駕唱）

【七兄弟】說甚麼大王、不當、戀王嬙，兀良[34]，怎禁他臨去也回頭望。那堪這散風雪旌節影悠揚，動關山鼓角聲悲壯。

【梅花酒】呀！俺向著這迴野[35]悲涼，草已添黃，兔早迎霜；犬褪得毛蒼，人搠[36]起纓槍，馬負著行裝，車運著餱糧[37]，打獵起圍場[38]。他他他，傷心辭漢主，我我我，攜手上河梁[39]。他部從，入窮荒；我鑾輿[40]，返咸陽。返咸陽，過宮牆；過宮牆，繞回廊；繞回廊，近椒房；近

---

[25]. 俺可甚糟糠妻下堂：我為何要將共患難的妻子離棄呢？喻元帝送昭君和親，如拋棄糟糠妻般悲痛。
[26]. 小鹿兒心頭撞：比喻膽小、緊張。
[27]. 央及煞娘娘：害娘娘遠嫁匈奴。央：災殃。
[28]. 怕不待放絲韁：怕我不放下韁繩騎馬回朝？
[29]. 鞭敲金鐙響：形容凱旋歸來的氣勢，此處諷送人和親非光彩之事。
[30]. 燮理：調理整頓。
[31]. 梅香：宋元戲曲中對婢女的通稱。
[32]. 春風畫堂：指有錢人家及其富裕生活。
[33]. 一字王：最高爵位。
[34]. 兀良：語助詞，略有唉呀、天啊之意。
[35]. 迴野：寬廣的原野。
[36]. 搠：ㄕㄨㄛˋ，刺。
[37]. 餱糧：乾糧；餱：ㄏㄡˊ，乾食。
[38]. 圍場：設圍作為打獵的場地。
[39]. 河梁：分離之處。
[40]. 鑾輿：皇帝的坐車。

椒房，月昏黃；月昏黃，夜生涼；夜生涼，泣寒螿[41]；泣寒螿，綠紗窗；綠紗窗，不思量。

【收江南】呀！不思量，除是鐵心腸；鐵心腸，也愁淚滴千行。美人圖今夜掛昭陽，我那裡供養[42]，便是我高燒銀燭照紅妝。

（尚書云）陛下，回鑾罷，娘娘去遠了也。（駕唱）

【鴛鴦煞】我煞大臣行說一個推辭謊[43]，又則怕筆尖兒那火編修講[44]。不見他花朵兒精神，怎趁那草地裡風光。唱道[45]佇立多時，徘徊半响，猛聽的塞雁南翔呀呀的聲嘹亮，卻原來滿目牛羊，是兀那載離恨的氈車[46]半坡裡響。（下）

（番王引部落擁昭君上，云）今日漢朝不棄舊盟，將王昭君與俺番家和親。我將昭君封為寧胡[47]閼氏[48]，坐我正宮。兩國息兵，多少是好。眾將士，傳下號令，大眾啟行，望北而去。（做行科）（旦問云）這裡甚地面了？（番使云）這是黑龍江，番漢交界去處。南邊屬漢家，北邊屬我番國。（旦云）大王，借一杯酒望南澆奠[49]，辭了漢家，長行去罷。（做奠酒科，云）漢朝皇帝，妾身今生已矣，尚待來生也。（做跳江科）（番王驚救不及，歎科，云）嗨！可惜，可惜！昭君不肯入番，投江而死。罷罷罷！就葬在此江邊，號為青塚者。我想來，人也死了，枉與漢朝結下這般仇隙，都是毛延壽那廝搬弄出來的。把都兒[50]，將毛延壽拿下，解送漢朝處治。我依舊與漢朝結和，永為甥舅，卻不是好？

---

[41]. 寒螿：昆蟲名，似蟬而較小，色青赤；螿：ㄐㄧㄤ。
[42]. 供養：供奉。
[43]. 我煞大臣行說一個推辭謊：我向大臣說一個謊話；煞：語助詞，無義。
[44]. 又則怕筆尖兒那火編修講：又怕握著筆、編修國史的人記錄。
[45]. 唱道：倡道、正是。
[46]. 氈車：金國后妃的坐車，以青毛氈作為車蓋。
[47]. 寧胡：安撫匈奴。
[48]. 閼氏：ㄧㄢ ㄓ，漢代匈奴君長的嫡妻。
[49]. 澆奠：將酒灑在地上。
[50]. 把都兒：蒙古語譯音，意為武士、勇士。

漢宮秋

（詩云）則為他丹青畫誤了昭君，背漢主暗地私奔。將美人圖又來哄我，要索取出塞和親。豈知道投江而死，空落的一見消魂。似這等奸邪逆賊，留著他終是禍根，不如送他去漢朝哈喇[51]，依還的甥舅禮，兩國長存。（下）

作品賞析

　　《漢宮秋》全劇四折，本篇節選第三折，內容主要講述西漢元帝與昭君在灞橋送別的場景。

　　漢以降，許多詩篇或筆記小說，皆常以王昭君作為寫作藍本，但有別於他本作品，馬致遠所作之《漢宮秋》別出心裁地創造出王昭君在漢番交界決然投江的虛構情節，藉以與西漢元帝屈辱求和的懦弱形象做一鮮明對比。

　　於此折當中，作者巧妙運用烘托、對比的手法，除了將西漢元帝的深情及軟弱形象刻劃殆盡外，更間接反映了作者自身對當代政治的矛盾思維，顯露出在面對歷史轉折和朝代更替時所衍生而出的不安與感慨。並透過【七兄弟】、【梅花酒】、【收江南】等曲，生動的為讀者呈現了人去樓空的漢宮、蕭瑟的秋意與生死相別的離情別緒，藝術手法十分高妙。

　　全篇讀來清麗俊雅，情深輾轉，淒切動人，於雜劇史上占有一席不可抹滅的地位。

問題討論

　　一、《漢宮秋》常被拿來與《梧桐雨》並提，兩者是否有相似之處？

　　二、承上題，兩劇於情節結構方面的優劣如何？

　　三、【梅花酒】一曲呈現出何種心境？

---

[51]. 哈喇：蒙古語音譯，殺死、殺害。

二、愛情劇

《西廂記・第四本二、三折》

內容導讀

　　《西廂記》全名《崔鶯鶯待月西廂記》，以唐元稹《鶯鶯傳》為基礎，沿襲董解元《西廂記諸宮調》，全劇共有五本，打破雜劇原有慣例，唱法亦非單純由一個角色唱到底，一本當中有角色接唱的情形，結構近於南戲傳奇，疑是明人加以竄改影響。此劇描寫張君瑞與崔鶯鶯的愛情故事，兩人在普救寺初遇，花園中吟詩合韻產生情感，屢次在丫鬟紅娘暗助下互通私情。鄭氏發現後命張生赴考，折桂後才能娶親，鄭氏姪子鄭恆接獲鄭氏書信，欲使鶯鶯改嫁於他，張生狀元及第後及時回來迎娶，有情人終成眷屬。此一團員結局，一改《鶯鶯傳》中「鶯鶯改嫁他人，張生另娶」的不美滿結局，充滿喜氣，也使讀者、觀劇者暗中叫好。

　　第四本第二折為著名的〈拷紅〉，作者以白描之筆，將關鍵人物紅娘刻劃的栩栩如生，為主角居中牽線的紅娘與持反對意見的夫人鄭氏，精彩的短兵相接，營造出緊張的氣氛。紅娘的機智大膽，亦成為相當凸出的人物典型。第四本第三折〈長亭送別〉，將情感推至高潮，情深意切的兩人被迫分開，環境夾帶的濃烈離愁，使人物與風景融為一體，反覆叮嚀，離人難捨，都一一地被襯托出來。

作者介紹

　　王實甫（約1260年～1336年），字德信，元朝大都人。著有雜劇十四種，今存《西廂記》、《破窯記》、《麗春堂》三種，另《芙蓉亭》與《販茶船》則各存有一支佚曲。

　　《西廂記》的作者為何者，歷年來眾說紛紜，究竟是王實甫，或是關漢卿，或是王作前四本，關續作第五本，還是關作王續，至今仍

未得到定論。

課文說明

【第四本第二折】拷紅

【本文】（夫人引俫[1]，云）這幾日竊見鶯鶯語言恍惚，神思加倍，腰肢體態，比向日不同。莫不做下來了麼？（俫云）前日晚夕奶奶睡了，我見姐姐和紅娘燒香，半晌不回來，我家去睡了。（夫人云）這樁事都在紅娘身上，喚紅娘來！（俫喚紅科）（紅云）哥哥喚我怎麼？（俫云）奶奶知道你和姐姐去花園裡去，如今要打你哩！（紅云）呀！小姐，你帶累我也。小哥哥你先去，我便來也。（紅喚旦科）（紅云）姐姐事發了也。老夫人喚我哩，卻怎了？（旦云）好姐姐，遮蓋咱！（紅云）娘呵，你做的隱秀[2]者，我道你做下來也。（旦念）月圓便有陰雲蔽，花發須教急雨催。（紅唱）

【越調・鬥鵪鶉】則著你夜去明來，倒有個天長地久，不爭[3]你握雨攜雲，常使我提心在口[4]。你則合帶月披星[5]，誰著你停眠整宿？老夫人心教多，情性亻彆[6]。使不著我巧語花言，將沒做有。

【紫花兒序】老夫人猜那窮酸[7]做了新婿，小姐做了嬌妻，這小賤人做了撮頭[8]。俺小姐這些時春山低翠，秋水凝眸[9]。別樣的都休，試把你裙帶兒拴，紐門兒扣，比著你舊時肥瘦，出落得精神，別樣的風流。

---

1. 夫人引俫：夫人為崔鶯鶯之母；俫為崔鶯鶯之弟歡郎。俫：ㄌㄞˊ。
2. 隱秀：本指懷才不露，此作為不欲人知。
3. 不爭：只為。
4. 提心在口：小心謹慎，擔心害怕。
5. 帶月披星：晚上在外行事。
6. 亻彆：固執。
7. 窮酸：對文人輕視的稱法，此指張生。
8. 撮頭：媒人。撮：ㄑㄧㄢ。
9. 春山低翠，秋水凝眸：春山、秋水形容美人眉眼，低翠、凝眸皆形容含情脈脈貌。

（旦云）紅娘，你到那裡，小心回話者！（紅云）我到夫人處，必問這小賤人。

【金蕉葉】我著你但去處行監坐守，誰著你迤逗[10]的胡行亂走？若問著此一節呵如何訴休？你便索與他個知情的犯由[11]。

姐姐，你受責理當，我圖甚麼來！

【調笑令】你繡幃裡，效綢繆[12]。倒鳳顛鸞[13]百事有。我在窗兒外幾曾輕咳嗽，立蒼苔將繡鞋兒冰透。今日個嫩皮膚倒將粗棍抽，姐姐呵，俺這通殷勤的著甚來由？

姐姐在這裡等著，我過去，說過呵，休歡喜；說不過，休煩惱。（紅見夫人科）（夫人云）小賤人，為甚麼不跪下！你知罪麼？（紅跪云）紅娘不知罪。（夫人云）你故自口強[14]哩。若實說呵，饒你；若不實說呵，我直打死你這個賤人！誰著你和小姐花園裡去來？（紅云）不曾去，誰見來？（夫人云）歡郎見你去來，尚故自推哩。（打科）（紅云）夫人休閃了手，且息怒停嗔，聽紅娘說。

【鬼三臺】夜坐時停了針繡，共姐姐閒窮究[15]，說張生哥哥病久。咱兩個，背著夫人，向書房問候。（夫人云）問候呵，他說甚麼？（紅云）他說來，道老夫人事已休，將恩變為仇，著小生半途喜變做憂。他道：紅娘你且先行，教小姐權時落後。

（夫人云）他是個女孩兒家，著他落後麼！（紅唱）

---

[10]. 迤逗：挑逗、引誘。迤：一ˇ。
[11]. 索與他個知情的犯由：被他抓到隱匿不報之罪。
[12]. 繡幃裡，效綢繆：在繡花帳幃中纏綿。
[13]. 倒鳳顛鸞：比喻男女交歡。
[14]. 口強：嘴硬。
[15]. 閒窮究：閒談中說出原由。

西廂記

【禿廝兒】我則道神針法灸[16]，誰承望燕侶鶯儔[17]。他兩個經今月餘則是一處宿，何須你一一問緣由？

【聖藥王】他每不識憂，不識愁，一雙心意兩相投。夫人得好休，便好休，這其間何必苦追求？常言道女大不中留。

（夫人云）這端事都是你個賤人。（紅云）非是張生、小姐、紅娘之罪，乃夫人之過也。（夫人云）這賤人倒指下我來，怎麼是我之過

（紅云）信者，人之根本，人而無信，不知其可也。大車無輗[18]，小車無軏[19]，其何以行之哉？當日軍圍普救，夫人所許退軍者，以女妻之。張生非慕小姐顏色，豈肯區區建退軍之策？兵退身安，夫人悔卻前言，豈得不為失信乎？既然不肯成其事，只合酬之以金帛，令張生捨此而去。卻不當留請張生於書院，使怨女曠夫[20]，各相早晚窺視，所以夫人有此一端。目下老夫人若不息其事，一來辱沒相國家譜；二來張生日後名重天下，施恩於人，忍令返受其辱哉？使至官司，夫人亦得治家不嚴之罪。官司若推其詳，亦知老夫人背義而忘恩，豈得為賢哉？紅娘不敢自專，乞望夫人臺鑒。莫若恕其小過，成就大事，擱[21]之以去其污，豈不為長便乎？

【麻郎兒】秀才是文章魁首，姐姐是仕女班頭；一個通徹三教九流[22]，一個曉盡描鸞刺繡。

---

[16]. 我則道神針法灸：我以為是神奇的醫術。
[17]. 誰承望燕侶鶯儔：誰想到變成恩愛的結合。儔：伴侶。
[18]. 大車無輗：比喻若言而無信，則無法取信於人，難以在社會上立足。輗：ㄋㄧˊ，大車轅端與衡相接的部分。
[19]. 軏：ㄩㄝˋ，小車轅頭上連接橫木的關鍵。
[20]. 怨女曠夫：指已屆婚齡，但卻無婚嫁的男女。
[21]. 擱：ㄇㄨㄢˊ，兩手相搓揉。
[22]. 三教九流：指各種學術流派。三教：指儒、佛、道。九流：指先秦至漢初的九大學術流派。

【幺篇】世有便休罷手，大恩人怎做敵頭？起白馬將軍故友，斬飛虎叛賊草寇。

【絡絲娘】不爭和張解元[23]參辰卯酉[24]，便是與崔相國出乖弄醜。到底干連著自己骨肉，夫人索窮究[25]。

（夫人云）這小賤人也道得是。我不合養了這個不肖之女。待經官呵，玷辱家門。罷罷！俺家無犯法之男，再婚之女，與了這廝罷。紅娘喚那賤人來！（紅見旦云）且喜姐姐，那棍子則是滴溜溜在我身上，吃我直說過了。我也怕不得許多，夫人如今喚你來，待成合親事。

（旦云）羞人答答的，怎麼見夫人？（紅云）娘跟前有甚麼羞？

【小桃紅】當日個月明纔上柳梢頭，卻早人約黃昏後[26]。羞得我腦背後將牙兒襯著衫兒袖。猛凝眸，看時節則見鞋底尖兒瘦。一個恣情的不休，一個啞聲兒廝耨[27]。呸！那其間可怎生不害半星兒羞？

（旦見夫人科）（夫人云）鶯鶯，我怎生抬舉你來，今日做這等的勾當？則是我的孽障，待怨誰的是！我待經官來，辱沒了你父親，這等事不是俺相國人家的勾當。罷罷罷！誰似俺養女的不長俊[28]！紅娘，書房裡喚將那禽獸來！（紅喚末科）（末云）小娘子喚小生做甚麼（紅云）你的事發了也，如今夫人喚你來，將小姐配與你哩。小姐先招了也，你過去。（末云）小生惶恐，如何見老夫人？當初誰在老夫人行說來？（紅云）休佯小心，過去便了。

---

[23]. 張解元：指張生。解元：金元時代對讀書人的敬稱，在科舉時代指鄉試第一名。
[24]. 參辰卯酉：參星與辰星彼此相反對立，比喻彼此隔絕。
[25]. 索窮究：究此處旨在求夫人不加以窮究，體究為細察研究之意，應為索體究。
[26]. 月明纔上柳梢頭，卻早人約黃昏後：據歐陽修〈生查子〉一詞而改。
[27]. 廝耨：互相親呢。
[28]. 不長俊：不長進。

西廂記

　　【幺篇】既然洩漏怎甘休？是我相投首[29]。俺家裡陪酒陪茶倒攔就[30]。你休愁，何須約定通媒媾？我棄了部署[31]不收，你原來苗而不秀[32]。呸！你是個銀樣鑞槍頭[33]。

　　（末見夫人科）（夫人云）好秀才呵，豈不聞非先王之德行不敢行。我待送你去官司裡去來，恐辱沒了俺家譜。如今將鶯鶯與你為妻，則是俺三輩兒不招白衣[34]女婿，你明日便上朝取應去，我與你養著媳婦，得官呵，來見我；駁落[35]呵，休來見我。（紅云）張生早則喜也。

　　【東原樂】相思事，一筆勾，早則展放從前眉兒皺，美愛幽歡恰動頭，既能夠，張生，你覷兀的般可喜娘、龐兒也要人消受。

　　（夫人云）明日收拾行裝，安排果酒，請長老一同送張生到十里長亭去。（旦念）寄語西河隄畔柳，安排青眼[36]送行人。（同夫人下）（紅唱）

　　【收尾】來時節畫堂簫鼓鳴春晝，列著一對兒鸞交鳳友。那其間纔受你說媒紅[37]，方喫你謝親酒[38]。（並下）

---

[29]. 投首：投案自首。
[30]. 俺家裡陪酒陪茶倒攔就：指婚事宜本應由男方主動送禮至女家求婚，現在倒是相反由女方陪喝茶酒遷就。攔就：遷就、將就。
[31]. 部署：布置、安排，此指處理婚事。
[32]. 苗而不秀：禾苗成長而不吐花，喻才質雖好而沒有成就。
[33]. 銀樣鑞槍頭：表面是銀質，實為鉛錫合金製成的鎗頭，喻虛有其表，中看不中用。
[34]. 白衣：古時未做官的人穿著白色的衣服，指無功名之人或平民。
[35]. 駁落：考試落第。
[36]. 青眼：借阮籍青白眼之語，此指柳眼，形容初生柳葉細長，如人睡眼初展。
[37]. 說媒紅：感謝媒人的錢或禮物用紅紙包覆。
[38]. 謝親酒：男女婚後第三天，男方宴請岳父母及媒人。

【第四本第三折】長亭送別

（夫人，長老[39]上，云）今日送張生赴京，十里長亭[40]，安排下筵席。我和長老先行，不見張生小姐來到。（旦、末、紅同上）（旦云）今日送張生上朝取應，早是離人傷感，況值那暮秋天氣，好煩惱人也呵！悲歡聚散一杯酒，南北東西萬里程。

【正宮‧端正好】碧雲天，黃花地，西風緊，北雁南飛。曉來誰染霜林醉[41]？總是離人淚。

【滾繡球】恨相見得遲，怨歸去得疾。柳絲長、玉驄難繫[42]，恨不倩[43]疏林掛住斜暉。馬兒迍迍的[44]行，車兒快快的隨，卻告了、相思回避[45]，破題兒[46]、又早別離。聽得道一聲去也，鬆了金釧[47]；遙望見十里長亭，減了玉肌。此恨誰知？

（紅云）姐姐今日怎麼不打扮？（旦云）你那知我的心裡呵？

【叨叨令】見安排著車兒、馬兒，不由人熬熬煎煎的氣；有甚麼心情花兒、靨兒[48]，打扮得嬌嬌滴滴的媚；準備著被兒、枕兒，則索昏昏沉沉的睡；從今後衫兒、袖兒，都搵[49]做重重疊疊的淚。兀的不悶殺人也麼哥，兀的不悶殺人也麼哥？久已後書兒、信兒，索與我恓恓惶

---

[39] 長老：廟中住持，此指普救寺的法本長老。
[40] 十里長亭：泛指送別的地方；古時路旁每十里設一長亭，五里設一短亭，以供人休息。
[41] 霜林醉：楓葉林經霜而紅。
[42] 柳絲長、玉驄難繫：柳絲雖長也無法繫住馬匹，仍須別離。玉驄：毛色青白相雜的駿馬。
[43] 倩：請。
[44] 迍迍的：形容行動緩慢的樣子；迍：ㄓㄨㄣ。
[45] 卻告了、相思回避：剛使相思結束，指兩人私下結合不久。
[46] 破題兒：第一次、剛開始。
[47] 鬆了金釧：指人消瘦；金釧：金鐲子。
[48] 靨兒：古代婦女面頰兩邊的粉飾。
[49] 搵：ㄨㄣˋ，擦拭、揩拭。

惶[50]的寄。

（做到）（見夫人科）（夫人云）張生和長老坐，小姐這壁[51]坐，紅娘將酒來。張生，你向前來，是自家親眷，不要回避。俺今日將鶯鶯與你，到京師休辱沒[52]了俺孩兒，掙揣[53]一個狀元回來者。（末云）小生托夫人餘蔭，憑著胸中之才，視官如拾芥[54]耳。（潔[55]云）夫人主見不差，張生不是落後的人。（把酒了，坐）（旦長吁科）

【脫布衫】下西風、黃葉紛飛，染寒煙、衰草萋迷。酒席上斜簽著坐的[56]，蹙愁眉、死臨侵地[57]。

【小梁州】我見他閣淚汪汪不敢垂，恐怕人知；猛然見了把頭低，長吁氣，推[58]整素羅衣。

【么篇】雖然久後成佳配，奈時間[59]怎不悲啼。意似癡，心如醉，昨宵今日，清減了小腰圍。

（夫人云）小姐把盞者！（紅遞酒，旦把盞長吁科云）請喫酒！

【上小樓】合歡未已，離愁相繼。想著俺前暮私情，昨夜成親，今日別離。我諗知[60]這幾日相思滋味，卻原來比別離情更增十倍。

【么篇】年少呵！輕遠別，情薄呵！易棄擲。全不想腿兒相挨，臉兒相偎，手兒相攜。你與俺崔相國，做女婿，妻榮夫貴，但得一個

---

50. 恓恓惶惶：急急忙忙的樣子。
51. 這壁：這邊。
52. 辱沒：玷辱、屈辱。
53. 掙揣：爭取。
54. 拾芥：比喻容易取得；芥：地上小草。
55. 潔：元代民間稱和尚為「潔郎」，此指住持法本。
56. 斜簽著坐的：偏著身子坐著的，指張生。
57. 死臨侵地：形容毫無生氣的樣子。
58. 推：假裝。
59. 時間：這個時候。
60. 諗知：熟知。諗：ㄕㄣˇ，知悉。

並頭蓮，煞強如[61]狀元及第。

（夫人云）紅娘把盞者！（紅把酒科）（旦唱）

【滿庭芳】供食太急，須臾對面，頃刻別離。若不是酒席間子母每[62]當回避，有心待與他舉案齊眉[63]。雖然是廝守得一時半刻，也合著俺夫妻每共桌而食。眼底空留意，尋思起就裡，險化做望夫石。

（紅云）姐姐不曾喫早飯，飲一口兒湯水。（旦云）紅娘，甚麼湯水咽得下！

【快活三】將來的[64]酒共食，嘗著似土和泥。假若便是土和泥，也有些土氣息，泥滋味。

【朝天子】暖溶溶玉醅[65]，白泠泠似水，多半是相思淚。眼面前茶飯怕不待[66]要吃，恨塞滿愁腸胃。蝸角虛名，蠅頭微利[67]，拆鴛鴦在兩下裡。一個這壁，一個那壁，一遞一聲[68]長吁氣。

（夫人云）輛起[69]車兒，俺先回去，小姐隨後和紅娘來。（下）（末辭潔科）（潔云）此一行別無話兒，貧僧準備買登科錄看，做親的茶飯，少不得貧僧的。先生在意，鞍馬上保重者！從今經懺[70]無心禮，專聽春雷第一聲[71]。（下）（旦唱）

---

[61]. 煞強如：遠遠勝過。
[62]. 子母每：母女倆；每：元曲中為「們」之意。
[63]. 舉案齊眉：東漢孟光送飯食給丈夫梁鴻，總是高舉木盤與眉平齊，喻夫妻互敬互愛。
[64]. 將來的：拿上來的。
[65]. 玉醅：美酒；醅：ㄆㄟ，沒過濾的酒。
[66]. 怕不待：何嘗不想。
[67]. 蝸角虛名，蠅頭微利：喻功名利祿虛幻，世人卻是極欲爭取。
[68]. 一遞一聲：一聲接著一聲。
[69]. 輛起：駕起。
[70]. 經懺：佛教或道教信徒誦讀經文，修習懺悔法門。
[71]. 春雷第一聲：指考中狀元的捷報。

西廂記

【四邊靜】霎時間杯盤狼籍，車兒投東，馬兒向西，兩意徘徊，落日山橫翠。知他今宵宿在那裡？有夢也難尋覓。

張生，此一行得官不得官，疾便回來。（末云）小生這一去，白奪一個狀元，正是青霄有路終須到，金榜無名誓不歸。（旦云）君行別無所贈，口占一絕[72]。為君送行。棄擲[73]今何在，當時且自親；還將舊來意，憐取眼前人。（末云）小姐之意差矣，張珙更敢憐誰？謹賡[74]一絕，以剖寸心。人生長遠別，孰與最關親？不遇知音者，誰憐長嘆人？（旦唱）

【耍孩兒】淋漓襟袖啼紅淚，比司馬青衫更濕[75]。伯勞東去燕西飛，未登程先問歸期。雖然眼底人千里，且盡生前酒一杯。未飲心先醉，眼中流血，心內成灰[76]。

【五煞】到京師服水土，趁程途[77]節飲食，順時自保揣身體[78]。荒村雨露宜眠早，野店風霜要起遲！鞍馬秋風裡，最難調護，最要扶持。

【四煞】這憂愁訴與誰？相思只自知，老天不管人憔悴。淚添九曲黃河溢[79]，恨壓三峰華嶽低[80]。到晚來悶把西樓倚，見了些夕陽古道，衰柳長隄。

【三煞】笑吟吟一處來，哭啼啼獨自歸。歸家若到羅幃裡，昨宵個繡衾香暖留春住，今夜個翠被生寒有夢知。留戀你別無意，見據鞍上馬，閣不住淚眼愁眉。

---

[72]. 口占一絕：隨口吟出一首絕句。
[73]. 棄擲：拋棄。
[74]. 賡：《乙，連續、繼續。
[75]. 比司馬青衫更濕：此句典故出自白居易〈琵琶行〉最末一句，江州司馬為白居易自稱。
[76]. 眼中流血，心內成灰：形容悲傷之情。
[77]. 趁程途：在旅程中趕趁。
[78]. 順時自保揣身體：隨時調整保護自己身體。
[79]. 淚添九曲黃河溢：形容淚水滿溢，滴落彎曲黃河中，使河水滿了。
[80]. 恨壓三峰華嶽低：形容愁恨濃厚，壓低了華山三峰。

（末云）有甚言語囑咐小生咱？（旦唱）

【二煞】你休憂文齊福不齊[81]，我則怕你停妻再娶妻。休要一春魚雁無消息！我這裡青鸞[82]有信頻須寄，你卻休金榜無名誓不歸。此一節君須記，若見了那異鄉花草[83]，再休似此處棲遲[84]。

（末云）再誰似小姐？小生又生此念。（旦唱）

【一煞】青山隔送行，疏林不做美，淡煙暮靄相遮蔽。夕陽古道無人語，禾黍秋風聽馬嘶。我為甚麼懶上車兒內，來時甚急，去後何遲？

（紅云）夫人去好一會，姐姐，咱家去！（旦唱）

【收尾】四圍山色中，一鞭殘照裡。遍人間煩惱填胸臆，量這些大小車兒[85]如何載得起？

（旦、紅下）（末云）僕童趕早行一程兒，早尋個宿處。淚隨渡水急，愁逐野雲飛。（下）

作品賞析

本篇選自王實甫《西廂記》的〈拷紅〉與〈長亭送別〉二折。內容主要講述在封建制度束縛下，紅娘、崔鶯鶯、張生、崔母四人間的禮教拉扯與情感糾葛。

〈拷紅〉一折中，崔鶯鶯衝破了傳統封建思維框架，在紅娘的幫忙下與張生幽會，勇敢追求那份不容於世俗的愛情。然而，再如何幽密之事，終有曝光之時。於是，崔母找來紅娘拷問男女主角間的情事，

---

[81]. 文齊福不齊：指有好才華卻沒好福氣。
[82]. 青鸞：能傳遞信件的鳥。
[83]. 花草：指女子。
[84]. 棲遲：逗留不肯離去。
[85]. 這些大小車兒：這輛些許大的小車。

卻在紅娘機智反詰下，遂而妥協、默認這段兒女愛戀。

「……目下老夫人若不息其事，一來辱沒相國家譜；二來張生日後名重天下，施恩於人，忍令返受其辱哉？使至官司，夫人亦得治家不嚴之罪。……」所謂義理、所謂家醜不可外揚，紅娘在在緊揪著崔母的矛盾與弱點，充分顯現了紅娘的機智與俠義勇敢的人物形象。但表面上，崔母或許看似落敗、妥協，事實上卻是拐了個彎，合乎情理的以一位母親護女的心思說出「不招白衣女婿」的要求，進而帶出此劇另一折高潮—〈長亭送別〉。

在〈長亭送別〉一折中，崔鶯鶯的形象有別於他折當中的反抗性，轉而回歸冷酷的現實面，於是她叮囑張生「若見了那異鄉花草，再休似此處棲遲」，惶恐於對將來的未知性。

此折的故事結構約可分為赴長亭、別宴、分別三部分，分段將主角間的妥協、無奈、不捨與離情依依等思緒轉折描繪完整，待情人身影遠去之時，為此劇留下無限惆悵與無盡相思。

全篇讀來意境幽遠，作者成功地刻劃愛情，將人物角色性格鮮明塑造，情節曲折卻不失細膩。（元）賈仲明《凌波仙》評此劇：「新雜劇，舊傳奇，《西廂記》天下奪魁。」

問題討論

一、《西廂記》與《西廂記諸宮調》有何不同，你較喜歡何者？

二、此劇的結構對於雜劇成規有何突破？

三、紅娘之所以成為人物典型的原因何在？

四、〈長亭送別〉對於寫景寫情的描寫皆十分細膩，請舉出你最喜歡的場面。

五、清代金聖嘆將《西廂記》列入天下六大才子書的原因為何。

《倩女離魂・第二折》

內容導讀

　　《倩女離魂》，全名為《迷青瑣倩女離魂》，取材自唐朝陳玄祐的傳奇《離魂記》。作者的想像豐富大膽，構思離奇新巧，揭示了封建制度下的門第觀念，也描繪倩女對愛情自主的嚮往追求，足以掙脫傳統禁錮，對世人具有啟發的作用。故事情節寫王文舉與張倩女自幼指腹為婚，但倩女之母因王生未得功名反對兩人結婚，後王生進京應試，倩女極為思念，魂魄即相隨上京。王生一舉中第，兩人返鄉，倩女的魂魄方與久病臥榻的倩女軀體合而為一，兩人圓滿結合。

　　第二折寫倩女一片癡情，在月夜之下化出魂魄，追隨王生行走天涯，沿途的景色虛實交錯，藝術技巧極其高妙，王生與倩女的談話，可見倩女熱烈的感情，以及對愛情忠貞不渝的女性形象。

作者介紹

　　鄭光祖（？～？），元代人，字德輝，平陽襄陵人。與關漢卿、馬致遠、白樸齊名，並稱為「元曲四大家」。其為人正直，曾任杭州路吏，卒後火葬於杭州西湖靈隱寺。所作雜劇存目十八種，現存有《倩女離魂》、《周公攝政》、《王粲登樓》、《翰林風月》、《老君堂》、《三戰呂布》等八種，他的劇目主要寫青年男女的愛情故事以及歷史故事，較少取材自現實社會。

課文說明

　　【本文】（夫人慌上，云）歡喜未盡，煩惱又來。自從倩女孩兒在折柳亭與王秀才送路，辭別回家，得其疾病，一臥不起。請的醫人看治，不得痊可[1]，十分沉重，如之奈何？則怕孩兒思想湯水吃[2]，老身親

---

[1] 痊可：病癒。
[2] 思想湯水吃：想喝湯或茶水。

倩女離魂

自去繡房中探望一遭去來。（下）（正末上，云）小生王文舉，自與小姐在折柳亭相別，使小生切切于懷，放心不下。今艤舟[3]江岸，小生橫琴于膝，操一曲[4]以適悶[5]咱。（做撫琴科）（正旦別扮離魂[6]上，云）妾身倩女，自與王生相別，思想的無奈[7]，不如跟他同去，背著母親，一徑的趕來。王生也，你只管去了，爭知[8]我如何過遣[9]也呵！（唱）

【越調‧鬥鵪鶉】人去陽臺，雲歸楚峽[10]。不爭[11]他江渚[12]停舟，幾時得門庭過馬[13]？悄悄冥冥，瀟瀟灑灑[14]。我這裡踏岸沙，步月華[15]；我覷著這萬水千山，都只在一時半霎。

【紫花兒序】想倩女心間離恨，趕王生柳外蘭舟[16]，似盼張騫上浮槎[17]。汗溶溶瓊珠瑩臉，亂鬆鬆雲髻堆鴉[18]，走的我筋力疲乏。你莫不

---

3. 艤舟：把船停靠在岸邊；艤：一ˇ。
4. 操一曲：彈一曲。
5. 適悶：舒緩煩悶。
6. 離魂：靈魂脫離身體而能行動。
7. 思想的無奈：想念到無法忍受。
8. 爭知：怎知。
9. 過遣：排遣、打發。
10. 人去陽臺，雲歸楚峽：指情人已離去；陽臺：男女合歡的處所。雲：即雲雨，男女歡會。
11. 不爭：只為。
12. 江渚：江中小陸地；渚：ㄓㄨˇ，水中的小洲。
13. 門庭過馬：指衣錦還鄉，車馬過門。
14. 悄悄冥冥，瀟瀟灑灑：形容倩女小心掩藏、動作輕微的樣子；悄悄冥冥：靜寂的樣子。
15. 步月華：在月光下行走。
16. 蘭舟：用木蘭樹所造的船隻，後為船隻的美稱，此指王生的船。
17. 盼張騫上浮槎：傳說中張騫乘木筏上天，此喻王生赴京考試，與倩女兩處相隔。
18. 汗溶溶瓊珠瑩臉，亂鬆鬆雲髻堆鴉：形容倩女追隨王生時的匆忙；汗溶溶：形容汗水很多的樣子；亂鬆鬆：蓬鬆散亂。雲髻堆鴉：女子盤捲如雲的髮髻，髮色如一團烏鴉。

夜泊秦淮賣酒家[19]？向斷橋西下，疏刺刺秋水菰蒲[20]，冷清清明月蘆花。

（云）走了半日，來到江邊，聽的人語喧鬧，我試覷咱。（唱）

【小桃紅】我驀聽得馬嘶人語喧嘩，掩映在垂楊下，諕的我心頭丕丕[21]那驚怕，原來是響瑲瑲鳴榔板捕魚蝦[22]。我這裡順西風悄悄聽沉罷，趁著這厭厭露華[23]，對著這澄澄月下，驚的那呀呀寒雁起平沙。

【調笑令】向沙堤款踏[24]，莎草帶霜滑；掠濕湘裙翡翠紗[25]，抵多少蒼苔露冷凌波襪[26]。看江上晚來堪畫，玩冰壺瀲灩天上下[27]，似一片碧玉無瑕。

（云）兀那船頭上琴聲響，敢是王生？我試聽咱。（唱）

【禿廝兒】你覷遠浦孤鶩落霞，枯藤老樹昏鴉。聽長笛一聲何處發，歌欸乃[28]，櫓咿啞。

【聖藥王】近蓼洼[29]，望蘋花，有折蒲衰柳老蒹葭[30]；傍水凹，傍短槎，見煙籠寒水月籠沙[31]，茅舍兩三家。

---

[19]. 夜泊秦淮賣酒家：改自杜牧〈泊秦淮〉，此處意在夜泊酒家。
[20]. 菰蒲：ㄍㄨ ㄆㄨˊ，兩種生在沼澤旁的植物。
[21]. 丕丕：狀聲詞，亦作「撲撲」，形容心跳聲。丕：ㄆㄧ。
[22]. 原來是響瑲瑲鳴榔板捕魚蝦：襯出夜的寂靜，以及倩女夜晚趕路的心驚情態；鳴榔板：漁人在夜裡敲打木板捕魚。
[23]. 厭厭露華：露水重的樣子。
[24]. 款踏：緩步慢走。
[25]. 湘裙翡翠紗：翡翠色的湘繡裙子，此只指裙子。
[26]. 凌波襪：取自曹植〈洛神賦〉，此處代指倩女穿的襪子。
[27]. 玩冰壺瀲灩天上下：月光與水色相互交映，融為一體。冰壺：喻月亮。瀲灩：ㄌㄧㄢˋ ㄧㄢˋ，波光映照。
[28]. 欸乃：搖櫓的聲音，後成為划船時所唱的歌名。
[29]. 蓼洼：苦草叢生的水窪；洼：ㄨㄚ，窪下有水的地方。
[30]. 蒹葭：ㄐㄧㄢ ㄐㄧㄚ，荻草與蘆葦。
[31]. 煙籠寒水月籠沙：取自杜牧〈泊秦淮〉，寫秋江水邊的夜景；籠：遮住、

倩女離魂

（正末云）這等夜深，只聽得岸上女人聲音，好似我倩女小姐，我試問一聲波。(做問科，云)那壁不是倩女小姐麼？這早晚來此怎的？（魂旦相見科，云）王生也，我背著母親，一徑的趕將你來，咱同上京去罷。（正末云）小姐，你怎生直趨到這裡來？（魂旦唱）

【麻郎兒】你好是舒心的伯牙[32]，我做了沒路的渾家[33]。你道我為什麼私離繡榻[34]，待和伊同走天涯。

（正末云）小姐是車兒來，是馬兒來？（魂旦唱）

【么】險把咱家走乏，比及[35]你遠赴京華。薄命妾為伊牽掛，思量心幾時撇下。

【絡絲娘】你拋閃咱，比及見咱，我不瘦殺，多應害殺[36]。（正末云）若老夫人知道怎了也？（魂旦唱）他若是趕上咱，待怎麼？常言道：做著不怕[37]。

（正末做怒科，云）古人云：聘則為妻，奔則為妾[38]。老夫人許了親事，待小生得官回來，諧兩姓之好，卻不名正言順！你今私自趕來，有玷風化[39]，是何道理？（魂旦唱）（魂旦云）王生！（唱）

【雪裡梅】你振色[40]怒增加，我凝睇[41]不歸家。我本真情非為相誑，

覆蓋。
[32]. 你好是舒心的伯牙：你自在的彈琴。舒心：開懷適意。伯牙：春秋時善鼓琴者
[33]. 沒路的渾家：無他處可去的女人。渾家：妻子，此為倩女自指。
[34]. 繡榻：婦女的臥榻。
[35]. 比及：等到。
[36]. 害殺：此指被相思病害死。
[37]. 做著不怕：意指敢做敢當。
[38]. 聘則為妻，奔則為妾：男方下聘了才算正妻，女方暗許私奔只能為妾。
[39]. 有玷風化：玷污風俗教化；玷：ㄉㄧㄢˋ，辱、弄汙。
[40]. 振色：扳正臉色。
[41]. 凝睇：注目、注視。睇：ㄉㄧˋ，看、注視。

已主定心猿意馬[42]。

（正末云）小姐，你快回去罷！（魂旦唱）

【紫花兒序】只道你急煎煎趲[43]登程路，元來[44]是悶沉沉困倚琴書[45]，怎不教我痛煞煞淚濕琵琶[46]。有甚心著霧鬢輕籠蟬翅[47]，雙眉淡掃宮鴉[48]，似落絮飛花[49]，誰待問[50]出外爭如[51]只在家，更無多話，願秋風駕百尺高帆，盡春光付一樹鉛華[52]。

（云）王秀才，趲你不為別，我只防你一件。（正末云）小姐防我那一件來？（魂旦唱）

【東原樂】你若是赴御宴瓊林[53]罷，媒人每攔住馬，高挑起染渲佳人丹青畫，賣弄他生長在王侯宰相家。你戀著那奢華，你敢新婚燕爾[54]在他門下。

（正末云）小生此行，一舉及第，怎敢忘了小姐。（魂旦唱）你若行登第呵，（唱）

---

[42]. 心猿意馬：原佛教用以形容眾生的心，不能安住，後用來形容心意不定，不能自持。
[43]. 趲：ㄗㄢˇ，逼趲、催促。
[44]. 元來：原來。
[45]. 困倚琴書：藉著彈琴讀書消磨寂寥。
[46]. 淚濕琵琶：指倩女因想念王生而傷心流淚。
[47]. 霧鬢輕籠蟬翅：古代女子的髮型，捲如雲霧、輕如蟬翼；霧鬢：形容女子鬢角髮型優雅。
[48]. 雙眉淡掃宮鴉：形容古代婦女將眉毛畫成細長；宮鴉：形容眉黛的顏色。
[49]. 落絮飛花：指王生的生活如花絮紛飛飄泊不定。
[50]. 誰待問：誰還會問。
[51]. 爭如：不如。
[52]. 鉛華：原指古代女子化妝用的鉛粉，此承上文指飛花。
[53]. 御宴瓊林：皇帝設宴招待進士；瓊林：舊時天子宴請新科進士的地方。
[54]. 新婚燕爾：形容新婚甜蜜的生活。

倩女離魂

【綿搭絮】你做了貴門嬌客[55]，一樣矜誇；那相府榮華，錦繡堆壓，你還想飛入尋常百姓家[56]？那時節似魚躍龍門播海涯[57]，飲御酒插宮花[58]。那其間占鰲頭占鰲頭登上甲[59]。

（正末云）小生倘不中呵，卻是怎生？（魂旦云）你若不中呵，妾身荊釵裙布，願同甘苦。（唱）

【拙魯速】你若是似賈誼困在長沙，我敢似孟光般顯賢達。休想我半星兒意差，一分兒抹搭[60]。我情願舉案齊眉傍書榻，任粗糲[61]淡薄生涯，遮莫[62]戴荊釵、穿布麻。

（正末云）小姐既如此真誠志意，就與小生同上京去如何？（魂旦云）秀才肯帶妾身去呵。（唱）

【幺篇】把梢公快喚咱，恐家中廝捉拿，只見遠寒鴉，岸草汀沙，滿目黃花，幾縷殘霞。快先把云帆高掛，月明直下；便東風刮，莫消停[63]，疾進發。

（正末云）小姐，則今日同我上京應舉去來。我若得了官，你便是夫人縣君也。（魂旦唱）

---

[55]. 嬌客：女婿。
[56]. 飛入尋常百姓家：借劉禹錫〈烏衣巷〉之句，反指王生得到榮華富貴，就不再回來。
[57]. 魚躍龍門播海涯：指王生及第後就會離開了；魚躍龍門：比喻登上高位。播：遷移。
[58]. 宮花：古時進士及第，天子賜宴，前三名所簪的金花。
[59]. 占鰲頭登上甲：指中進士；占鰲頭：狀元及第；上甲：科舉考試殿試成績最優的一等。
[60]. 抹搭：怠惰、散漫。
[61]. 粗糲：粗米。
[62]. 遮莫：不論、不管。
[63]. 消停：歇息、停留。

人心，好難保也呵！（唱）

【南呂·一枝花】他則待一生鴛帳[10]眠，那裡肯半夜空房睡；他本是張郎婦，又做了李郎妻。有一等婦女每相隨[11]，並不說家克計[12]，則打聽些閒是非；說一會不明白打鳳的機關[13]，使了些調虛囂[14]撈龍的見識。

【梁州第七】這一個似卓氏般當壚滌器[15]，這一個似孟光般舉案齊眉[16]，說的來藏頭蓋腳多伶俐！道著難曉，做出纔知。舊恩忘卻，新愛偏宜；墳頭上土脈猶濕[17]，架兒上又換新衣[18]。那裡有奔喪處哭倒長城[19]？那裡有浣紗時甘投大水[20]？那裡有上山來便化頑石[21]？可悲，可恥！婦人家直恁的無仁義[22]。多淫奔[23]，少志氣[24]，虧殺前人在那裡[25]，更休說本性難移。

---

[10]. 鴛帳：繡有鴛鴦的蚊帳。
[11]. 相隨：相聚一起。
[12]. 說家克計：談論主持家計的事務。
[13]. 打鳳的機關：安排圈套使人中計。
[14]. 調虛囂：弄虛作假，哄騙人的把戲。
[15]. 當壚滌器：卓文君與司馬相如開酒肆賣酒，洗滌杯盤碗碟；壚：酒店中置放酒的土臺子。
[16]. 舉案齊眉：東漢孟光送飯食給丈夫梁鴻時，總是將木盤高舉，與眉平齊，夫妻互敬互愛。
[17]. 墳頭上土脈猶濕：墳土未乾。
[18]. 架兒上又換新衣：喻改嫁。
[19]. 奔喪處哭倒長城：相傳范杞梁築長城，多年未歸，其妻孟姜女送衣至，聞丈夫已死，哭於城下，長城因此而倒。
[20]. 浣紗時甘投大水：春秋時，伍子胥逃難到吳，江邊一浣紗女給予飯食，臨行前伍吩咐女子勿告訴追兵，女子投江自盡以明決心。
[21]. 上山來便化頑石：相傳有貞女，因丈夫赴戰未歸，久立山上而死，身體化作岩石。
[22]. 恁的無仁義：如此無仁義。
[23]. 淫奔：男女不以禮合，私相奔就。
[24]. 志氣：守節之志。
[25]. 虧殺前人在那裡：對於上述的前人典型感到慚愧。

感天動地竇娥冤

（云）婆婆，羊肚兒湯做成了，你吃些兒波。（張驢兒云）等我拿去。（做接嘗科，云）這裡面少些鹽醋，你去取來。（正旦下）（張驢兒放藥科）（正旦上，云）這不是鹽醋！（張驢兒云）你傾下些。（正旦唱）

【隔尾】你說道少鹽欠醋無滋味，加料添椒才脆美。但願娘親早痊濟[26]，飲羹湯一杯，勝甘露灌體，得一個身子平安倒大來喜。

（孛老云）孩兒，羊肚湯有了不曾？（張驢兒云）湯有了，你拿過去。（孛老將湯云）婆婆，你吃些湯兒。（卜兒云）有累你。（做嘔科，云）我如今打嘔，不要這湯吃了，你老人家吃罷。（孛老云）這湯特做來與你吃的，便不要吃，也吃一口兒。（卜兒云）我不吃了，你老人家請吃。（孛老吃科）（正旦唱）

【賀新郎】一個道你請吃，一個道婆先吃，這言語聽也難聽，我可是氣也不氣！想他家與咱家，有甚的親和戚？怎不記舊日夫妻情意，也曾有百縱千隨[27]？婆婆也，你莫不為黃金浮世寶，白髮故人稀，因此上把舊恩情，全不比新知契？則待要百年同墓穴，那裡肯千里送寒衣。

（孛老云）我吃下這湯去，怎覺昏昏沉沉的起來？（做倒科）（卜兒慌科，云）你老人家放精細著，你扎掙[28]著些兒。（做哭科，云）兀的不是死了也！（正旦唱）

【鬥蝦蟆】空悲戚，沒理會，人生死，是輪迴。感著這般病疾，值著這般時勢，可是風寒暑濕，或是饑飽勞役，各人症候自知。人命關天關地[29]，別人怎生替得？壽數非干今世。相守三朝五夕，說甚一家

---

[26]. 痊濟：疾病治好。
[27]. 百縱千隨：形容極端縱容，凡事依順。
[28]. 扎掙：勉強支撐。
[29]. 人命關天關地：人的生命長短天地已註定。

一計[30]？又無羊酒段匹[31]，又無花紅財禮[32]；把手為活過日，撒手如同休棄。不是竇娥忤逆，生怕旁人論議。不如聽咱勸你，認個自家晦氣，割捨的一具棺材停置，幾件布帛收拾，出了咱家門裡，送入他家墳地。這不是你那從小兒年紀指腳的夫妻[33]。我其實不關親無半點悽惶淚。休得要心如醉，意似癡，便這等嗟嗟怨怨，哭哭啼啼。

（張驢兒云）好也囉！你把我老子藥死了，更待乾罷！（卜兒云）孩兒，這事怎了也？（正旦云）我有什麼藥在那裡？都是他要鹽醋時，自家傾在湯兒裡的。（唱）

【隔尾】這廝搬調咱老母收留你，自藥死親爺待要唬嚇誰？（張驢兒云）我家的老子，倒說是我做兒子的藥死了，人也不信。（做叫科，云）四鄰八舍聽著：竇娥藥殺我家老子哩！（卜兒云）罷麼，你不要大驚小怪的，嚇殺我也！（張驢兒云）你可怕麼？（卜兒云）可知怕哩。（張驢兒云）你要饒麼？（卜兒云）可知要饒哩。（張驢兒云）你教竇娥隨順了我，叫我三聲嫡嫡親親的丈夫，我便饒了他。（卜兒云）孩兒也，你隨順了他罷。（正旦云）婆婆，你怎說這般言語！（唱）我一馬難將兩鞍鞴[34]，想男兒在日，曾兩年匹配，卻教我改嫁別人，其實做不得。

（張驢兒云）竇娥，你藥殺了俺老子，你要官休[35]要私休[36]？（正旦云）怎生是官休？怎生是私休？（張驢兒云）你要官休呵，拖你到官司，把你三推六問[37]！你這等瘦弱身子，當不過拷打，怕你不招認藥

---

[30]. 一家一計：一個家庭。
[31]. 羊酒段匹：古時用做餽贈定親的禮物。
[32]. 花紅財禮：結婚時的賞錢禮物；花紅：舊俗遇有喜慶吉事，喜用插金花、披紅綢表示。財禮：習俗上訂婚時男方送往女方的聘金和禮物。
[33]. 指腳的夫妻：結髮夫妻。
[34]. 鞴：ㄅㄟˋ，原是將鞍轡等裝備套於馬上，此為「駕」之意。
[35]. 官休：無法私下和解而交由官府裁奪。
[36]. 私休：私下解決。
[37]. 三推六問：再三反覆的審問。

感天動地竇娥冤

死我老子的罪犯[38]！你要私休呵，你早些與我做了老婆，倒也便宜了你。

（正旦云）我又不曾藥死你老子，情願和你見官去來。（張驢兒拖正旦、卜兒下）（淨扮孤[39]引祗候[40]上，詩云）我做官人勝別人，告狀來的要金銀。若是上司當刷卷[41]，在家推病不出門。下官楚州太守桃杌是也。今早升廳坐衙，左右喝攛廂[42]。（祗候吆喝科）（張驢兒拖正旦、卜兒上，云）告狀，告狀！（祗候云）拿過來。（做跪見，孤亦跪科，云）請起。（祗候云）相公[43]，他是告狀的，怎生跪著他[44]？（孤云）你不知道，但來告狀的，就是我衣食父母[45]。（祗候吆喝科，孤云）那個是原告？那個是被告？從實說來！（張驢兒云）小人是原告張驢兒，告這媳婦兒，喚做竇娥，合毒藥下在羊肚湯兒裡，藥死了俺的老子。這個喚做蔡婆婆，就是俺的後母。望大人與小人做主咱！（孤云）是那一個下的毒藥？（正旦云）不干小婦人事。（卜兒云）也不干老婦人事。（張驢兒云）也不干我事。（孤云）都不是，敢是我下的毒藥來？

（正旦云）我婆婆也不是他後母，他自姓張，我家姓蔡。我婆婆因為與賽盧醫索錢，被他賺到郊外勒死；我婆婆卻得他爺兒兩個救了性命。因此我婆婆收留他爺兒兩個在家，養膳終身，報他的恩德。誰知他兩個倒起不良之心，冒認婆婆做了接腳，要逼勒小婦人做他媳婦。小婦人原是有丈夫的，服孝未滿，堅執不從。適值我婆婆患病，著小婦人安排羊肚湯兒吃。不知張驢兒那裡討得毒藥在身，接過湯來，只

---

[38]. 罪犯：罪名。
[39]. 孤：元雜劇中扮演官吏的腳色。
[40]. 祗候：ㄓ ㄏㄡˋ，泛指官府小吏或富貴人家的僕役。
[41]. 刷卷：查卷，稽查各所屬衙門審理刑獄案件的情形。
[42]. 攛廂：將狀子投入官衙所設的告狀箱中。
[43]. 相公：對上司的敬稱。
[44]. 跪著他：向他跪。
[45]. 衣食父母：泛指所仰賴以為生活的人，此處是諷刺官員趁機敲詐貪污百姓的錢財。

說少些鹽醋，支轉[46]小婦人，暗地傾下毒藥。也是天幸，我婆婆忽然嘔吐，不要湯吃。讓與他老子吃；纔吃的幾口便死了，與小婦人並無干涉。只望大人高抬明鏡，替小婦人做主咱！（唱）

【牧羊關】大人你明如鏡，清似水[47]，照妾身肝膽虛實[48]。那羹本五味俱全，除了外[49]百事不知。他推道嘗滋味，吃下去便昏迷。不是妾訟庭上胡支對[50]，大人也，卻教我平白地說甚的？

（張驢兒云）大人詳情：他自姓蔡，我自姓張。他婆婆不招俺父親接腳，他養我父子兩個在家做甚麼？這媳婦兒年紀雖小，極是個賴骨頑皮，不怕打的。（孤云）人是賤蟲，不打不招。左右，與我選大棍子打著！（祗候打正旦，三次噴水科）（正旦唱）

【罵玉郎】這無情棍棒教我捱不的。婆婆也，須是你自做下[51]，怨他誰？勸普天下前婚後嫁婆娘每，都看取我這般傍州例[52]。

【感皇恩】呀！是誰人唱叫揚疾[53]，不由我不魄散魂飛[54]。恰消停，纔蘇醒，又昏迷。捱千般打拷，萬種凌逼，一杖下，一道血，一層皮。

【採茶歌】打的我肉都飛，血淋漓，腹中冤枉有誰知！則我這小婦人，毒藥來從何處也？天那，怎麼的覆盆不照太陽暉[55]！

---

46. 支轉：支開、調開。
47. 明如鏡，清似水：喻官吏執法嚴明，清廉公正。
48. 肝膽虛實：真誠或虛假。
49. 除了外：除此之外。
50. 胡支對：隨便應付或胡亂答辯。
51. 須是你自做下：都是你自己惹的禍，指婆婆當初不該同意張驢兒父子來家住，招致現在的禍端。
52. 傍州例：例子、榜樣。
53. 唱叫揚疾：大聲喊叫、吵鬧。
54. 魄散魂飛：形容非常恐懼害怕。
55. 覆盆不照太陽暉：覆蓋著的盆子，裡面陽光無法照射，喻遭到冤枉，衙門黑暗，無處申訴。

（孤云）你招也不招？（正旦云）委的不是小婦人下毒藥來。（孤云）既然不是，你與我打那婆子！（正旦忙云）住、住、住，休打我婆婆。情願我招了罷，是我藥死公公來。（孤云）既然招了，著他畫了伏狀[56]，將枷來枷上，下在死囚牢裡去。到來日判個斬字，押付市曹典刑[57]。（卜兒哭科，云）竇娥孩兒，這都是我送了你性命。兀的不痛殺我也！（正旦唱）

【黃鍾尾】我做了個銜冤負屈沒頭鬼，怎肯便放了你好色荒淫漏面賊[58]！想人心不可欺，冤枉事天地知，爭到頭，競到底，到如今待怎的？情願認藥殺公公，與了招罪。婆婆也，我怕把你來便打的，打的來恁的。我若是不死呵，如何救得你？（隨祗候押下）

（張驢兒做叩頭科，云）謝青天老爺做主！明日殺了竇娥，纔與小人的老子報的冤。（卜兒哭科，云）明日市曹中殺竇娥孩兒也，兀的不痛煞我也！（孤云）張驢兒、蔡婆婆都取保狀，著隨衙聽候。左右，打散堂鼓，將馬來，回私宅去也。（同下）

---

[56]. 伏狀：承認罪狀的供詞。
[57]. 市曹典刑：在鬧市執行死刑；市曹：商店聚集的地方，古代多於此處或東市決罪犯；典刑：執行死刑。
[58]. 漏面賊：極端凶惡的壞人。

【第三折】

（外扮監斬官上，云）下官監斬官是也。今日處決犯人，著做公的把住巷口，休放往來人閒走。（淨扮公人鼓三通[59]、鑼三下科。劊子[60]磨旗[61]、提刀，押正旦帶枷[62]上）（劊子云）行動些，行動些，監斬官去法場上多時了！（正旦唱）

【正宮·端正好】沒來由犯王法，不提防遭刑憲[63]，叫聲屈動地驚天！頃刻間遊魂先赴森羅殿，怎不將天地也生埋怨？

【滾繡球】有日月朝暮懸，有鬼神掌著生死權，天地也！只合把清濁分辨，可怎生糊突[64]了盜跖顏淵[65]？為善的受貧窮更命短，造惡的享富貴又壽延。天地也！做得個怕硬欺軟，卻原來也這般順水推船[66]。地也！你不分好歹何為地？天也！你錯勘賢愚枉做天！哎，只落得兩淚漣漣。

（劊子云）快行動些，誤了時辰也。（正旦唱）

【倘秀才】則被這枷扭的我左側右偏[67]，人擁的我前合後偃[68]，我竇娥向哥哥行[69]有句言。（劊子云）你有甚麼話說？（正旦唱）前街裡去心懷恨，後街裡去死無冤，休推辭路遠。

（劊子云）你如今到法場[70]上面，有甚麼親眷要見的，可教他過來，

---

[59] 通：計算敲擊鐘鼓次數的單位。
[60] 劊子：以執行死刑為業的人；劊：ㄎㄨㄞˋ。
[61] 磨旗：像推磨般揮動著旗幟。
[62] 枷：古時套在犯人脖子上的刑具，用木板製成。
[63] 刑憲：刑罰。
[64] 糊突：混亂、不清楚。
[65] 盜跖顏淵：作為好人與壞人的代稱；盜跖：古代大盜；跖：ㄓˊ；顏淵：孔子學生，是位賢者。
[66] 順水推船：順著水流的方向推船，喻順應情勢行事。
[67] 左側右偏：東倒西歪。
[68] 前合後偃：身體前後俯仰晃動，站立不穩的樣子。
[69] 行：年輩。
[70] 法場：執行死刑的場地，亦稱刑場。

感天動地竇娥冤

見你一面也好。（正旦唱）

【叨叨令】可憐我孤身隻影無親眷，則落的吞聲忍氣空嗟怨。（劊子云）難道你爺娘家也沒的？（正旦云）止有個爹爹，十三年前上朝取應去了，至今杳無音信。（唱）早已是十年多不睹爹爹面。（劊子云）你適纔要我往後街裡去，是什麼主意？（正旦唱）怕則怕前街裡被我婆婆見。（劊子云）你的性命也顧不得，怕他見怎的？（正旦云）俺婆婆若見我披枷帶鎖[71]，赴法場餐刀[72]去呵，（唱）枉將[73]他氣殺[74]也麼哥[75]，枉將他氣殺也麼哥！告哥哥，臨危好與人行方便。

（卜兒哭上科，云）天哪，兀的不是我媳婦兒！（劊子云）婆子靠後[76]！（正旦云）既是俺婆婆來了，叫他來，待我囑付他幾句話咱。（劊子云）那婆子，近前來，你媳婦要囑付你話哩。（卜兒云）孩兒，痛殺我也！（正旦云）婆婆，那張驢兒把毒藥放在羊肚兒湯裡，實指望藥死了你，要霸佔我為妻。不想婆婆讓與他老子吃，倒把他老子藥死了。我怕連累婆婆，屈招了藥死公公，今日赴法場典刑。婆婆，此後遇著冬時年節，月一十五，有瀽[77]不了的漿水飯，瀽半碗兒與我吃；燒不了的紙錢，與竇娥燒一陌兒[78]。則是看你死的孩兒面上！（唱）

【快活三】念竇娥葫蘆提[79]當罪愆[80]，念竇娥身首不完全，念竇娥從前已往幹家緣[81]。婆婆也，你只看竇娥少爺無娘面[82]。

---

[71]. 披枷帶鎖：罪犯帶著枷鎖等刑具。
[72]. 餐刀：挨刀子；餐：ㄘㄢ，餐的俗體字。
[73]. 枉將：白白的把……。
[74]. 氣殺：氣死。
[75]. 也麼哥：語尾助詞，無義，常用於戲曲中。
[76]. 靠後：退後。
[77]. 瀽：ㄐㄧㄢˇ，潑、倒。
[78]. 一陌兒：一串紙錢，比喻微薄的錢數。陌：原是「百」的借字，一串約百文的紙錢稱為「一陌」。
[79]. 葫蘆提：糊裡糊塗。
[80]. 罪愆：罪過。愆：ㄑㄧㄢ，過失、罪過。
[81]. 幹家緣：操作家事。
[82]. 少爺無娘面：自幼喪母。

【鮑老兒】念竇娥伏侍婆婆這幾年，遇時節將碗涼漿奠[83]；你去那受刑法屍骸上烈些紙錢[84]，只當把你亡化的孩兒薦。（卜兒哭科，云）孩兒放心，這個老身都記得。天哪，兀的不痛殺我也！（正旦唱）婆婆也，再也不要啼啼哭哭，煩煩惱惱，怨氣衝天。這都是我做竇娥的沒時沒運，不明不暗，負屈銜冤。

（劊子做喝科，云）兀那婆子靠後，時辰到了也。（正旦跪科）（劊子開枷科）（正旦云）竇娥告監斬大人，有一事肯依竇娥，便死而無怨。（監斬官云）你有甚麼事？你說。（正旦云）要一領淨席，等我竇娥站立；又要丈二白練[85]，掛在旗槍[86]上：若是我竇娥委實[87]冤枉，刀過處頭落，一腔熱血，休半點兒沾在地下，都飛在白練上者。（監斬官云）這個就依你，打甚麼不緊[88]。（劊子做取席站科，又取白練掛旗上科）（正旦唱）

【耍孩兒】不是我竇娥罰下這等無頭願，委實的冤情不淺；若沒些兒靈聖與世人傳，也不見得湛湛青天。我不要半星熱血紅塵灑，都只在八尺旗槍素練懸。等他四下裡皆瞧見，這就是咱萇弘化碧[89]，望帝啼鵑[90]。

（劊子云）你還有甚的說話？此時不對監斬大人說，幾時說哪？（正旦再跪科，云）大人，如今是三伏天道[91]，若竇娥委實冤枉，身死

---

[83] 涼漿奠：用粗劣的食物祭拜。奠：ㄉㄧㄢˋ，祭獻，用祭品祭神或向死者致祭。
[84] 烈些紙錢：燒些紙錢。
[85] 白練：白色的絹條。
[86] 旗槍：旗杆。
[87] 委實：確實、真的。
[88] 打甚麼不緊：有什麼要緊。
[89] 萇弘化碧：周大夫萇弘忠貞為國而遭奸人讒毀，後剖腸自殺而死，蜀人感其忠誠，盛其血珍藏，三年後，其血化為碧玉，後比喻精誠忠正。萇：ㄔㄤˊ。
[90] 望帝啼鵑：古代蜀國國君望帝，死後魂化為杜鵑鳥，在山中悲啼，用此形容淒苦的哭泣。
[91] 三伏天道：炎熱天氣；三伏：初伏、中伏、末伏合稱；夏至後第三庚起，每十日為一伏。

感天動地竇娥冤

之後，天降三尺瑞雪[92]，遮掩了竇娥屍首。（監斬官云）這等三伏天道，你便有衝天的怨氣，也召不得一片雪來，可不胡說！（正旦唱）

【二煞】你道是暑氣暄，不是那下雪天；豈不聞飛霜六月因鄒衍[93]？若果有一腔怨氣噴如火，定要感的六出冰花[94]滾似綿，免著我屍骸現；要什麼素車白馬[95]，斷送[96]出古陌荒阡！

（正旦再跪科，云）大人，我竇娥死的委實冤枉，從今以後，著[97]這楚州亢旱三年！（監斬官云）打嘴！那有這等說話！（正旦唱）

【一煞】你道是天公不可期，人心不可憐，不知皇天也肯從人願。做甚麼三年不見甘霖降？也只為東海曾經孝婦冤[98]，如今輪到你山陽縣。這都是官吏每無心正法，使百姓有口難言！

（劊子做磨旗科，云）怎麼這一會兒天色陰了也？（內做風科，劊子云）好冷風也！（正旦唱）

【煞尾】浮雲為我陰，悲風為我旋，三椿兒誓願明題遍。（做哭科，云）婆婆也，直等待雪飛六月，亢旱三年呵，（唱）那其間纔把你個屈死的冤魂這竇娥顯！

（劊子做開刀，正旦倒科）（監斬官驚云）呀，真個下雪了，有這等異事！（劊子云）我也道平日殺人，滿地都是鮮血，這個竇娥的血都飛在那丈二白練上，並無半點落地，委實奇怪。（監斬官云）這死罪必有冤枉。早兩椿兒應驗了，不知亢旱三年的說話，準也不準？且看後來如何。左右，也不必等待雪晴，便與我抬他屍首，還了那蔡婆婆去罷。（眾應科，抬屍下）

---

[92]. 瑞雪：冬季應時的雪，可殺死害蟲，使作物豐收。
[93]. 飛霜六月因鄒衍：戰國鄒衍遭誣陷下獄，仰天大哭，夏五月竟飄雪，後代表冤獄，此改為六月。
[94]. 六出冰花：雪花；六出：雪似花瓣分為六片。
[95]. 素車白馬：古代遇凶事或喪事所用的車馬。
[96]. 斷送：有送。
[97]. 著：使。
[98]. 東海曾經孝婦冤：相傳漢代有孝順寡婦被誣判死刑，東海三年枯旱無雨。

作品賞析

　　《感天動地竇娥冤》完成於關漢卿晚年，不僅僅是作者本身的著名代表作，更是元雜劇史上頗負盛名的悲劇大作。其內容通過竇娥蒙冤而死，進而揭示了元代社會的黑暗面，並透過竇娥以血恨許下的三樁誓願的一一應驗，直白地批判了現實世界。

　　本篇節選自《竇娥冤》二、三折，書寫蔡婆引狼入室種下悲劇之因，接續帶出第三折著名的〈法場〉，字字血淚，感人肺腑。竇娥的生活是典型的廣大元代弱勢者的縮影，她的遭遇承載著普遍封建階級制度下的暗黑腐朽，這種時代的迫害與壓榨，激起一位逆來順受、恪守禮教的女性的反抗意識，也是作者欲在此劇中塑造的竇娥性格轉變的關鍵。

　　在封建社會，天地被視為至高無上的神聖表率，於是作者利用這樣的時代思維，挑戰天地神鬼的公正性，藉由竇娥哀淒的嘶吼，巧妙搭以【耍孩兒】、【二煞】、【一煞】三曲目，將嘹亮的誓願戰歌深植入觀斬者的腦海中，藝術手法高超絕倫。王國維評曰：「列入世界大悲劇中亦無愧色」

問題討論

　　一、竇娥與婆婆的個性呈現明顯的對比，試舉出二、三個段落或句子作為比較。

　　二、竇娥身為平凡女性，卻有著哪些象徵意義存在？

　　三、竇娥三樁誓願？安排三個反自然現象的用意何在？

　　四、此劇揭發哪些社會面向？

　　五、東海孝婦故事的大意為何？關漢卿如何加以創新改造，寫下《竇娥冤》？

李逵負荊

《李逵負荊・第二折》

內容導讀

　　《李逵負荊》全名《梁山泊李逵負荊》，是雜劇中著名的水滸戲，成功地運用喜劇情節和誤會手法塑造出梁山泊英雄形象。內容寫李逵到老王林的店飲酒，王林向他哭訴宋江與魯智深搶去女兒滿堂嬌。李逵怒而回山斥責宋江，大鬧聚義堂，宋江心知有人冒充，為明辨事情真相，隨他下山質對。經王林辨認，發現壞人是冒名的頂替者，李逵遂回山向宋江負荊請罪，李逵下山捉拿兩名破壞梁山泊名譽的壞人，戴罪立功。

　　第二折寫李逵怒氣沖天地回山追查，對宋江和魯智深進行一番辛辣的嘲弄。作者對這些英雄人物的刻劃極為細緻，生動又有喜劇性。

作者介紹

　　康進之（？～？），棣州（今山東惠民）人。其生卒年及生平事跡均不詳，有一說姓陳。著有散曲《武陵春》，以及雜劇兩種：《黑旋風老收心》、《梁山泊李逵負荊》，今僅存《李逵負荊》。

課文說明

　　【本文】（宋江同吳學究、魯智深領卒子上）（宋江詩云）旗幟無非人血染，燈油盡是腦漿熬。鴉啣肝肺扎煞尾，狗啃骷髏抖搜毛。某乃宋江是也。因清明節令，放眾頭領下山踏青賞玩去了，今日可早三日光景也。在那聚義堂上，三通鼓罷，都要來齊。小僂儸，寨門首覷者，看是那一個先來。（卒子云）理會得。（正末上，云）自家李山兒的便是。將著這紅裌膊，見宋江走一遭來。（唱）

　　【正宮・端正好】抖搜著黑精神，扎煞開黃髭髯[1]，則今番不許收

---

[1]. 髭髯：ㄗ ㄌㄧˋ，鬍子。

拾²。俺可也磨拳擦掌，行行裡，按不住莽撞心頭氣。

【滾繡球】宋江唻，這是甚所為？甚道理？不知他主著何意，激的我怒氣如雷。可不道他是誰，我是誰，俺兩個半生來豈有些嫌隙？到今日卻做了日月交食³。不爭幾句閒言語，我則怕惡識⁴多年舊面皮，輾轉猜疑。

（云）小儸儸報復去，道我李山兒來了也。（卒子做報科，云）喏，報的哥哥得知，有李山兒來了也。（宋江云）著他過來。（卒子云）著過去。（做見科）（正末云）學究哥哥，喏！帽兒光光，今日做個新郎；袖兒窄窄，今日做個嬌客。⁵俺宋公明在那裡？請出來和俺拜兩拜，俺有些零碎金銀在這裡，送與嫂嫂做拜見錢。（宋江云）這廝好無禮也。與學究哥哥施禮，不與我施禮。這廝胡言亂語的，有甚麼說話？（正末唱）

【倘秀才】哎！你個刎頸的知交⁶慶喜，（宋江云）慶什麼喜？（正末唱）則你那壓寨的夫人在那裡？（指魯智深科，云）禿驢，你做的好事來。（唱）打乾淨球兒⁷不道的走了你。（宋江云）怎麼？智深兄弟，也有你那？（正末唱）強賭當⁸，硬支持，要見個到底。

（宋江云）山兒，你下山去，有什麼事，何不就明對我說？（正末做惱不言語科）（宋江云）山兒，既然不好和我說，你就對學究哥哥根前說波。（正末唱）

---

². 不許收拾：不能罷休。
³. 日月交食：形容相互間勾心鬥角、明爭暗鬥。
⁴. 惡識：得罪、惹惱。
⁵. 帽兒光光，今日做個新郎；袖兒窄窄，今日做個嬌客：宋元時期在婚禮上嘲弄新郎的話。
⁶. 刎頸的知交：比喻可同生共死的至交好友。
⁷. 打乾淨球兒：打毬本要沾泥，如今卻不想沾泥，喻參與做事，卻想擺脫關係，置身事外。
⁸. 強賭當：勉強抵當應付；當：ㄉㄤˇ，同「擋」。

李逵負荊

【滾繡球】俺哥哥要娶妻，這禿廝會做媒。（宋江云）智深兄弟，說你曾做什麼媒來？（魯智深云）你看這廝，到山下去噇[9]了多少酒，醉的來似踹不殺的老鼠一般，知他支支的說甚麼哩。（正末唱）原來個梁山泊有天無日[10]。（做拔斧斫旗科）（唱）就恨不斫倒這一面黃旗！（眾做奪斧科）（宋江云）你這鐵牛，有甚麼事，也不查個明白，就提起板斧來，要斫倒我杏黃旗，是何道理？（學究云）山兒，你也忒口快心直[11]哩！（正末唱）你道我忒心快，忒心直，還待要獻勤出力。（做喊科，云）眾兄弟們，都來！（宋江云）都來做甚麼？（正末唱）則不如做個會六親慶喜的筵席。（宋江云）做什麼筵席？（正末唱）走不了你個撮合山[12]師父唐三藏[13]，更和這新女婿郎君。哎！你個柳盜跖，看那個便宜。

（宋江云）山兒，你下山，在那裡吃酒，遇著甚人？想必說我些什麼？你從頭兒說，則要說的明白。（正末唱）

【倘秀才】不爭你搶了他花朵般青春艷質，這其間拋閃[14]殺那草橋店白頭老的。（宋江云）這事其中必有暗昧。（正末唱）這樁事分明甚暗昧，生割捨，痛悲淒。（帶云）宋江唻，（唱）他其實怨你。

（宋江云）原來是老王林的女孩兒，說我搶將來了。休道不是我，便是我搶將來，那老子可是喜歡也是煩惱？你說我試聽。（正末唱）

【叨叨令】那老兒，一會家便哭啼啼在那茅店裡，（帶云）覷著山寨，宋江，好恨也！（唱）他這般急張拘諸[15]的立。那老兒，一會家便

---

[9] 噇：ㄔㄨㄤˊ。
[10] 有天無日：比喻黑暗無公理。
[11] 口快心直：個性直爽，有話就直說而不隱諱。
[12] 撮合山：撮合男女婚事的媒人；撮：ㄘㄨㄛ，又音：ㄘㄨㄛˋ。
[13] 唐三藏：唐僧玄奘，此指花和尚魯智深。
[14] 拋閃：丟下、撇下。
[15] 急張拘諸：慌亂驚恐，或作「急章拘諸」、「急獐拘豬」。下面幾句是李逵

怒吽吽[16]在那柴門外，（帶云）哭道，我那滿堂嬌兒也！（唱）他這般乞留曲律的氣。（宋江云）他怎生煩惱那？（正末唱）那老兒，一會家便悶沉沉在那酒甕邊，（帶云）那老兒，拿起瓢來，揭開蒲墩[17]，舀一瓢冷酒來汨汨的咽了。（唱）他這般迷留沒亂[18]的醉。那老兒，托著一片席頭，便慢騰騰放在土坑上，（帶云）他出的門來，看一看，又不見來，哭道，我那滿堂嬌兒也！（唱）他這般壹留兀淥[19]的睡。似這般過不的也麼哥，似這般過不的也麼哥。（宋江云）這廝怎的？（正末唱）他道俺梁山泊水不甜人不義[20]！

（宋江云）學究兄弟，想必有那依草附木[21]，冒著俺家名姓，做這等事的，也不可知。只是山兒也該討個顯證，才得分曉。（正末云）有有有，有這紅裌膊不是顯證？（宋江云）山兒，我今日和你打個賭賽。若是我搶將他女孩兒來，輸我這六陽會首[22]。若不是我，你輸些甚麼？（正末云）哥，你與我賭頭？罷，您兄弟擺一席酒。（宋江云）擺一席酒倒好了，你須要配得上我的。（正末云）罷罷罷，哥，倘若不是你，我情願納這顆牛頭。（宋江云）既如此，立下軍狀，學究兄弟收著。（正末云）難道花和尚就饒了他？（魯智深云）我這光頭不賭他罷，省的你叫不利市。（做立狀科）（正末唱）

【一煞】則為你兩頭白麵[23]搬興廢，轉背言詞說是非。這廝敢狗行

模仿老王林。
[16] 怒吽吽：非常生氣的樣子。
[17] 蒲墩：以蒲草結成，用來蓋酒甕的蒲包；蒲：ㄆㄨˊ。
[18] 迷留沒亂：心情煩亂、沒頭緒；沒：ㄇㄛˋ。
[19] 壹留兀淥：音近於咿哩烏盧，即睡不安穩所發出的聲音；兀：ㄨˋ。淥：ㄌㄨˋ。
[20] 他道俺梁山泊水不甜人不義：李逵正是為了梁山泊水甜人義，不惜與破壞梁山聲譽的人鬥爭。
[21] 依草附木：喻依仗他人的權勢地位。
[22] 六陽會首：中醫診脈，有手三陽、足三陽六脈，都會集中於頭部，故代指人頭，或稱六陽魁首。
[23] 兩頭白麵：對雙方都花言巧語、撥弄是非。

李逵負荊

狼心[24]，虎頭蛇尾。不是我節外生枝，囊裡盛錐[25]。誰著你奪人愛女，逞己風流，被咱都知。（宋江云）你看黑牛這村沙樣勢[26]那。（正末唱）休怪我村沙樣勢，平地上起孤堆[27]。

（宋江云）若不是我呵，我不道的饒了你哩。（正末唱）

【黃鐘尾】那怕你指天畫地能瞞鬼，步線行針待哄誰。又不是不精細，又不是不伶俐。（宋江云）我和你就下山去。（正末唱）下山寨，到那裡，李山兒，共質對，認的真，覰的實，割你頭，塞你嘴。（宋江云）這鐵牛怎敢無禮？（正末唱）非鐵牛，敢無禮，既賭賽，怎翻悔？莫說這三十六英雄，一個個都是弟兄輩。（云）眾兄弟每，都來聽著

（宋江云）你著他聽什麼？（正末云）俺如今和宋江、魯智深同到那杏花莊上，只等那老王林道出一個是字兒，你那做媒的花和尚，休要怪我，一斧分開兩個瓢[28]，誰著你拐了一十八歲滿堂嬌？單把宋江留將下，待我親手伏待哥哥這一遭。（宋江云）你怎生伏侍我？（正末云）我伏侍你！我伏侍你！一隻手揪住衣領，一雙手揝住腰帶，滴溜撲摔個一字；闊腳板踏住胸脯，舉起我那板斧來，覰著脖子上，可叉[29]！（唱）便跳出你那七代先靈，也將我來勸不得。（下）

（宋江云）山兒去了也。小僂儸備兩匹馬來，某和智深兄弟，親下山寨，與老王林質對去走一遭。（詩云）老王林出乖露醜，李山兒將沒做有。如今去杏花莊前，看誰輸六陽魁首。（同下）

---

[24]. 狗行狼心：如狗般的行為毫無倫理，似狼般的心機陰險狡猾，喻行為卑鄙心腸狠毒。
[25]. 囊裡盛錐：比喻好出鋒頭、愛露面。
[26]. 村沙樣勢：笨拙呆傻的樣子。
[27]. 平地上起孤堆：無故發生事端；孤堆：高起的土堆。
[28]. 一斧分開兩個瓢：一斧劈開魯智深的光頭，成為了兩個瓢，為貼切劇中人物之警語。
[29]. 可叉：形容砍頭的聲音。

作品賞析

《李逵負荊》是一篇顯示了李逵的憐憫心與勇於改過的喜劇大作，大部分水滸戲多以李逵為主角，為元代水滸戲中最為重要的人物。本篇節選自《李逵負荊》第二折，主要描寫李逵怒氣沖天地回山追查，對宋江和魯智深進行一番辛辣的嘲弄。李逵的直來直往、豪邁魯莽，與宋江的深沉不露是本齣最為凸出的個性對比，作者對這些英雄人物的刻劃極為細緻，除了李逵上場唱的兩支曲子外，其他幾乎句句帶有動作，既生動又富有喜劇性。

這是一齣以「錯誤」架構而成的喜劇，發展出一系列矛盾衝突令人發噱的笑鬧劇情。全篇寫來緊湊卻不失幽默，並且文字用語精煉。透過凸出的人物性格與巧妙的情節安排，不難看出其中穿插了作者精確的喜劇節奏。

本篇讀來明亮輕快，言語質樸、多口語，（明）朱權《太和正音譜》讚康促之：「具是傑作，大有勝於前列。其詞勢非筆舌可能擬，真詞林英傑也。」

問題討論

一、作者如何將誤會與巧合建立在人物性格的基礎上展開故事？

二、李逵可說是元代水滸戲中的要角，個性層次相當豐富，試舉片段說明。

三、本齣戲中角色性格與小說《水滸傳》是否殊異？

四、文人劇

《漁樵記・第二折》

內容導讀

　　《漁樵記》全名《朱太守風雪漁樵記》，取材自《漢書·朱買臣傳》，宋元間有南戲《朱買臣休妻記》，劇本已亡佚，今僅存四支殘曲。元雜劇另有已佚的庾天錫《會稽山買臣負薪》，明清傳奇也有已佚的顧瑾《佩印記》、《露綬記》，以及佚名的《爛柯山》。全劇為四折一楔子的末本戲，正末在劇中分飾兩人，第一、二、四折演朱買臣，第三折改扮貨郎。內容描述朱買臣才學稟賦，卻是沒沒無聞，岳父劉二公憂心他偎妻靠婦，命女兒玉天仙向買臣討休書，以激勵其上進之心。，劉二公更於暗中將盤纏交託給買臣友人王安道，以供其赴考使用。買臣得官後衣錦還鄉，劉二公攜女前來認親，買臣將當初寫休書時所受的辱罵言語一一回諷，待王安道說明事情真相後，夫妻重修舊好。

　　第二折寫玉天仙聽父親所言，向朱買臣逼討休書，因此劇為一人獨唱之末本戲，雖無法以對唱展現爭吵的場景，但作者巧妙穿插大量的賓白，唱與白不同的節奏，反而更生動地表現出夫妻吵架的面貌。玉天仙每句臺詞都辛辣無比，尖酸刻薄，形成此劇一大特色。

作者介紹

　　佚名，元代人。

課文說明

　　【本文】（外扮劉二公，同旦兒扮劉家女上，詩云）段段田苗接遠村，太公莊上戲兒孫。莊農只得鋤鉋[1]力，答賀天公雨露恩。老漢姓劉，排行第二，人口順都喚我做劉二公。嫡親的三口兒家屬，一個婆婆，

---

[1]. 鉋：有利刃，用以刮平的工具，此處指鋤地耕作的器具。

一個女孩兒。婆婆早年亡逝已過。我這女孩兒生的有幾分顏色[2]，人都喚他做玉天仙。昔年與他招了個女婿是朱買臣。這廝有滿腹文章，只恨他偎妻靠婦[3]，不肯進取功名。似這般可怎生[4]是好？（做沉吟科，云）哦，只除非這般。孩兒也，你去問朱買臣討一紙兒休書來。（旦兒云）這個父親，越老越不曉事了。想著我與他二十年的夫妻，怎生下的[5]問他要索休書？（劉二公云）孩兒也，你若討了休書，我揀著那官員士戶財主人家，我別替你招了一個；你若是不討休書呵，五十黃桑棍[6]，決不饒你！快些去討來！（下）（旦兒做嘆科，云）待[7]討休書來，我和朱買臣是二十年夫妻；待不討來，父親的言語又不敢不依。罷罷罷，我且關上這門，朱買臣敢待[8]來也。（正末拿拘繩匾擔上，云）這風雪越下的大了也。天呵！你也有那住的時節也呵！（唱）

【正宮·端正好】我則[9]見舞飄飄的六花[10]飛，更那堪這昏慘慘[11]的兀那[12]彤雲[13]靄，恰便似粉妝成殿閣樓臺。有如那撏綿扯絮[14]隨風灑，既不沙[15]，卻怎生白茫茫的無個邊界？

【滾繡球】頭直上亂紛紛雪似篩[16]，耳邊廂颯刺刺[17]風又擺。（帶云）

---

[2]. 顏色：姿色。
[3]. 偎妻靠婦：依戀妻室，指夫依靠七是，不肯上進。
[4]. 怎生：怎麼。
[5]. 怎生下的：怎麼忍心；下的：忍心、捨得。
[6]. 黃桑棍：硬木棒。
[7]. 待：假設詞，假如。
[8]. 敢待：將要，大約就要。
[9]. 則：只。
[10]. 六花：雪花。
[11]. 昏慘慘：形容昏暗不明。
[12]. 兀那：句中襯字，無義。
[13]. 彤雲：下雪前密布的灰暗濃雲；彤：ㄊㄨㄥˊ。
[14]. 撏綿扯絮：雪花紛飛的樣子；撏：ㄒㄩㄣˊ，拉扯、拔取。。
[15]. 既不沙：意指不然、若不是這樣；沙，語助詞，無義。
[16]. 篩：ㄕㄞ，灑、落。
[17]. 颯刺刺：形容風聲之詞。

漁樵記

可端的便這場冷也呵！（唱）哎喲，勿、勿、勿暢好是[18]冷的來奇怪。（帶云）天那，天那！（唱）也則是單注[19]著這窮漢每[20]月值年災[21]。（帶云）似這雪呵，（唱）則俺那樵夫每[22]怎打柴？便有那漁翁也索[23]罷了釣臺。（帶云）似這雪呵，（唱）則問那映雪[24]的書生安在[25]，便是凍蘇秦也怎生去搠筆巡街[26]？則他這一方市戶有那千家閉，抵多少十謁朱門九不開[27]。（帶云）似這雪呵，（唱）教我委實難捱[28]。

（云）來到門首也。劉家女，開門來，開門來。（旦兒云）這喚門的正是俺那窮廝。我不聽的他喚門，萬事罷論，纔聽的他喚門，我這惱就不知那裡來！我開開這門。（做見便打科，云）窮短命，窮弟子孩兒，你去了一日光景[29]，打的柴在那裡？（正末云）這婦人好無禮也！我是誰，你敢打我？（唱）

【倘秀才】我纔入門來你也不分一個皂白。（旦兒云）我不敢打你那！（正末唱）你向我這凍臉上不俫[30]，你怎麼左摑來右摑[31]？（旦兒云）我打你這一下，有甚麼不緊[32]！（正末唱）哎！你個好歹鬥[33]的婆

---
[18]. 暢好是：真是、實在是。
[19]. 單注：注定的。
[20]. 窮漢每：窮漢們；每：在宋元時義同於「們」。
[21]. 月值年災：一個月內碰到一年內將發生的災難，形容災難極多。
[22]. 樵夫每：採伐木柴的人們。
[23]. 也索：也要。
[24]. 映雪：晉孫康因家貧，常利用雪光讀書，後用以形容在困境中勤苦讀書。
[25]. 安在：何在。
[26]. 搠筆巡街：貧窮的文人沿街賣文；搠：ㄕㄨㄛˋ，提、拿。
[27]. 十謁朱門九不開：諺語，喻富貴人家大多為富不仁，向其求助往往會碰壁；謁：一ㄝˋ，拜見。
[28]. 委實難捱：確實難以承受；捱：ㄞˊ，承受。
[29]. 光景：左右、上下，約計之詞。景：‧ㄐㄧㄥ。
[30]. 不俫：襯字，放在上下兩句之間，用以加強語氣，無義。
[31]. 左摑來右摑：左一巴掌，右一巴掌地打臉頰；摑：ㄍㄨㄛˊ，用手掌打人的臉。
[32]. 不緊：要緊。

娘！（云）我不敢打你哪？（旦兒云）你要打我哪？你要打，這邊打，那邊打。我舒與你個臉，你打、你打！我的兒，只怕你有心沒膽，敢打我也？（正末唱）你個好歹鬥的婆娘可便忒利害！也只為那雪壓著我脖項著這頭難舉[34]，冰結住我髭鬈[35]著這口難開，（旦兒云）誰和你料嘴[36]哩！（正末唱）劉家女俠，你與我討一把兒家火來。

（旦兒云）哎呀！連兒、盼兒、憨頭、哈叭、刺梅、鳥嘴[37]，相公來家也，接待相公。打上炭火，篩上那熱酒，著相公盪寒[38]！問我要火，休道無那火，便有那火，我一瓢水潑殺了。便無那水呵，一個屁也迸殺了！可那裡有火來與你這窮弟子孩兒！（正末云）兀那潑婦，你休不知福！（旦兒云）甚麼福？是是是，前一幅後一幅[39]

五軍都督府。你老子賣豆腐，你奶奶當轎夫，可是甚麼福？（正末唱）

【滾繡球】你每日家[40]橫不拈豎不抬[41]，（旦兒云）你將來[42]波，有甚麼大綾大羅[43]，洗白復生，高麗毽絲布[44]，大紅通袖膝襴[45]，仙鶴獅

---

33. 歹鬥：亦作「歹毒」，陰險狠毒之意。
34. 雪壓著我脖項著這頭難舉：雪壓著脖子使我的頭難舉；脖項：頸項；著：使、讓。
35. 髭鬈：指嘴上長的鬍子；髭：ㄗ，嘴脣上邊的短鬚；鬈：ㄌㄢˋ，頭髮下垂的樣子。
36. 料嘴：鬥嘴。
37. 連兒、盼兒、憨頭、哈叭、刺梅、鳥嘴：婢女常用名，藉此加以嘲笑，指貧窮還擺架子，要人服侍。
38. 盪寒：去除寒冷。
39. 幅：布帛或紙張的寬度；與下文尾字的府、腐、夫都諧音為「福」，意在諷刺。
40. 家：語助詞。
41. 橫不拈豎不抬：什麼都不做。
42. 將來：拿來。
43. 大綾大羅：非常好的高級布料；綾、羅：細軟而文綵鮮麗的高級織物。

子的胸背[46]。你將來，我可不會裁不會剪？我可是不會做？（正末云）我雖無那大綾大羅與你，我呵，（唱）慣的你千自由百自在。（旦兒云）你這般窮，再著我自在些兒，我少時跟的人走了也！窮短命，窮弟子孩兒，窮醜生[47]！（正末唱）我雖受窮呵，我又不曾少人甚麼錢債。（旦兒云）你窮再少下人錢債，割了你窮耳朵，剜[48]了你窮眼睛，把你皮也剝了！我兒也，休響嘴[49]，晚些下鍋的米也沒有哩！（正末云）劉家女俫，咱家裡雖無那細米呵，你覷去者波，（唱）我比別人家長趲[50]下些乾柴。（旦兒云）你看麼，我問他要米，他則把柴來對我。可著我喫那柴，穿那柴，嚥那柴？只不過要燒的一把兒柴也那。（正末唱）你是個壞人倫的死像胎[51]。（旦兒云）窮短命，窮剝皮，窮割肉，窮斷脊樑筋的！（正末唱）你這般毀夫主暢[52]不該。（旦兒云）我兒也，鼓樓[53]房上琉璃瓦，每日風吹日曬雹子[54]打。見過多少振鼕[55]振，倒怕你清風細雨灑？我和你頂磚頭[56]對口詞，我也不怕你！（正末云）只不過無錢也囉，你理會[57]的好人家好家法，你這等惡人家惡家法。（唱）哎！劉家女俫，

---

[44]. 洗白復生，高麗瓘絲布：兩種皆是很好的衣料；瓘：ㄇㄨˊ，厚密光澤的毛織品。
[45]. 通袖膝襴：襴衫；襴：古代上衣和下裳相連的衣服。
[46]. 胸背：指官服，胸前繡一塊禽獸形狀的圖，依品第有所區分。
[47]. 醜生：罵人的話，猶言畜生、壞蛋。
[48]. 剜：ㄨㄢ，用刀挖取。
[49]. 響嘴：誇口。
[50]. 趲：ㄗㄢˇ，積聚，通「攢」。
[51]. 死像胎：罵詞，猶言死樣子。
[52]. 暢：甚、很、非常。
[53]. 鼓樓：舊時裝有大鼓的樓，會按時擊鼓以報時辰。
[54]. 雹子：空中水蒸氣遇冷凝結成的冰粒或冰塊，常伴夏季暴雨降下；雹：ㄅㄠˊ。
[55]. 振鼕：雷霆，雷聲像打鼓聲。
[56]. 頂磚頭：針鋒相對的辯論。
[57]. 理會：了解。

你怎生只學的這般惡叉白賴[58]？（旦兒云）窮弟子，窮短命

一世兒不能勾發跡！（正末云）由你罵，由你罵，除了我這個窮字兒，（唱）你可便再有甚麼將我來栽排[59]？（旦兒云）可也夠了你的了！（正末云）留著些熱氣，我且溫肚咱。（唱）則不如我側坐著土坑這般頦攙著膝[60]；（旦兒云）似這般窮活路，幾時捱的徹[61]也？（正末云）這個歹婆娘害殺人也波，天哪，天哪！（唱）他那裡斜倚定門兒手托著腮，則管哩放你那狂乖。

（旦兒云）朱買臣，巧言不如直道，買馬也索籴料[62]，耳簷兒當不的狐帽[63]，牆底下不是那避雨處。你也養活不過我來，你與我一紙休書，我揀那高門樓大糞堆[64]，不索買卦[65]有飯喫，一年出一個叫化的，我別嫁人去也！（正末云）劉家女，你這等言語，再也休說！有人算我明年得官也。我若得了官，你便是夫人縣君[66]娘子，可不好哪！（旦兒云）娘子、娘子，倒做著屁眼底下穰子[67]！夫人夫人，在磨眼兒裡[68]。你沙

---

[58]. 惡叉白賴：凶惡無賴。
[59]. 栽排：安排。
[60]. 頦攙著膝：坐著休息的動作，用一手托下巴，撐在膝上；頦：ㄏㄞˊ，臉部的下方，即下巴。
[61]. 捱的徹：承受到底；捱：ㄞˊ。
[62]. 買馬也索籴料：買了馬就要拿草料餵養，喻娶妻後就必須養活她；籴：ㄉㄧˊ。
[63]. 耳簷兒當不的狐帽：比喻小東西派不上大用場；耳簷，禦寒所戴的耳套。當不：ㄉㄤˋ．ㄅㄨ；狐帽：帽。
[64]. 高門樓大糞堆：代指大戶人家與卑微人家，意謂不管找誰都不再跟隨。
[65]. 買卦：占卜。
[66]. 縣君：婦人的封號；始於晉朝，唐朝時封五品官母、妻為縣君，宋元亦沿置。
[67]. 穰子：諧音娘子，用來諷刺；穰：ㄖㄤˊ，瓜果內部可食部分，通「瓤」，此指如排出的糞便。
[68]. 夫人夫人，在磨眼兒裡：諷刺買臣所說的夫人；夫人：諧音「麩仁」，小麥磨成麵粉後所留下的。

子地裡放屁，不害你那口磣[69]。動不動便說做官，投到[70]你做官，你做那桑木官，柳木官，這頭踹著那頭掀；吊在河裡水判官，丟在房上曬不乾。投到你做官，直等的那日頭不紅，月明帶黑，星宿瞇[71]眼，北斗打呵欠！直等的蛇叫三聲狗拽車，蚊子穿著兀剌靴[72]，蟻子戴著煙氈帽，王母娘娘賣餅料！投到你做官，直等的炕點頭，人擺尾[73]，老鼠跌腳笑，駱駝上架兒，麻雀抱鵝彈[74]，木伴哥[75]生娃娃，那其間你還

得做官哩！看了你這嘴臉，口角頭餓紋，驢也跳不過去，你一世兒不能夠發跡！將休書來，將休書來！（正末云）劉家女，那先賢的女人，你也學取一個波。（旦兒云）這廝窮則窮，攀今覽古[76]的，你著我學那一個古人？你說，你奶奶試聽咱。（正末唱）

【快活三】你怎不學賈氏妻只為射雉如皋笑靨開[77]？（旦兒云）我有甚麼歡喜在那裡，你著我笑？（正末云）你不笑，敢要哭？我就說一個哭的。（唱）你怎不學孟姜女把長城哭倒也則一聲哀？（旦兒云）朱買臣窮叫化頭！我也沒工夫聽這閒話。將休書來，休書來！（正末唱）你則管哩便胡言亂語將我厮花白[78]，你那些個[79]將我似舉案齊眉待？

（旦兒云）快將休書來！（正末唱）

---

[69]. 口磣：食物中含有砂粒雜質，咀嚼時口不舒服，喻說出不雅的話而感到羞慚；磣：ㄔㄣˇ。
[70]. 投到：等到。
[71]. 瞇：ㄓㄢˇ。
[72]. 兀剌靴：靴子，譯自蒙古語。
[73]. 擺尾：搖尾巴。
[74]. 彈：同「蛋」，鳥類、爬蟲類等帶有硬殼的卵。
[75]. 木伴哥：一種木娃娃玩具。
[76]. 攀今覽古：把古人今人的事物，和自己扯上關係。
[77]. 賈氏妻只為射雉如皋笑靨開：賈大夫其妻甚美，過門三年不言笑；妻見丈夫射野雉才悅服而笑。
[78]. 厮花白：相嘲笑；厮：相。花白：搶白、嘲笑。
[79]. 那些個：哪些個。

【朝天子】哎喲，我罵你個叵耐[80]，（旦兒云）你叵耐我甚麼？（正末唱）叵耐你個賤才！（旦兒云）將休書來，休書來！（正末云）這個歹婆娘害殺人也波。天哪天哪，（唱）可則誰似你那索休離舌頭兒快！（旦兒云）四村上下老的每，都說劉家女有三從四德哩！（正末云）誰那般道來？（旦兒云）是我這般道來。（正末唱）你道你便三從四德？（旦兒云）你說去，是我道來，我道來！（正末唱）你敢少他一畫。（云）劉家女，你有一件兒好處，四村上下別的婦人都學不的你。（旦兒云）可又來，我也有那一樁兒好處？你說我聽。（正末唱）劉家女俫，你比別人家愛富貴，你也敢嫌俺這貧的忒煞[81]。（旦兒云）你這破房子，東邊刮過風來，西邊刮過雪來，恰似漏星堂[82]也似的，虧你怎麼住！（正末云）劉家女，這破房子裡你便住不的，俺這窮秀才正好住。（唱）豈不聞自古寒儒在這冰雪堂[83]何礙？（旦兒云）你也不怕人嗔怪[84]！（正末云）哎，天哪天哪，（唱）我本是個棟樑材，怎怕的人嗔怪？（旦兒云）你是一個男子漢家，頂天立地，帶眼安眉[85]，連皮帶骨，帶骨連筋，你也掙扎些兒波！（正末云）我和他唱叫了一日，則這兩句話傷著我的心。兀那劉家女，這都是我的時也，運也，命也。豈不聞『不知命無以為君子[86]』，則這天不隨人呵！（唱）你可怎生著我掙扎？（旦兒云）你也佈擺[87]些兒波！（正末唱）你怎生著我佈擺？（旦兒做拿扁擔拘繩放前科，云）則這的便是你營生買賣！（正末云）天哪天哪！（唱）我須是不得已仍舊的擔柴賣。

---

[80]. 叵耐：可惡、可恨；叵，ㄆㄛˇ。
[81]. 忒煞：太厲害、太過分。
[82]. 漏星堂：因屋頂破爛，可以望見星月，故喻為破爛的屋子。
[83]. 冰雪堂：喻破漏的房子。
[84]. 嗔怪：責怪。
[85]. 帶眼安眉：有眉有目，喻有面目的、有見識的。
[86]. 不知命無以為君子：不知自己命運就沒辦法成為君子。
[87]. 佈擺：安排、布置。

漁樵記

（旦兒云）我恰纔不說來[88]，你與我一紙休書，我別嫁個人，我可戀你些甚麼？我戀你南莊北園，東閣西軒，旱地上田，水路上船，人頭上錢？憑著我好苗條好眉面[89]，善裁剪善針線，我又無兒女廝牽連，那裡不嫁個大官員？對著天曾罰願[90]，做的鬼到黃泉，我和你麻線道兒[91]上不相見。則為你凍妻餓婦二十年，須是你奶奶心堅石也穿。窮弟子孩兒你聽者，我只管戀你那布襖荊釵[92]做甚麼！（正末唱）

【脫布衫】哦，既是你不戀我這布襖荊釵；（旦兒云）街坊鄰里聽著，朱買臣養活不過媳婦兒，來廝打哩！（正末云）你這般叫怎麼？我寫與你則便了也。（旦兒云）這等，快寫快寫！（正末唱）又何須去拽巷也波囉街[93]。（旦兒云）你洗手也不曾？（正末唱）我只不過畫與你個手模[94]；（云）兀那劉家女，你要休書，則道我這般寫與你，便乾罷[95]了那！（旦兒云）由你寫，或是跳牆驀圈[96]，翦柳搠包兒[97]，做上馬強盜，白晝搶奪，或是認道士，認和尚，養漢子！你則管寫，不妨事！（正末云）劉家女，我則在這張紙上，將你那一世兒的行止都教廢盡了也。（唱）我去那休書上朗然該載[98]。

（云）劉家女，那紙墨筆硯俱無，著我將甚麼寫？（旦兒云）有有有！我三日前預準備下了落鞋樣兒的紙，描花兒的筆，都在此。你快寫你快寫！（正末云）劉家女，也須的要個桌兒來。（旦兒云）兀的

---

[88]. 我恰纔不說來：我剛才不是說了。
[89]. 眉面：容貌。
[90]. 罰願：發誓。
[91]. 麻線道兒：像麻線一樣細長的窄路，喻孤獨難行的黃泉路。
[92]. 布襖荊釵：以荊枝為釵，以粗布為襖，指婦女樸素的服飾。
[93]. 拽巷也波囉街：在街巷中吵鬧嚷嚷；也波：襯字，無義。
[94]. 手模：手印。
[95]. 乾罷：罷休，不再計較。
[96]. 跳牆驀圈：盜竊行為。
[97]. 翦柳搠包兒：竊盜騙財。翦柳：竊盜。搠：ㄕㄨㄛˋ。搠包兒：暗中調換他人物品以騙財物。
[98]. 該載：容納，此指記載下來。

不是桌兒。（正末云）劉家女，你掇[99]過桌兒來，你便似個古人，我也似個古人。（旦兒云）只管有這許多古人，你也少說些罷。（正末唱）

【醉太平】卓文君你將那書桌兒便快抬，（旦兒云）你可似誰？（正末唱）馬相如，我看你怎的把他去支劃[100]。（旦兒云）紙筆在此，快寫了罷。（正末唱）你你你把文房四寶快安排。（云）劉家女，我寫則寫，只是一件，人都算我明年得官，我若得了官呵，把個夫人的名號與了別人，你不乾受了二十年的辛苦？（旦兒云）我辛苦也受的夠了，委實的捱不過。是我問你要休書來，不干你事。（正末云）請波請波。（唱）你也索回頭兒自揣[101]，（旦兒云）我揣個甚麼？是我問你要休書來，不干你事。（正末唱）非是我朱買臣不把你糟糠[102]待，赤緊的[103]玉天仙忍下的心腸歹。（帶云）罷罷罷。（唱）這梁山伯也不戀你祝英臺[104]。（云）任從改嫁，並不爭論。左手一個手模將去！（唱）我早則寫與你個賤才[105]！

（旦兒云）賤才賤才，一二日一雙繡鞋。我是你家奶奶，將來，我看這休書咱。寫著道『任從改嫁，並不爭論』，左手一個手模。正是休書。（正末云）劉家女，這休書上的字樣，你怎生都認的？（旦兒云）這休書我家裡七八板箱哩。（正末云）劉家女，風雪越大了，天色已晚，這些時再無去處，借一領席薦兒來，外間裡宿，到天明，我便去也。（旦兒云）朱買臣，想俺是二十年的兒女夫妻，便怎生下的趕你出去？投到你來呵，我秤下一斤兒肉，裝下一壺兒酒，我去取來。（做出門科，云）我出的這門來。且住者，這廝倒乖也。你既與了我休書，還要他

---

[99]. 掇：ㄉㄨㄛˊ，拾取。
[100]. 支劃：處置、安排。
[101]. 揣：ㄔㄨㄞˇ，忖度、猜想。
[102]. 糟糠：比喻貧賤時共患難的妻子。
[103]. 赤緊的：實在、當真。
[104]. 梁山伯也不戀你祝英臺：意指我不再對你癡情。
[105]. 賤才：罵人的話。

在我家宿？則除是恁的[106]。呀！我道是誰？原來是安道伯伯。你家裡來，朱買臣在家裡。伯伯你到裡面坐，我喚朱買臣出來。（再入門科，云）朱買臣，王安道伯伯在門首，你出去請他進來坐。（正末云）哥哥在那裡？請家裡來。（旦兒推末出門科，云）出去，我關上這門。朱買臣，你在門首聽者：你當初不與我休書，我和你是夫妻；你既與了我休書，我和你便是各別世人[107]。你知道麼？『疾風暴雨，不入寡婦之門』。你再若上我門來，我搨了你這廝臉！（正末云）他賺[108]我出門來，關上這門，則是不要我在他家中。劉家女，你既不開門，將我這抅繩扁擔來還我去。（旦兒云）我開……咦！這等道兒，沙地裡井都是俺淘過的。你賺的我開開門？他是個男子漢家，他便往裡擠，我便往外推，他又氣力大，便有十八個水牛拽也拽不出去。你要抅繩扁擔，你看著，我打這貓道裏裡攛[109]出來。（正末云）兀那婦人，你在門裡面聽者：你恰纔索休的言語，在我這心上，恰便似印板兒[110]一般記著。異日得官時，劉家女，你不要後悔也！（旦兒云）既討了休書，我悔做甚麼！（正末云）劉家女，咱兩個唱叫，有個比喻。（旦兒云）喻將何比？（正末唱）

【三煞】你似那碔砆石比玉何驚駭，魚目如珠不揀擇[111]。我是個插翅的金雕，你是個沒眼的燕雀，本合兩處分飛，焉能夠百歲和諧？你則待折靈芝餵牛草，打麒麟當羊賣，摔瑤琴做燒柴[112]。你把那沉香木來毀壞，偏把那臭榆[113]栽。

---

[106]. 則除是恁的：除非是這樣。
[107]. 各別世人：不相干的人。
[108]. 賺：騙。
[109]. 攛：ㄘㄨㄢ。
[110]. 印板兒：印刷書籍的雕板，喻刻骨銘心、記憶牢固。
[111]. 你似那碔砆石比玉何驚駭二句：指分不清真假好壞；碔砆石：像玉的石頭。碔砆：ㄨˇ ㄈㄨ。
[112]. 折靈芝餵牛草，打麒麟當羊賣，摔瑤琴做燒柴：將貴當作賤，喻埋沒人才。
[113]. 臭榆：植物名，即臭椿，樹皮平滑而有淡白色條紋，葉有臭氣。

【二煞】那知道歲寒然後知松柏，你看我似糞土之牆朽木材。斷然是捱不徹肌寒，禁不過氣惱；怎知我守定心腸，留下形骸。但有日官居八座，位列三臺[114]，日轉千階[115]。頭直上打一輪皂蓋[116]，那其間誰敢道我負薪來？

【隨煞尾】我直到九龍殿[117]裡題長策，五鳳樓[118]前騁壯懷。我若是不得官和姓改[119]，將我這領白襴衫脫在玉階，金榜親將姓氏開。敕賜[120]宮花滿頭戴，宴罷瓊林[121]微醉色，狼虎也似弓兵兩下排，水罐銀盆[122]一字兒擺，恁時節方知這個朱秀才！不要你插插花花[123]認我來，哭哭啼啼淚滿腮，你這般怨怨哀哀磕著頭拜。（云）兀那馬頭前跪的是劉家女麼？祇候人[124]，與我打的去！（唱）那其間我在馬兒上醉眼朦朧將你來並不睬。（下）

（旦兒云）朱買臣，你去了罷，你則管在門首唧唧噥噥[125]怎的？

（做聽科，云）呀，這一會兒不聽的言語俠。（做開門科，云）開開這門，朱買臣你回來，我逗你耍。嗨，他真個去了。他這一去，心裡敢

---

[114]. 官居八座，位列三臺：成為高官；八座：朝廷高官的通稱；三臺：漢代總稱尚書、御史、謁者。
[115]. 日轉千階：指一天內升遷多次，形容連續高升；轉，升遷；階，官階。
[116]. 皂蓋：黑色的車蓋，指古代高官所乘坐的車子。
[117]. 九龍殿：皇帝聽政之處，後泛指為宮殿。
[118]. 五鳳樓：皇帝居所。
[119]. 我若是不得官和姓改：為一定會得官的誓言；和姓改：連姓氏都改；和：連同。
[120]. 敕賜：君主誥命賞賜；敕：ㄔˋ，帝王的詔書。
[121]. 宴罷瓊林：舊時天子擺宴請新科進士。
[122]. 水罐銀盆：古代官員出行時，灑掃道路用的物件。
[123]. 插插花花：說著巧妙動聽的言語。
[124]. 祇候人：泛指元明兩代衙門官差或富貴人家的僕役；祇候：ㄓ ㄏㄡˋ。
[125]. 唧唧噥噥：狀聲詞，形容說話議論的聲音；唧唧：ㄐㄧ ㄐㄧ；噥：ㄋㄨㄥˊ。

有些怪我哩！我既討了休書，也不敢久停久住。回俺父親的話走一遭去。（下）

作品賞析

　　本劇取材自《漢書・朱買臣傳》，《納書楹曲譜》錄有〈漁樵〉、〈逼休〉、〈寄信〉三折，《綴白裘》亦有題《爛柯山》，實是《風雪漁樵記》。其內容為敘述朱買臣在其妻玉天仙的假意欲討休書真為達到激勵其上進的劇碼下，真的憤而上京赴考並得志，成就了最後皆大歡喜的喜劇曲目。

　　本章選自第二折，首先以賓白點明了劉二公對女婿朱買臣似乎有亦靠妻求生的敷衍狀況感到憂心，於是命女兒玉天仙向朱買臣逼討休書，進而激勵其求仕之心。然因此劇為一人獨唱之末本戲，無法以對唱展現爭吵的場面，但作者巧妙穿插大量的賓白，唱與白不同的節奏，反而更生動地表現出夫妻吵架的場景。且玉天仙的每句臺詞都辛辣無比，尖酸刻薄，形成此劇的一大特色。

　　全篇讀來質樸爽快，賓白間自然穿插似是渾然天成，完美保留了元雜劇的藝術特色。

問題討論

　　一、作者在此折中如何突破一人主唱的侷限？

　　二、劉二公的做法你是否贊成？如果你是朱買臣，事後會原諒他與前妻嗎？

　　三、玉天仙的臺詞幾乎是直接針對朱買臣前一句回諷，你覺得最精彩的段落？

士大名，今至俺荊襄之地，如甘霖潤其旱苗，似清風解其酷暑，何幸何幸！（正末云）小生聞知大王豁達大度[13]，納諫如流[14]，因此不遠千里，持子建學士書，特來拜見。（荊王云）動問賢士，何不在帝都闕下[15]，求取功名，如何遠涉江湖，徒步至此？俺這荊襄土薄民稀，兵微將寡，只怕展不得仲宣之志，如之奈何？（正末云）大王。（唱）

【倘秀才】如今那有錢人沒名的平登省臺，那無錢人有名的終淹草萊[16]。（荊王云）據賢士如何？（正末唱）如今他可也不論文章只論財。（荊王云）賢士可曾投托人麼？（正末唱）赤緊的難尋東道主[17]。（荊王云）向在何處？（正末唱）久困在書齋。非王粲巧言令色。

（荊王云）賢士自古道。（詩云）寒窗書劍十年苦，指望蟾宮折桂枝[18]。韓侯不是蕭何薦，豈有登壇拜將時。曾有人言，謂賢士胸次[19]驕傲，以至如此。（正末唱）

【滾繡球】非是我王仲宣胸次高，赤緊的晏平仲他那度量窄。（云）小生遠遠而來，他道老兄幾時到？我回言恰纔到此。他道休往別處去來，俺家裡住。（唱）我和他初相見，廝親廝愛。（云）他問道老兄此一來，有何貴幹？我回言道特來投托[20]求些盤費，他聽得道罷。（唱）早諕得他不抬頭，口倦難開。（云）那人推抵不過，則索應付。（唱）至少呵等到有十朝，待半月，多呵賫發銀一兩錢二百，那一場賫發的

---

[13]. 豁達大度：形容心胸寬闊、度量宏大。
[14]. 納諫如流：虛心接受諫言，從善如流。
[15]. 闕下：宮庭。
[16]. 草萊：荒蕪的雜草，此指未能出仕為官。
[17]. 東道主：春秋鄭大夫燭之武要求秦軍停止進攻鄭國，鄭國作為秦國東路上的主人招待往來的秦國使者，所以稱為「東道主」，後借以泛稱接待或宴請賓客的主人。
[18]. 蟾宮折桂枝：相傳月中有桂樹，用以比喻科舉登第；蟾宮：指月亮；折桂枝：喻科舉及第。
[19]. 胸次：心裡、心中。
[20]. 投托：投靠。

王粲登樓

心大驚小怪。（云）大王，久以後不得第便罷，若得第時，一時間顧盼[21]不到，他便道黑頭蟲兒不中救[22]，俺也曾賫發你來。（唱）怎禁他對人前朗朗[23]的花白，如今那友人門下難投托，因此上安樂窩中且避乖，倒大來悠哉！

（荊王云）賢士既有大才，當不次任用。到來日會眾將，聚三軍，拜賢士統領荊襄九郡兵馬大元帥。（詩云）可惜淮陰侯，曾來撇釣鉤。不消三舉薦，指日便封侯。小校，鑄下元帥印者。（正末云）小生半生流落，一介寒儒，安敢遽然[24]望此！（唱）

【呆骨朵】若論掌襄帥府威風大，我是白衣人怎敢望日轉千階[25]。我又不曾驅六甲[26]風雷，又不曾辨三光[27]氣色，又不曾寫就論天表，又不曾草下甚麼平蠻策！（荊王云）賢士乃簪纓世胄[28]，堪為元戎[29]帥首也。（正末唱）我雖是個簪纓門下人，怎做的斗牛星[30]畔客。

（荊王云）賢士知天文，曉地理，觀氣色，辨風雲，何所不通，何所不曉！有大才，受大任，固其宜也。（正末唱）

【倘秀才】止不過曲志在蓬窗[31]下，守著霜毫[32]的這硯臺。我又不

---

[21]. 顧盼：照料、照顧。
[22]. 黑頭蟲兒不中救：諺語，指不要幫助壞人，救了反而會被恩將仇報。
[23]. 朗朗：聲音清晰、響亮。
[24]. 遽然：忽然；遽：ㄐㄩˋ。
[25]. 日轉千階：指一天內升遷多次，形容連續高升。
[26]. 六甲：供天帝驅使的陽神，道士可用符咒召請，以祈驅鬼。
[27]. 三光：日、月、星的總稱。
[28]. 簪纓世胄：世代仕宦的人家；簪纓：ㄗㄢ ㄧㄥ，古代顯貴者的冠飾，喻高官顯宦；世胄：世家後代；胄：ㄓㄡˋ。
[29]. 元戎：主將、元帥。
[30]. 斗牛星：星名，二十八星宿中的斗宿和牛宿。
[31]. 蓬窗：簡陋的窗戶。
[32]. 霜毫：毛筆，因筆毛色白如霜，故稱。

曾進履在圯橋下[33]，收的甚兵書戰策。如今那有志的屠龍[34]去南海，古今無賢士，前後少英才，非王粲疏狂[35]性格。

（荊王云）賢士請坐，某有二將，乃蒯越、蔡瑁，能調水兵三萬，巡綽邊境去了。小校轅門外覷者，二將來時，報復[36]我知道。（卒子應科）（二淨扮蒯越、蔡瑁上，云）自家蒯越的便是，這位是蔡瑁。我和他巡綽邊境回還。小校通報去，蒯越、蔡瑁下馬。（卒子報科，云）喏！報大王得知，蒯越、蔡瑁見在門外。（荊王云）說出去，賓客在此，把體面[37]相見。（卒子云）二位，元帥，說賓客在此，教你把體面相見。（蒯越云）我知道。（見科云）大王，邊境無事。（荊王云）蒯越、蔡瑁，你見此人，高平玉井人，氏姓王名粲，字仲宣，天下文章之士。我欲用此人，你可把體面相見。（蒯、蔡云）知道，那壁[38]莫非仲宣否？（卒子云）怎麼是仲宣否？（蒯越云）你不知道，不字底下著個口字，個否字，他見了我老蒯，教他不開口。（蒯蔡見末云）久聞賢士大名，如雷貫腿[39]。（卒子云）怎麼是如雷貫腿？（蒯越云）我盤盤他的跟腳，把文溜他一溜。賢士，你知道禮之用，和為貴，先王之道，打折腿。我這裡有一拜，不勞還禮。（拜科）（卒子云）不曾還禮，你再拜起。（蒯、蔡云）你可曉得，那鶴非染而自白，鴉非染而自黑，既讀孔聖之書，必達周公之禮。我二人有一拜。（拜科）（蒯越云）王粲好是無禮，拜著他全然不應！氣出我四句來了。（詩云）王粲生的硬，拜著全不應。定睛打一看，腰裡有挺棋。（蔡瑁云）我也有四句，王粲生的歹，拜著全不睬，這世做了人，那世變螃蟹。（蒯越云）大王，王粲好是無禮，

---

[33]. 圯橋下：張良在橋遇老人命其取履，良屈膝為之著，老人受以兵書。
[34]. 屠龍：喻技巧高深，但卻無用。
[35]. 疏狂：狂放不羈的樣子。
[36]. 報復：通報。
[37]. 體面：整齊、好看。
[38]. 那壁：那邊。
[39]. 如雷貫腿：原為如雷貫耳，喻人名氣很大，眾所共聞，此處改字藉以反諷。

王粲登樓

俺二人拜他，全然不動。倘有人見，可不先失了你的門風[40]？大王問他，孫武子兵書十三篇，他習那一家。（荊王云）靠後！人說此人矜驕[41]傲慢，果然話不虛傳。某兩員上將，拜著他，昂然不理。賢士，我問你，孫武子兵書，十三篇，不知賢士習那一家？（正末云）六韜三略淹貫胸中，唯吾所用，何但孫武子十三篇而已哉！（荊王云）論韜略如何？（正末云）論韜略呵？（唱）

【滾繡球】我不讓姜子牙興周的顯戰功。（荊王云）你謀策如何？（正末云）論謀策呵！（唱）我不讓張子房佐漢的有計畫。（荊王云）你紮寨如何？（正末云）論紮寨呵！（唱）我不讓周亞夫屯細柳安營紮寨[42]。（荊王云）你點將如何？（正末云）論點將呵！（唱）我不讓馬服君[43]仗霜鋒點將登臺。（荊王云）你膽氣如何？（正末云）論膽氣呵！（唱）我不讓藺相如澠池會那氣概[44]。（荊王云）你才幹如何？（正末云）論才幹呵！（唱）我不讓管夷吾霸諸侯那手策[45]。（荊王云）你行兵如何？（正末云）論行兵呵！（唱）我不讓霍嫖姚領雄兵橫行邊塞[46]。（荊王云）你操練如何？（正末云）論操練呵！（唱）我不讓孫武子用兵法演習裙釵[47]。（荊王云）你智量如何？（正末云）論智量呵，（唱）我不讓齊孫臏捉龐涓則去馬陵道上施埋伏[48]。（荊王云）你決戰如何

（正末云）論決戰呵，（唱）我不讓韓元帥困霸王在九里山前大會

---

[40]. 門風：體面、面子。
[41]. 矜驕：傲慢、自大。
[42]. 周亞夫屯細柳安營紮寨：漢文帝時匈奴入侵邊境，周亞夫屯軍於細柳，文帝勞軍稱其為真將軍。
[43]. 馬服君：即趙奢，建功受封馬服。
[44]. 藺相如澠池會那氣概：秦會趙王於澠地，秦王欲辱趙王，為藺相如所阻。
[45]. 管夷吾霸諸侯那手策：管仲助齊桓公九合諸侯，一匡天下。
[46]. 霍嫖姚領雄兵橫行邊塞：霍去病先後六出兵伐匈奴。
[47]. 孫武子用兵法演習裙釵：孫武以兵法見吳王闔廬，王出宮中美人一百八十人，孫武教之戰。
[48]. 齊孫臏捉龐涓則去馬陵道上施埋伏：魏將龐涓嫉妒孫臏之能，斷其足，孫臏在馬陵命善射者埋伏道中，待龐涓至萬箭齊發，龐涓自刎而死。

垓，胸卷江淮。

（做睡科）（荊王云）好兵法！將酒來慶兵法，賢士滿飲此杯呀！纔和俺攀話，又早睡著了也。便好道德勝才為君子，才勝德為小人。俺未曾重用，先失左右之門風。正是那才有餘而德不足。等此人睡覺來問我，只說我更衣去了。（詩云）德勝才高不可當，才過德小必疏狂。縱然胸次羅星斗，豈是人間真棟樑？（下）（蒯越云）點湯！（正末醒科，云）大王安在？（蒯越云）點湯！（正末云）點湯呼遣客。某只索回去。（蒯越云）點湯！（正末云）我出的這府門。（蒯越云）點湯！（正末云）我來到這長街上。（蒯越云）點湯！（正末云）我來到這酒肆中！（蒯越云）點湯！（正末云）我來到這裡，你還叫點湯！（蒯越詩云）非我閉賢門，因他傲慢人。（蔡瑁詩云）點湯呼遣客，依舊受孤貧。（並下）（正末歎科）罷罷罷！（唱）

【煞尾】他年不作文章伯，異日須為將相材。待與不待纔無礙，時與不時且寧耐。說地談天口若開，伏虎降龍[49]志不改。穩情取興劉大元帥，試看雄師擁麾蓋[50]。恨汝等將咱廝禁害。（帶云）我若得志呵，（唱）把你擄掠中軍帳門外，似這等跋扈[51]襄陽喫劍才。（帶云）將二賊擒至馬前，斬首報來！（唱）那其間纔識俺長安少年客。（下）

作品賞析

鄭光祖的《王粲登樓》全名為《醉思鄉王粲登樓》，是依據東漢王粲所作之《登樓賦》為藍本改寫而成。其唱詞意境挺拔悲壯，情感濃烈。

本篇選自《王粲登樓》第二折，內容主要描寫王粲晉見荊王。文中【倘秀才】一曲道盡作者對官場腐敗感到沉痛，（明）何良俊《曲論》

---

[49]．伏虎降龍：喻有極大的本領，能戰勝重大困難或惡勢力。
[50]．麾蓋：旗幟與車蓋。
[51]．跋扈：形容人態度傲慢無禮，舉動粗暴強橫。

王粲登樓

評:「王粲登樓第二折,摹寫羈懷壯志,語多慷慨,而氣亦爽烈,至後《堯民歌》、《十二月》,托物寓意,尤為絕妙。豈作脂弄粉語者,可得窺其堂廡哉!」

雖然作者所塑造的王粲形象和史實有所出入,但在描繪文人即便有志難伸,仍不願屈服於黑暗現實的頑強與堅毅上,性格突出鮮明,思想意涵深刻且發人深省,其藝術價值性極高。

劉大杰評其:「表現出思鄉之情和懷才不遇的憤慨,情感的真摯,意象的高遠,語言的俊朗,能與當時的心境相映襯。」

問題討論

一、王粲的個性與才能如何?何以此劇可引起文人的共鳴?

二、【滾繡球】一曲荊王與王粲有精彩的互動,試找出一則當中所談的歷史故事加以介紹,說明為何作者會以此為例?

三、《王粲登樓》與《漁樵記》有何相同之處?

食珍羞則盛設,和你寬打周折[13]。(走科。小旦)姐姐,到那裡去?(旦)到父親行先去說。(小旦)說些甚麼?(旦)說你小鬼頭春心動也。

【紅衲襖】(小旦)我特地錯賭別[14]。(跪科)姐姐。望高抬貴手饒過些,一句話兒傷了俺賢姐姐。(旦)起來,且饒你這次,今後再不可如此。(小旦)若再如此呵,瑞蓮甘痛決[15],姐姐閒耍歇,小的每先去也。(旦)你那裡去?(小旦)只管在此閒行,忘收了針線帖。

(旦)也罷,你先去!(小旦)推些緣故歸家早,花陰深處遮藏了,熱心閒管是非多。冷眼覷人煩惱少。(下)(旦)這丫頭去了。天色已晚,只見半彎新月,斜掛柳梢,幾隊花陰,平鋪錦砌,不免安排香案,對月禱告一番。【卜算子】款把桌兒抬,輕揭香爐蓋,一炷心香訴怨懷,對月深深拜。(拜科)。

【二郎神】(旦)拜新月,寶鼎中明香滿爇[16]。(小旦潛上聽科。旦)上蒼,這一炷香呵!願我拋閃下男兒[17]疾較些[18],得再睹同歡同悅。(小旦)悄悄輕將衣袂拽。姐姐,卻不道小鬼頭春心動也。(走科。旦)妹子到那裡去?(小旦)我也到父親行去說,(旦扯科。小旦)放手,我這回定要去。(旦跪科)妹子,饒過了姐姐吧!(小旦)姐姐請起。那喬怯[19],無言俯首,紅暈滿腮頰。

【鶯集御林春】(小旦)恰纔的亂掩胡遮[20],事到如今漏泄。姊妹們心腸休見別,夫妻每莫不是有些周折。(旦)教我難推怎阻。罷罷,妹子,我一星星[21]對伊仔細從頭說。(小旦)姐姐,他姓甚麼?(旦)姓蔣。(小旦)他也姓蔣,叫甚麼名字?(旦)世隆名。(小旦)呀!

---

[13]. 寬打周折:兜圈子說話。
[14]. 錯賭別:一作為「當要說」。
[15]. 甘痛決:甘願受罰。
[16]. 滿爇:滿滿的點燃;爇:ㄖㄨㄛˋ,又音ㄖㄜˋ,焚燒。
[17]. 拋閃下男兒:拋棄在旅店的丈夫;拋閃:撒下。
[18]. 疾較些:病較好了些。
[19]. 喬怯:驚怕。
[20]. 亂掩胡遮:胡亂遮掩,隱瞞實情。
[21]. 一星星:一點一點。

幽閨記

他家住在那裡？（旦）中都路[22]是家。（小旦）姐姐，你怎麼認得他。他是甚麼樣人？（旦）是我男兒受儒業。

【前腔】（小旦悲介）聽說罷姓名家鄉，這情苦意切，悶海愁山，將我心上撇，不由人不淚珠流血！（旦）我恓惶是正理，只合此愁休對愁人說。妹子，你啼哭為何因，莫非是我男兒舊妻妾？

【前腔】（小旦）他須是瑞蓮親兄。（旦）呀！原來是令兄。為何散失了！（小旦）為軍馬犯闕[23]。（旦）是，我曉得了。散失忙尋相應者，那時節只爭個字兒差迭。妹子，和你比先前又親，自今越更著疼熱，你休隨著我跟腳[24]，久已後[25]是我男兒那枝葉。

【前腔】（小旦）我須是你妹妹姑姑，你是我的嫂嫂又是姐姐，未審[26]家兄因甚別，兩分離是何時節？（旦）正遇寒冬冷月，恨爹爹把奴拆散在招商店[27]。（小旦）如今還思量著我哥哥麼？（旦）思量起痛心酸，那其間他染病耽疾。（小旦）那時怎割捨得他？（旦）是我男兒教我怎割捨？

【四犯黃鶯兒】（小旦）他直恁太情切，你十分忒軟怯，眼睜睜怎忍相拋撇。（旦）枉自怨嗟，無可計設，當不過他搶來推去望前扯。（合）意似虺蛇，性似蝎螫，一言如何訴說！

【前腔】（小旦）流水一似馬和車，傾刻間途路賒[28]，他在窮途逆旅應難捨。（旦）那時節呵！囊篋又竭，藥餌又缺。他那裡悶懨懨難捱過如年夜。（合）寶鏡分破[29]，玉簪跌折[30]，甚日重圓再接。

---

[22]. 中都路：北京一帶；中都：金代的京城，即北京；路：宋金時期用以稱行政區域。
[23]. 犯闕：侵犯宮門，攻打首都之意。
[24]. 跟腳：排在後面，指作我妹妹之意。
[25]. 久已後：將來。
[26]. 未審：不知。
[27]. 招商店：旅館、商館。
[28]. 賒：ㄕㄜ，遠。
[29]. 寶鏡分破：陳朝將滅，徐德言把鏡一分為二，與妻各執一半，作為失散相聚的信物，破鏡重圓。

【尾聲】自從別後音書絕，這些時魂驚夢怯，莫不是煩惱憂愁將人斷送[31]也。

（小旦）往時煩惱一人悲，從此淒涼兩下知，

（旦）世上萬般哀苦事，無過死別共生離。（並下）

作品賞析

《幽閨記》故事背景以戰亂愛情為劇情主線，內容主要摹寫王瑞蘭與蔣世龍的悲歡離合。其實在明朝以後，便有許多傳奇皆採用此類型為題材，但《幽閨記》卻不落俗套的只單純描繪兒女情長，而是透過王瑞蘭和其父王鎮之間的觀念矛盾，作為衝突劇情的基架，賦予整齣戲無論在人物性格或劇本思想上，具有更深刻的啟示意義。

本篇節選《幽閨記》第三十二齣，寫王瑞蘭和蔣瑞蓮在幽靜的月夜下傾吐心聲，方才知曉彼此互為妯娌，令王瑞蘭更加疼愛與憐惜這位和自己命運相似的義妹，而兩人間的內心也越發親密與依賴。

此劇劇情曲折離奇，諸多巧合環環相扣，對話多以曲文表達，語言簡潔樸實、生動活潑。何元朗《四友齋叢說》讚曰：「高出琵琶記甚遠。蓋其才藻雖不極高，然中是當行。其拜新月二折，乃櫽括關漢卿雜劇語。他如走雨、錯誤、上路，館驛中相逢數折，彼此問答，皆不須賓白，而述說情事，宛轉詳盡，全不費詞，可謂絕妙。」

問題討論

一、「玉簪跌折」的典故出自何處，在此是何用意？

二、此劇的語言特色如何？

三、《幽閨劇》劇中對曲文的安排運用，與其他戲曲有何不同？

---

30. 玉簪跌折：典故出自白居易《井底引銀瓶》詩。
31. 斷送：葬送。

第三章、明代時期

明代時期有：雜劇選與南戲傳奇選兩大類，茲賞析如下：

第一節、雜劇選

《狂鼓史漁陽三弄》

內容導讀

《狂鼓史漁陽三弄》寫禰衡遇害後，與曹操同在陰曹，禰衡將被玉帝升至天上作修文郎，判官命禰衡與曹操重演當年擊鼓罵曹之事，直至天帝派人前來宣召禰衡，才送禰衡赴任。禰衡擊鼓與罵曹本為兩事，徐渭巧妙結合，讓禰衡與曹操在地府重現當時情景，全劇結構緊湊，充滿澎湃之氣勢。徐渭經過牢獄之災後，以遭遇相近的禰衡自擬，藉此劇抒發自己懷才不遇、壯志難酬的情感。本劇突破元雜劇之體例，在一折中加入了歌女、判官、使者的演唱，最後更由眾來合唱，民間小調的採用，既是生動，又暗藏揶揄曹操之意。

作者介紹

徐渭（1521年～1593年），初字文清，後改文長，號天池生、青藤道人等，浙江山陰（今浙江紹興）人。年少天才超逸，性格高傲狂放，二十歲為諸生，後屢應鄉試均名落孫山，只得教書糊口。曾任浙閩總督胡宗憲幕僚，胡獲罪被殺，徐渭也因遭受毀謗而積鬱成狂，復因誤殺繼室入獄七年。明萬曆元年被友人救回鄉里，恣情於山水與詩酒，以賣詩文書畫維生。著有《徐文長集》及戲曲論著《南詞敘錄》，包括南戲古今概況、重要作家與作品評論、方言考釋等。其雜劇《狂鼓史漁陽三弄》、《玉禪師翠鄉一夢》、《雌木蘭替父從軍》、《女狀元辭鳳得凰》合稱《四聲猿》，清顧公燮云：「蓋猿喪子，啼四聲而斷腸，

文長有感而發焉，皆不得意於時之所為也。」

課文說明

【**本文**】（外扮判官引鬼上）咱這裡算子[1]忒明白，善惡到頭來撒不得賴，就如那少債的，會躲也躲不得幾多時，卻從來沒有不還的債。咱家姓察名幽，字能平，別號火珠道人。平生以善斷持公，在第五殿閻羅天子殿下，做一個明白洒落的好判官。當日，禰正平[2]先生與曹瞞老對訐[3]，那一宗案卷是咱家所掌。俺殿主向來以禰先生氣慨超群，才華出眾，凡一應文字，皆屬他起草，待以上賓。昨日晚衙，殿主對咱家說：「上帝舊用一夥修文郎[4]，並皆遷次[5]別用，今擬召劫滿應補[6]之人；禰生亦在數中。汝可預備裝送之資，萬一來召，不得有誤時刻。」我想起來，當時曹瞞召客，令禰生奏鼓為歡，卻被他橫睛裸體，掉板掀槌，翻古詞作《漁陽三弄》[7]，借狂發憤，推啞裝聾，數落得他一個有地皮沒躲閃，此乃豈不是踢弄乾坤，提大傀儡[8]的一場奇觀。他如今不久就上天去了，俺待要請將他來，一併放出曹瞞，把舊日罵座的情狀，兩下裡演述一番，留在陰司中做個千古的話靶，又見得善惡到頭來就是少債還債一般，有何不可！手下，與我請過禰先生，就一面放出曹操，並他舊使喚的一兩個人，在左壁廂伺候指揮。（鬼）領臺旨。（下）（引生扮禰，淨扮曹從二人上）（曹從留左邊）（鬼）稟上爺：禰先生請到了。（相見介。禰上座，判下陪云）先生當日借打鼓罵曹操，此乃大下大奇。下官雖從鞫問[9]時左證得聞一二，終以未曾親睹為歉。（判

---

1. 算子：計算用的籌碼，此指謀劃。
2. 禰正平：彌衡，漢末文學家。年少氣傲，曹操召其為鼓史欲當眾羞辱他，彌衡卻擊鼓罵曹，操被辱而生怒，將之遣送，終被殺。
3. 對訐：互相攻擊斥罵。
4. 修文郎：傳說天上的官職，為主掌起草文書的官吏。
5. 遷次：升遷。
6. 應補：等待遞補。
7. 《漁陽三弄》：鼓曲名。
8. 提大傀儡：指如玩木偶戲般的任人玩弄。
9. 鞫問：審問犯人。鞫：ㄐㄩˊ。

第三章、明代時期--狂鼓史漁陽三弄

立云）又一件，而今恭喜先生為上帝所知，有請召修文的消息，不久當行，而此事缺然，終為一生耿耿。這一件尚是小事。陰司僚屬，併那些諸鬼眾，傳流激勸，更是少此一樁不得。下官斗膽，敢請先生權作舊日行逕，把曹操也扮做舊日規模，演述那舊日罵座的光景，了此夙願。先生意下如何？（禰）這個有何不可！只是一件，小生罵座之時，那曹瞞罪惡尚未知如此之多。罵將來冷淡寂寥，不甚好聽。今日要罵呵，須直搗到銅雀臺[10]分香賣履[11]，方痛快人心。（判）更妙，更妙！手下！帶曹操與他的從人過來。曹操，今日要你仍舊扮做丞相，與禰先生演述舊日打鼓罵座那一樁事。你若是喬做那等小心畏懼，藏過了那狠惡的模樣，手下就與他一百鐵鞭，再從頭做起。（曹眾扮介）（禰）判翁大人，你一向謙厚，必不肯坐觀，就不成一場戲耍。當日罵座，原有賓客在座，今日就權屈大人，為曹瞞之賓，坐以觀之，方成一個體面。（判）這也見教得是。（揖云）先生告罪，却斗膽了也。（判左曹右舉酒坐，禰以常衣進前將鼓）（曹喝云）野生！你為鼓史，自有本等服色，怎麼不穿？快換！（校喝云）還不快換？！（禰脫舊衣，裸體向曹立）（校喝云）禽獸！丞相跟前，可是你裸體赤身的所在？卻不道驢膫子[12]朝東，馬膫子朝西！（禰）你那顆丞相膫子朝南，我的膫子朝北。（校喝云）還不換上衣服，買什麼嘴！（禰換錦巾繡服扁縧介）

【點絳唇】俺本是避亂辭家，遨遊許下[13]，登樓罷。回首天涯，不想道屈身軀扒出他們胯[14]。

【混江龍】他那裡開筵下榻，教俺操槌按板把鼓來撾。正好俺借槌來打落，又合着鳴鼓攻他。俺這罵一句句鋒鋩飛劍戟，俺這鼓一聲

---

[10]. 銅雀臺：曹操於建安十五年所建造。
[11]. 分香賣履：曹操遺令：「餘香可分與諸夫人……可學做組履賣也。」指曹操臨死時仍掛念他的妻妾。
[12]. 膫子：指男性生殖器，此為罵人之粗話。
[13]. 許下：東漢時的國都許都。
[14]. 屈身軀扒出他們胯：借用《史記・淮陰侯列傳》中韓信胯下受辱的故事。

聲霹靂捲風沙。曹操！這皮是你身兒上軀殼，這槍是你肘兒下肋巴[15]，這釘孔是你心窩裡毛竅，這板杖兒是你嘴兒上獠牙，兩頭蒙總打得你潑皮穿，一時間也酹[16]不盡你虧心大。且從頭數起，洗耳聽咱。

（鼓一通）（曹）狂生，我教你打鼓，你怎麼指東話西，將人比畜？我這裡銅槌鐵刃，好不厲害！你仔細你那舌頭和那牙齒！（判）這生果是無禮。（禰）

【油葫蘆】第一來逼獻帝遷都，又將伏后來殺，使郗慮去拿[17]。唉！可憐那九重天子，救不得一渾家[18]。帝道：后，少不得你先行，咱也只在目下。更有那兩個兒，又不是別樹上花，都總是姓劉的親骨血，在宮中長大，卻怎生把龍雛鳳種做一甕鮓魚蝦！

（鼓一通）（曹）說著我那一樁事了。（禰）

【天下樂】有一個董貴人，是漢天子第二位美嬌娃，他該甚麼刑罰？你差也不差？他肚子裡又懷著兩三月小娃娃，既殺了他的爺，又連著胞一搭，把娘兒們兩口砍做血蝦蟆。

（鼓一通）（曹）狂生，自古道：「風來樹動。」「人害虎，虎也要害人。」伏后與董承等陰謀害俺，我故有此舉。終不然[19]是俺先懷歹意害他？（判）丞相說得是。（禰）你也想著，他們要害你為著什麼來？你把漢天子逼遷來許昌，禁得就是這裡的鬼一般，要穿沒有，要吃沒有，要使用的沒有，要傳三指大一塊紙條兒，鬼也沒得理他。你又先殺了董貴人，他們急了，不謀你待幾時？你且說，就是天子無故要殺一個臣下，那臣下可好就去當面一把手採將他媽媽過來，一刀就砍做

---

15. 肋巴：肋骨。
16. 酹：ㄌㄟˋ，祭奠或立誓時灑酒在地，此反其意以作譏諷。
17. 將伏后來殺，使郗慮去拿：漢獻帝妻子伏后與父密謀殺曹操，事情洩漏後，伏后與其二子皆被郗慮等人殺害。
18. 渾家：妻子。
19. 終不然：難不成。

第三章、明代時期--狂鼓史漁陽三弄

兩段，世上可有這等事麼？（判）這又是狂生說得有理，且請一杯解嘲。（禰）

【那吒令】他若討吃麼，你與他幾塊歪剌[20]。他若討穿麼，你與他一疋獘麻。他有時傳旨麼，教鬼來與拿。是石人也動心，總癡人也害怕，羊也咬人家。

（鼓一通）（判）丞相，這卻說他不過。（曹）說得他過，我倒不到這田地了。（禰）

【鵲踏枝】袁公那兩家[21]，不留他片甲。劉琮[22]那一答，又逼他來獻納。那孫權呵！幾遍幾乎[23]。玄德呵！兩遍價搶他媽媽。是處兒城空戰馬，遞年來尸滿啼鴉。

（鼓一通）（曹）大人，那時節亂紛紛，非只我曹操一人如此。（判）這個，俺陰司各衙門也都有案卷。（禰）

【寄生草】仗威風只自假，進官爵不由他。一個女孩兒竟坐中宮駕[24]，騎中郎[25]直做了侯王霸，銅雀臺直把那雲煙架，僭車旗[26]直按倒朝廷胯。在當時險奪了玉皇[27]尊，到如今還使得閻羅怕。

（鼓一通）（判低聲吩咐小鬼，令扮女樂鼓吹介）（判）丞相女兒嫁做皇后，造房子大了些，這還較不妨。打鼓的且停了鼓，俺聞得丞相有好女樂，請出來勞一勞。（曹）這是往事，如今那裡討？（判）你

---

[20]. 歪剌：牛角中的臭肉。
[21]. 袁公那兩家：指袁紹、袁術兄弟。
[22]. 劉琮：劉表之子，任荊州太守時降於曹操。
[23]. 幾乎：幾乎遭險之意。
[24]. 中宮駕：皇后坐的車，指曹操殺了伏后，將自己女兒嫁與漢獻帝。
[25]. 騎中郎：皇帝侍衛，指曹操官階由低快速向上攀升。
[26]. 僭車旗：曹操的車旗超越規定。
[27]. 玉皇：指漢獻帝。

莫管，叫就有。只要你好生縱放著使用他。（曹）領臺命。吩咐手下叫我那女樂出來。（二女持烏悲詞[28]樂器上）（曹）你兩人今日卻要自造一個小令，好生彈唱著，勸俺們三杯酒。（禰對曹蹺地坐介）（女唱）

那裡一個大鵜鶘[29]，呀一個低都，呀一個低都。變一個花豬低打都，打低都，唱【鷓鴣】。呀一個低都，呀一個低都，唱得好時猶自可，呀一個低都，呀一個低都。不好之時低打都，打低都，喚王屠。呀一個低都。呀一個低都。

（曹）怎說喚王屠？（女）王屠殺豬。（進判酒）（又一女唱）

丞相做事太心欺，呀一個蹺蹊，呀一個蹺蹊。引惹得旁人蹺打蹊，打蹺蹊，說是非。呀一個蹺蹊，呀一個蹺蹊。雪隱鷺鷥飛始見，呀一個蹺蹊，呀一個蹺蹊。柳藏鸚鵡蹺打蹊，打蹺蹊，語方知。呀一個蹺蹊，呀一個蹺蹊。

（曹）這兩句是舊話。（女）雖是舊話，卻貼題。（曹）這妮子朝外叫[30]。（女）也是道其實，我先首[31]免罪。（進曹酒）（一女又唱）

抹粉搽脂只一會兒紅，呀一個冬烘，呀一個冬烘。（又一女唱）報恩結怨烘打冬，打冬烘，落花的風。呀一個冬烘，呀一個冬烘。（二女合唱）萬事不由人計較，呀一個冬烘，呀一個冬烘。算來都是烘打冬，打冬烘，一場空。呀一個冬烘，呀一個冬烘。

（二女各進酒）（判）這一曲纔妙，合着咱們天機。（曹）女樂且退，我倦了。（判笑介）（禰起立云）你倦了，我的鼓兒罵兒可還不了。

【六幺序】哄他人口似蜜，害賢良只當耍。把一個楊德祖[32]，立斷

---

[28]. 烏悲詞：類似琵琶的樂器。
[29]. 鵜鶘：ㄊㄧˋ ㄏㄨˊ，一種大型水鳥，後借喻以不正當的手段得到官位。
[30]. 朝外叫：胳膊向外彎之意。
[31]. 先首：先行承認。
[32]. 楊德祖：即楊修，任曹操主簿，後被曹操殺害。

第三章、明代時期--狂鼓史漁陽三弄

在轅門下，磣可可[33]血唬零喇。孔先生[34]是丹鼎靈砂，月邸金蟆[35]，仙觀[36]瓊花。《易》奇而法，《詩》正而葩。他兩人嫌隙，於你只有針尖大，不過是口嘮噪，有甚爭差！一個為忒聰明，參透了「雞肋」話[37]，一個則是一言不洽，都雙雙命掩黃沙。

（鼓一通）（判）丞相，這一樁卻去不得。（曹）俺醉了，要睡了。（打頓介）（判）手下採將下去，與他一百鐵鞭，再從頭做起。（曹慌介。云）我醒我醒。（判）你纔省得哩。（禰）

【幺】哎！我的根芽也沒大兜搭[38]，都則為文字兒奇拔，氣概兒豪達，拜帖兒長拿，沒處兒投納。繡斧金檛，東閣西華[40]，世不曾掛齒沾牙。唉！那孔北海沒來由也。說有些緣法，送在他家。井底蝦蟆也，一言不洽，怒氣相加。早難道投機少話，因此上暗藏刀，把我送與黃江夏[41]。又逢着鸚鵡撩咱，彩毫端滿紙高聲價。競躬身持觴勸酒，俺擲筆還未了杯茶。

（鼓一通）（判）這禍從這上頭起，唉！仔細《鸚鵡賦》害事！（禰）

【青哥兒】日影移窗櫺，窗櫺一罅[42]，賦草擲金聲[43]，金聲一下。

---

[33]. 磣可可：實在在。
[34]. 孔先生：指孔融。
[35]. 月邸金蟆：月宮中的金蛤蟆。
[36]. 仙觀：指揚州蕃釐觀，據傳昔時后土祠有一株瓊花是唐人所種。
[37]. 參透了「雞肋」話：《三國志》裴松之注記載，曹操久攻劉備無功欲返，喊「雞肋」為令，眾人不明其意，唯楊修解之：「食之無味，棄之可惜。」
[38]. 兜搭：難纏。
[39]. 繡斧金檛：繡斧指由皇帝特派，握有生殺大權的官員；檛：ㄓㄨㄚ，杖、鞭。
[40]. 東閣西華：借指權貴顯赫的豪門。東閣：皇帝款待賓客之處。西華：紫禁城西門。
[41]. 黃江夏：即黃祖。
[42]. 一罅：一條縫隙，指時間過得飛快；罅：ㄒㄧㄚˋ。
[43]. 金聲：喻文辭工切。

黃祖的心腸忒狠辣，陡起鱗甲⁴⁴，放出槎枒⁴⁵。香怕風刮，粉怪娟搽，士忌才華，女妒嬌娃，昨日菩薩，頃刻羅剎。哎，可憐俺禰衡的頭呵！似秋盡壺瓜，斷藤無計再生發，霜簷掛。

（鼓一通）（判）這賊原來這每⁴⁶巧弄了這生。（曹）大人，這也聽他不得。俺前日也是屈招的。（判）這般說，這生的頭也是自家掉下來的。（曹）禰的爺饒了罷麼！（判）還要這等虛小心，手下！鐵鞭在那裡？（曹慌作怒介）狂生！俺也有好處來。俺下令求賢，讓還三州縣，也埋沒了俺？（禰）

【寄生草】你狠求賢為自家，讓三州直什麼大！缸中去幾粒芝蔴罷，饞貓哭一會慈悲詐，飢鷹饒半截肝腸掛，兇屠放片刻豬羊假。你如今還要哄誰人？就還魂改不過精油滑。

（鼓一通）（判）痛快，痛快！大杯來一杯，先生儘著說。（禰）

【葫蘆草混】你害生靈呵，有百萬來的還添上七八。殺公卿呵，那裡查！借廒倉的大斗來斛芝蔴。惡心肝生就在刀鎗上掛，狠規模⁴⁷描不出丹青的畫，狡機關我也拈不盡倉猝裡罵。曹操，你怎生不再來牽犬上東門，閑聽唳鶴華亭壩⁴⁸？卻出乖弄醜，帶鎖披枷。

（鼓一通）（判）老瞞，就教你自家處此，也饒自家不過了。先生儘著說。（禰）

【賺煞】你造銅雀要鎖二喬，誰想道夢巫峽⁴⁹羞殺，靠赤壁那火燒一把。你臨死時和歪剌⁵⁰們話離別，又賣履分香待怎麼？虧你不害羞，

---

44. 鱗甲：喻狡詐的心思。
45. 槎枒：枝木歧出的樣子，喻戮人。
46. 這每：這麼。
47. 規模：模樣。
48. 不再來牽犬上東門，閑聽唳鶴華亭壩：諷刺曹操在獄中受罪不能享樂。
49. 夢巫峽：宋玉《高唐賦》寫楚襄王在夢中與巫山神女幽會。
50. 歪剌：此指曹操的妻妾。

第三章、明代時期--狂鼓史漁陽三弄

初一十五，教望着西陵[51]，月月的哭他。不想這些歪剌們呵，帶衣麻就搜別家。曹操，你自說麼！且休提你一世的賢達，只臨了這一樁呵，也該幾管筆題跋[52]。咳，俺且饒你罷，爭奈我漁陽三弄的鼓槌兒乏！

（末扮閻羅鬼使上）（判）手下，快把曹操等收監。（鬼）稟上老爹，玉帝差人召禰先生，殿主爺說，刻限甚急，教老爹這裡逕自厚貲遠餞，記在殿主爺的支應簿上。爺呵，會勘事忙，不得親送，教老爹多上覆先生，他日朝天，自當謝過。（判）知道了，你自去回話。（鬼應下）（判）叫掌簿的，快備第一號的金帛與餞送果酒伺候。（內應介）（小生扮童，旦扮女，捧書節上云）漢陽江草搖春日，天帝親聞鸚鵡筆[53]。可知昨夜玉樓成，不用隴西李長吉。咱兩人奉玉帝符命，到此召請禰衡，不免逕入宣旨。那一個是第五殿判官？（判跪介）玉帝有旨，召禰衡先生，你請他過來，待俺好宣旨。（禰同判跪，二使付書介）禰先生，上帝有旨召你，你可受了這符冊[54]自看，臨到卻要拜還。就此起行，不得有違時刻。（童唱）

【耍孩兒】文章自古真無價，動天庭玉帝親迓。飛鳧[55]降鶴踏紅霞，請先生即便登遐[56]。修葺了舊銜螭首[57]黃金閣，准辦著新鮓麟羔白玉叉，倒瓊漿三奏鈞天[58]罷。校書郎[59]侍玉京香案，支機女倚銀漢仙槎。

（內作細樂）（女唱）

【三煞】禰先生，你挾鴻名懶去投，賦鸚哥點不加，文光直透俺

---

[51]. 教望着西陵：據說曹操死前曾吩咐妾伎於子時眺望西陵墓田。
[52]. 題跋：泛指書寫。
[53]. 鸚鵡筆：形容禰衡才思敏捷，立筆成賦。
[54]. 符冊：古代傳令或調兵用的符節，雙方各持一半以合驗。
[55]. 飛鳧：指飛至天宇。
[56]. 登遐：仙去。
[57]. 螭首：古建築在宮殿的柱子、臺階或屋脊上所刻的龍形紋飾；螭：彳，龍的一種。
[58]. 鈞天：天上的音樂。
[59]. 校書郎：古代勘訂書籍訛誤的官員。

三臺[60]下。奇禽瑞獸雖嘉兆，倚馬雕龍[61]卻禍芽。禰先生，誰似你這般前凶後吉？這好花樣誰能搨，待棗兒甜口，已橄欖酸牙。（禰）

【二煞】向天門漸不遙，辭地主痛愈加，幾時再得陪清話？歎風波滿獄君為主，已後呵，倘裘馬朝天我即家。小生有一句說話。（判）願聞。（禰）大包容，饒了曹瞞罷！（判）這個可憑下官不得。（禰）我想眼前業景[62]，盡雨後春花。（判）

【一煞】諒先生本泰山，如電目一似瞎[63]。俺此後呵，掃清齋，圖一幅尊容掛。你那裡飛仙作隊遊春圃，俺這裡押鬼成群鬧晚衙。怎再得邀文駕？又一件，儻三彭[64]誣枉，望一筆塗抹。

這裡已到陰陽交界之處，下官不敢越境再送。（禰）就請回。（判）俺殿主有薄贐[65]，令下官奉上，伏望俯納。下官自有一個小果酒，也要仰屈三杯，表一向侍教的薄意。（禰）小生叨[66]向天廷，要贐物何用？仰煩帶回。多多拜上殿主，攜榼[67]該領，卻不敢稽留天使。（判）這等就此拜別了。（各磕頭共唱）

【尾】自古道：勝讀十年書，與君一夕話。提醒人多因指驢說馬[68]，方信道曼倩[69]詼諧不是耍。（禰下）

判曰：看了這禰正平漁陽三弄，

笑得我察判官眼睛一縫，

---

[60]. 三臺：漢代的尚書、御史、謁者合稱為三臺，此指天庭。
[61]. 倚馬雕龍：喻文思敏捷，文章華美。
[62]. 業景：造業的景象。
[63]. 如電目一似瞎：形容有眼不識泰山。
[64]. 三彭：即三尸神；三尸神會窺探人的行為失誤，向天帝報告。
[65]. 贐：禮物。
[66]. 叨：謙詞。
[67]. 榼：盛酒器具。
[68]. 指驢說馬：以比喻方式說明問題。
[69]. 曼倩：即漢代東方朔。

第三章、明代時期--狂鼓史漁陽三弄

若沒有狠閻羅刑法千條，

都只道曹丞相神仙八洞。（下）

作品賞析

《狂鼓史漁陽三弄》是描述漢末名士禰衡死後與曹操魂魄同聚於冥府，應判官要求重現當年擊鼓罵曹的歷史畫面。然據考證論定，「擊鼓」與「罵曹」並非同一件事情，但在此劇中徐渭將二者作一連結，讓情節更富戲劇效果。於是禰衡裸體擊鼓，聲聲悲壯的細數曹操罪名，由脅迫漢獻帝遷都到銅雀臺分香賣履，罵得淋漓盡致，罵得曹操毫無招架之力。

全劇結構緊湊，戲劇效果十足，並突破元雜劇體例，在折中另增加二位歌女、玉帝使者與判官的演唱，令曲目更為生動活潑。更透過《鶺鴒》等民間調曲，傳神的將曹操挪揄戲弄一番。王驥德評曰：「至吾師徐天池先生所為《四聲猿》，則高華俊爽，穠麗奇偉，無所不有，稱詞人極則，追躡元人。」

問題討論

一、《狂鼓史》體例不同於元雜劇之處為何？試舉出幾段說明。

二、此劇中可看出哪些修辭技法？

三、此劇反映作者何種思想？

《中山狼・第三折》

內容導讀

此劇的題目正名「東郭先生誤救中山狼，杖黎老人智殺負心獸」，簡稱為「中山狼」。明朝為傳奇鼎盛時期，但雜劇仍有人創作。《古今說海》與《宋人小說一百種》已有中山狼的故事，馬中錫的小說《中山狼傳》，內容與康海完全相同。撰有此題材的劇作，尚有王九思的《中山狼院本》、汪廷訥的《中山救狼》雜劇（佚）及陳與郊的《中山狼》雜劇等。相傳李夢陽因受劉瑾迫害入獄，康海為救李夢陽曾向劉瑾求情，及瑾敗，康海為此廢棄終身，李卻不加援救。

作品塑造了兩個鮮明的典型形象：中山狼和東郭先生。中山狼陰險兇狠，危難時裝出一副可憐相，待危機一過，即兇相畢露，忘恩負義的欲反咬一口；東郭先生則是仁慈得迂腐可笑。故事雖具傳奇性，卻有深刻的寓意。

作者介紹

康海（1645年～1540年），字德涵，號對山、沜東漁父，陝西武功人。自幼慧敏，任翰林院修撰、經筵講官。宦官劉瑾被殺後，被李夢陽歸為劉黨，落職為民。與李夢陽等人並列為明代前七子之一，作有《武功縣志》及雜劇《中山狼》、散曲集《沜東樂府》，詩文集《對山集》、雜著《納涼餘興》。

課文說明

【本文】（末上）俺東郭先生好慚愧也！把這書囊藏著中山狼，險些兒被趙卿[1]看出破綻來。好慚愧也！俺不敢久停久住，鞭著驢兒快走者。您看這古怪的畜生麼！偏是今日百般的鞭打不肯走，好慌殺俺也！

---

[1]. 趙卿：指晉國正卿趙簡子，即趙鞅。

中山狼

驢兒,俺把你這鞴金鞍、嚼玉勒[2]、披繡韉、挂紅纓的龍駒駿騎央及,您快些兒那一步咱!

【越調‧鬥鵪鶉】亂紛紛葉滿空山,淡氤氤煙迷野渡;渺茫茫白草黃榆,靜蕭蕭枯藤老樹;昏慘慘遠岫殘霞,疏剌剌寒汀暮雨。騎著這骨棱棱瘦駑駘[3],走著這遠迢迢屈曲路。冷淒淒隻影孤形,急穰穰千辛萬苦。

您看羽旄[4]之影漸沒,車馬之音不聞,那趙卿敢去的遠了。不知這中山狼在囊裡是如何的,怎的不動一動?不是箭射傷死了?那多敢是囊兒裡一時的悶殺來!怎的再不則聲咱?(看囊科)(狼)先生留意者!想那趙卿去的遠了。俺在囊中緊緊的縛得好不苦也!俺臂上的流矢,煞是痛哩!先生,快解開囊來放俺者!(末)

【紫花兒序】霎時間車塵兒隱隱,馬足兒騰騰,旆影兒疏疏。依舊是清秋遠樹,曠野平蕪。(狼)先生,快些兒放的俺出來罷!好不耐煩也。(末)徐徐!把似你剗地的心慌,怎待這半日餘。險些兒早狗烹錡釜[5],做不得脫穎囊錐[6],尚兀是曳尾泥塗[7]。

俺打開囊兒,與你解了這縛,拔了這箭。您好不自在哩!(開囊解縛,拔箭科)

【金蕉葉】只見他頭和尾蛇盤蜎縮,著箭處淋漓血污,止不住連聲叫苦。俺和你疾忙救取。

(狼出囊科)慚愧也!險些兒俺的性命被趙卿斷送了。先生,謝

---

[2]. 玉勒:以玉做裝飾的馬口銜。
[3]. 駑駘:劣馬。駘:ㄊㄞˊ。
[4]. 羽旄:車馬上的旗與傘。
[5]. 狗烹錡釜:喻功臣被殺;錡釜:有腳的鐵鍋。
[6]. 脫穎囊錐:錐子放入囊中,其尖銳處會破囊而出,喻人出頭。
[7]. 曳尾泥塗:烏龜在泥中爬行,喻不想做官,樂於在野的人。

得您救俺也！只俺有句不知高下的話兒敢說麼？（末）有甚話？說來。（狼）俺被趙卿趕來，走的路途遙遠。這囊兒裡又受了一日的苦。雖則是先生救活俺的性命，只是肚兒裡餓的慌。倘然餓死在路上，卻被烏鵲啄、螻蟻攢呵，不如送與趙卿拿去，倒也死的乾淨！先生可憐見，權把您來充飢罷！（狼撲科）（末躲驢後科）呀呀呀！兀的不嚇殺俺也！

【小桃紅】唬的俺渾身冷汗濕模糊，把不定頭稍豎。遍體皮膚似鈎住。這命須臾！也是年該月值前生注，來到這山谿野路。只見些愁雲慘霧，則誰是俺護身符？

俺把書囊救您，險被趙卿看破，把俺性命，幾乎送在一劍之下。擔驚受怕，救得您時，怎的倒要吃俺？天下有這般負心的麼！

【天淨沙】俺為您拚了身軀，俺為您受了憂虞。剛把您殘生救取，早把俺十分飽覷，這瘦形骸打點充餔[8]！

（狼）先生，您是墨者[9]。俺聞得摩頂放踵，利天下為之。何惜您一身，卻不救了俺的性命咱？（末）

【調笑令】您饞眼腦，天生毒狠辣的心腸！和那膽底兒虛，纔得個皮毛抖擻，便把恩來負。也是俺兩眼兒無珠，誰引得狼來屋裡居。今日裡懊悔何如！

（狼）您縛俺在囊裡，受的苦來不耐煩。您是甚好意？您向趙卿說俺恁的不好，要助他所算[10]了俺！怎的不該吃您麼？（末）

【禿廝兒】好教俺悶騰騰心頭氣盪，忿嗔嗔手拍胸脯。俺擔驚受怕的撩虎鬚，救得您潑賤軀幾乎！

（狼）不要閒講！俺肚兒裡餓得來慌了，快些兒與俺權作充飢者！

---

[8]. 充餔：充飢。
[9]. 墨者：指主張「兼愛」的墨家學者。
[10]. 所算：算計。

中山狼

（狼撲科）（末躲科）

【聖藥王】您吻兒鼓[11]，爪兒露，這是蛇銜徑寸的報恩珠[12]！俺怎對付？好悽楚，手忙腳亂緊支吾，不住的把天呼！

天那，是俺自己的不是也！

【麻郎兒】也是俺尋差道路，撞著恁餓虎妖狐。唬的來後褪前趨，緊靠著瘦驢兒遮護。

【幺】起初不如冷覷，索性做個陌路區區。似這般銜冤負屈，頭直上青天鑒取！

（狼撲科）（末躲科）（狼）隨您那裡去，決然躲不過！俺不吃您，也決不干休！（末）你好負俺也！你好負俺也！這如何是好？怎得人來救俺也！罷罷罷！俺救了你，倒要吃俺，世上有這奇是麼？常言道：「若要好，問三老。」俺與你去尋著三個老的問他，道是該吃俺也不該吃。他若道是該吃呵，俺便死也是甘心哩！（狼）恁的也說得是也。（同行科）（狼）您看俺的造物頭裡，走得來這多時，再沒個人兒撞著者。俺肚裡又餓得謊，口兒裡饞涎，早汨都都地淋下也。呀，好了！好了！您看那裡不是一株老樹？快問他來！（末）這是一株老樹，僵立在路旁。俺想草木乃無知之物，怎生問他來？（狼）您不要管！只顧問他。他定然回答您者。（末揖樹科）老樹老樹！兀那中山狼被趙卿一箭射著，追趕的有地皮沒躲處，是俺把書囊救了牠。如今出得囊來，倒要把俺吃，世上有這樣負心的！老樹呵，您道是可該吃不該吃麼？

【東原樂】這的是溝中斷，爨下餘[13]，怎便做千年的靈椿[14]覷？哎，

---

[11]. 吻兒鼓：鼓起兩腮。
[12]. 報恩珠：傳說隋侯出遊救了一條大蛇，蛇銜一顆大珠作為報答；此意指中山狼的報恩卻是要吃掉他。
[13]. 爨下餘：灶下燒剩的東西；爨：ㄘㄨㄢˋ，灶。
[14]. 靈椿：傳說上古的大椿樹。

俺好癡也！把草木無知，不住的呼？只索自暗忖[15]。老樹老樹！您若救得俺呵，再重生，真是花開鐵樹！

（樹上）俺老杏是也。想那老圃當時種下俺，不過費得他一個核兒，一年開花，二年結果，三年拱把，十年合抱。到今三十年來，老圃和那妻子兒女走使奴僕、往來賓客，都是俺供養。他常時又摘俺的果兒，往街市裡去覓些利息。似俺這般有恩與老圃的，如今見俺老來不能結實，老圃則劃地裡發怒，伐去俺條枚，芟落[16]俺枝葉，又要賣俺與匠氏[17]。是這般負心的，您卻有甚恩到這狼來？該吃您！該吃您！（下）（末）

【綿搭絮】俺道您瓊林玉樹，卻原是朽木枯株！只好做頑樁兒繫馬，短橛兒拴驢。您道是結子開花，枉做了木奴。今日裡斷梗除根，只當是折蒲。哎！罷了！罷了！都似這義負恩辜，俺索做鉏麑，觸槐根[18]，一命殂！

（狼撲科）（末避科）呀！性急怎的？方才不曾說來，要問三老。只問得一老，怎便就要吃俺？（狼）快走些兒！好了，有一個老牸[19]在那裡曝日，您去問他。（末）俺被那萬刀砍千斧斫的蠢木頑柴，幾乎喪了俺性命。這牛是披毛帶角的禽獸，問他何用？（狼）您只管去問他！您再不問，俺便吃您了！（末揖牛科）老牸老牸！這中山狼，被趙卿所射，是俺救了牠的一命。如今反要吃俺，您道是該吃俺、不該吃俺麼？

【絡絲娘】您花陰處一黎綠雨，笛聲中斜陽隴樹。為甚殘殨[20]瘦骨

---

[15]. 暗忖：暗中揣度。
[16]. 芟落：除去。
[17]. 匠氏：木匠。
[18]. 做鉏麑，觸槐根：春秋晉靈公用鉏麑殺趙盾，鉏麑知其無罪，遂自觸槐樹自盡。
[19]. 牸：ㄗˋ，母牛。
[20]. 殘殨：ㄉㄥˊ ㄐㄧㄥˋ。

中山狼

西風暮？只見他垂頭無語。

（牛上）俺乃老犉是也。俺做牛犢子時，筋力猛健。老農最是愛惜。老農出入是俺駕車。老農耕田是俺引犁。把俺做手足一般的相看。他穿的衣，吃的食，男女婚姻、公私賦稅，那一件不在俺身上資助他？如今見俺老來力弱，趕逐俺在曠野荒郊。這般的風霜寒冷，瘦骨難熬，行走不動，皮毛枯瘁。您可道是不苦麼？昨日聽得那老農和他妻兒所算俺道：「老牛身上都是有用的。肉割來做脯吃，皮剝來好做革，骨和角又好切磋成器用。」教他孩兒要磨刀宰俺，好不苦哩！俺與老農有許多功勞，尚然有謀害。您卻有甚恩來這狼來？該吃您！該吃您！（下）（末）

【拙魯速】您道是急巴巴的荷犁鋤，只剩得影岩岩的瘦身軀。今日裡受的酸風苦雨，倒在頹垣敗堵，尚兀待掀皮剟肉費躊躇。哎，罷了罷了！俺好命窮也！這場兒的冤苦，向誰行來分訴？唬得俺似吳牛見月兒喘吁吁[21]。

天哪！眼見得沒人來救俺也。

【尾聲】這裡是條條一蕩官塘路，怎沒個人兒北來南去？眼見得一命兒掩泉途，死的來怎能勾著墳墓！

（狼撲科）（末避科）性急怎的？俺和你有言在先，且再問第三個老的。他道是該吃，只索由你罷了。（狼）餓得來不耐煩了，快走些兒！憑著俺一片好心，天也與俺半碗飯吃。（下）

作品賞析

《中山狼》相傳是康海為了諷刺李夢陽忘恩負義憤而創作的一齣劇曲，然此說並無確證。其實劇中所述應該是針對當代社會背信忘義之事有感而發，是一部諷刺意味濃厚的寓言劇。

---

[21]. 吳牛見月兒喘吁吁：江南水牛怕熱，見月而喘，以為日出。

本篇選自第三折，於此折中作者塑造了兩個鮮明的典型形象：中山狼和東郭先生。中山狼陰險兇狠，而東郭先生則一味的以自以為是的仁慈看待世情，凸顯其迂腐可笑，二者形象形成相當強烈的對比。作者於文中大膽地揭露中山狼的真實面目，以直接且毫不留情的耿直態度鞭撻了所有負恩的無恥之徒，同時也嘲諷了東郭先生的「仁」，將其名成為一切對敵人心慈手軟者的共名。

此劇節奏緊湊，戲劇效果十足。文字簡練，臺詞生動不造作，饒富質樸。沈德符《顧曲雜言》說：「康對山之《中山狼》，則指李崆峒。」沈泰讚曰：「獨擔澹宕，一洗綺靡，直掩金、元之長，而減鄭、關之價矣。韻絕！快絕！」

問題討論

一、中山狼的被救前與被救後的態度各如何？

二、東郭先生呈現的個性為何？

三、「若要好，問三老。」他們沿途先後遇到誰？對方各給什麼結果的答案？

浣紗記

第二節、南戲傳奇選

《浣紗記·第二十六、四十五齣》

內容導讀

　　《浣紗記》本名《吳越春秋》，是依據《史記·越王勾踐世家》、《越絕書》等書改編而成。故事以描寫范蠡在溪邊遇到西施，兩人一見鍾情互訂婚約為始，范蠡功成身退，與西施相偕至泛湖為終，其中穿插吳越之戰的恩怨與勾踐復仇的史事，全劇以一縷溪紗作為貫穿。

　　〈寄子〉寫伍子胥見吳王夫差寵愛西施而荒廢政事，聽信伯嚭惑言欲攻打齊國，又恐越國攻來，將子託給義弟鮑牧，前去勸諫卻反被夫差賜死。此劇包含忠心、親情、友情，其中以親情主題最為突出，伍子胥的形象刻畫相當生動感人。

　　〈泛湖〉寫范蠡歷經吳越兩國興衰成敗的悲喜，最終與西施悄然離吳，泛湖而去。藉由兩人感慨萬千的心情，抒寫出對於歷史興亡之傷感，宛如一部可歌可泣的史詩。此齣曲文由南北合套組成，生唱激越的北套，旦唱溫柔的南套，文學情感與音樂性達到了高度的融合。

作者介紹

　　梁辰魚（約 1521 年～1594 年），字伯龍，號少白、仇池外史，江蘇崑山縣人。身長八尺，疏眉虬髯，多才多藝，任俠好遊。精通音律，善於度曲，能自譜新調，與魏良輔等人改良崑腔，《浣沙記》傳奇即是運用新腔寫成，演出大為成功，成為崑劇的奠基之作，其作品尚有《紅線女》等雜劇，另有散曲集《江東白苧》等。

課文說明

【第二十六齣】寄子

【本文】【意難忘】（外，小末扮伍員父子上）歲月驅馳。笑終身未了。志轉隳頹[1]。丹心空報主。白首坐拋兒。（小末）爹爹！前路去竟投誰？（外）孩兒。咫尺到東齊。（小末）望故鄉雲山萬疊，目斷慈幃[2]。

【慶春宮】（小末）「雲接平崗，山圍曠野。路回漸入齊城。（外）衰柳啼鴉，驚風驅雁，動心一片秋聲。（小末）倦途休駕，淡煙裡微茫見星。（外）家鄉何處，死別生離。說甚恩情。」孩兒，我和你自離家鄉，將及一月。不覺又到齊國了。（小末）爹爹。母親在家懸念。可早完王事。火速同歸。不知爹爹為何在途只管愁悶。（外）孩兒，我一向怕你煩惱，不好說得。我虧吳之先王[3]。雪你公公深怨。國家大恩。未嘗報得。不料主公近聽伯嚭[4]。反放越王。前日又信子貢游說。欲北伐齊國。遣我來請戰期。我想起來，吳兵一出。則越乘虛遂入吳地。今我回去。誓當諫死。以報國恩。只是與你同死，甚是無益。我有一個結義兄弟，喚做鮑牧，現做齊國大夫，今帶你來，寄與他家，以存伍氏一脈。（悲介）自今以後，我自去幹我的事，你自去幹你的事，再不要想念我。（小末）爹爹，我只道路上冷靜，帶孩兒出來，不曉得倒是這等，兀的不痛殺我也！（外）孩兒，事已到此，不用傷悲。且速前去，再做道理。（外）

【勝如花】清秋路，黃葉飛，為甚登山涉水？只因他義屬君臣，反教人分開父子。又未知何日歡會。（合）料團圓今生已稀[5]，要重逢他生怎期？浪打東西，似浮萍無蒂。禁不住數行珠淚，羨雙雙旅雁南歸，羨雙雙旅雁南歸。（合前小末）

---

[1] 隳頹：受挫而意志頹喪；隳：ㄏㄨㄟ。
[2] 慈幃：慈母的住所，此為母親的代稱。
[3] 先王：指吳王闔閭。
[4] 嚭：ㄆㄧˇ。
[5] 已稀：希望已經渺茫。

浣紗記

　　【前腔】年還幼，髮覆眉[6]，膝下承顏無幾。初還認落葉歸根，誰道做浮花浪蕊。何日報雙親恩義。（合前）

　　（外）一入城來。此間已是鮑大夫門首。裡頭有人麼？（末扮鮑大夫，丑扮家童上）（末）

　　【燕歸梁】叵耐[7]強臣欲立威，看社稷垂危。側聞吳國召戎衣，何日裡靜邦畿。

　　小廝，你看外面那個。（丑）此位老爺是何處？（外）你進去說，吳國伍大夫要見。（丑報介）（末）道有請。（外進見，末、小末同拜介）（末）「一自別滄洲，相思定幾秋。」（外）「故人驚會面，新恨說從頭。」（末）哥哥，此位何人？（外）是小兒。（末）別來數年，令郎一發長成了。我陳恆弒逆。致召兵戈。哥哥遠來。必有所諭。（外）兄弟，齊欲伐魯。立威遠國。今奉國命。來請戰期。（末）哥哥。你報親之怨。鞭平王于墓間。復君之仇。囚勾越於石室。一生忠孝。四海流傳。可敬可敬。（外）兄弟。你知其一未知其二。昔父兄為楚平所害。孝道有虧。今主公為伯嚭所欺。忠心不遂。不知防越之策。反興伐齊之師。眼見姑蘇，即生荊棘。今承君命，來使齊邦，一則預料老朽誅夷，二則不忍宗祀滅絕。以吾弟一日之雅，付伍氏六尺之孤，留作螟蛉，視同豚犬。（末）哥哥是吳之忠臣，小弟亦齊之義士，既蒙分付，敢不盡心。但恐撫養不周，有負重託。（外）兄弟，小兒避難，竊恐人知，可改姓王孫，勿稱伍氏。（末）謹領謹領。（小末）爹爹，你果然就把我撇在這裡。（作悲介）

　　【泣顏回】聽說不勝悲，頓教兒血淚交垂。雙親膝下，何曾頃刻分離。爹爹，衷腸怎提？為甚的將父子輕拋棄？當初望永祝椿枝[8]，又誰知頓撇斑衣[9]。（外）

　　【前腔】堪悲。家國漸傾欹。我身無葬地，汝尚何依？兄弟特求撫養，須存一脈衰微。（末）哥哥，若國家安輯了，你可就來領令郎回

---

[6]. 覆眉：古時男子瀏海剪至齊眉，成人後才束髮。
[7]. 叵耐：不可忍耐；叵：ㄆㄛˇ。
[8]. 永祝椿枝：永遠陪在父親身邊；椿枝：尊稱父親。
[9]. 頓撇斑衣：不能再承歡膝下；斑衣：引用老萊子彩衣娛親的典故。

去。（外）我存亡未知，料孤臣定做溝渠鬼。我孩兒不用哀傷，望君家委曲提攜。（末）

【前腔】（末）三齊，無主國家摧危。笑區區株守庸劣無為。蒙兄相託，敢不竭力扶持？哥哥，你丹心怎移？要念前王須盡忠和義。令郎呵，我看承勝似親生。放心歸，不必狐疑。

（外）孩兒，不是我無情就撇下了你。事到其間，顧不得了。況報仇大事，我便做得，你做不得。我今日殺身報國也是沒奈何，你後日切不要學我。（小末哭介）爹爹，怎麼撇了孩兒就去？（外）孩兒不要啼哭。或者後日還要相見，你今日就拜鮑叔叔做父親，如嫡親爹爹一般，聽他教誨。不可違背。（小末拜末介）爹爹請轉坐，待孩兒拜見。

【催拍】念孩兒未諳禮儀。望爹爹朝夕訓規。豈敢有違，豈敢有違？（見外介）爹爹，但願椿庭壽與山齊。爹歸去，拜上母親，只說孩兒在齊游學，不久就歸。傳示萱堂[10]，不用淒其。（合）從今去，海角天涯。人何處，夢空歸。（外）

【前腔】望長空孤雲自飛，看寒林夕陽漸低。今生已矣，今生已矣！白首無成，往事依稀。日暮窮途，空挽斜暉。（合前）（末）

【前腔】我哥哥你安心竟歸。我姪兒你將身蹔[11]依。今當數奇[12]，今當數奇，命蹇時乖，偶爾暌違。他日團圓，父子追隨。（合前）（小末）

【一撮棹】爹爹，西風裡，淚溼舊縫衣。（外）親骨肉因何事竟生離。（末）長亭遠，極目處草萋萋。（合）回頭望，欲去更徘徊。今日輕分手，他年會何地？腸斷也，回首各東西。

（外）本是同林鳥，（小末）分飛竟失群。

（末）誰憐一片影，（合）相失萬重雲。

---

[10]. 萱堂：尊稱母親。
[11]. 蹔：同暫，暫時。
[12]. 數奇：命運乖舛；奇：ㄐㄧ。

浣紗記

【第四十五齣】泛湖

　　（淨、丑扮漁翁唱漁歌上）我兩人都是太湖中的漁翁，昨日范老爺吩咐要幾個漁船，泊在胥口[13]，想要到湖上去耍子，怎麼這時候還不見到來？只得在此伺候。（生上）功成不受上將軍，一艇歸來笠澤[14]雲；載去西施豈無意，恐留傾國更迷君。自家范蠡，輔我弱越，破彼強吳，名遂功成，國安民樂，平生志願，於此畢矣！正當見機禍福之先，脫履[15]塵埃之外，若少留滯，焉知今日之范蠡，不為昔日之伍胥也。向已告過主公，今當遠遁。昨日吩咐漁船，泊在湖口，專等西施美人到來，即便同行。（旦上）雙眉顰處恨匆匆，轉眼興亡一夢中；若泛扁舟湖上去，不宜重過館娃宮[16]。相公萬福！（生）美人少禮。美人，我本楚人，久作越客，昔遇傾城於溪路，常遭患難於鄰邦。自分宿世難逢，誰料今生復合，茲具舟中之花燭，聊結湖上之姻盟。事出匆匆，莫嫌草草。（旦）妾乃白屋寒娥[17]，黃茅下妾[18]，惟冀德配君子，不意苟合吳王摧殘風雨。已破荳蔻[19]之梢；斷送韶華，遂折芙蓉之蔕[20]。不堪奉爾中饋[21]，未可充君下陳[22]。（生）我實霄殿[23]金童，卿乃天宮玉女，雙遭微譴。兩謫人間，故鄙人為奴石室[24]，本是夙緣；芳卿作妾吳宮，實由塵劫[25]。今續百世已斷之契，要結三生未了之姻。始豁迷途，方歸正道。（旦）既蒙恩誼，敢不祗承[26]。但舊家姊妹，久缺音書，晚景椿萱[27]，杳無消

---

[13]. 胥口：胥江與太湖的交會口。
[14]. 笠澤：水名，即松江。
[15]. 脫履：喻拋棄名利如脫鞋般輕易。
[16]. 館娃宮：吳王夫差為西施所建的宮殿。
[17]. 白屋寒娥：出身貧寒的女子；白屋：以白草茅覆蓋的屋子。
[18]. 黃茅下妾：身分卑微的女子；黃茅：黃草茅屋。
[19]. 荳蔻：喻未婚的少女。
[20]. 遂折芙蓉之蔕：摧折了並蒂的荷花，喻西施侍奉吳王，已失去青春。
[21]. 中饋：婦女在家掌管食事，後專指妻室。
[22]. 下陳：站在主人後面的侍女。
[23]. 霄殿：傳說玉皇大帝所住的寶殿。
[24]. 為奴石室：吳國亡越，范蠡入吳為奴，在石室中養馬。
[25]. 塵劫：註定經歷的種種劫難。
[26]. 祗承：恭敬承受。
[27]. 晚景椿萱：指年老的父母。

耗[28]。欲暫返山中之駕，方相從湖上之舟，未知尊意何如。（生）我已差人前往諸暨，令尊令堂，同載舟航，東施、北威[29]，並賜金帛。（旦）相公！你既無仇不雪，無恩不報，但有一故人，尚未相酬，君何忘之也？（生）卿但言之。（旦）當初若無溪紗，我與你那有今日？（生）你那紗在何處？（旦）妾朝夕愛護，佩在心胸，君試觀之。（生）我的紗也在此。千叢萬結亂如堆，曾繫吳宮合卺[30]杯；今日兩歸溪水上，方知一縷是良媒美人。我和你早早登舟去罷！漁翁那裡？（丑淨）相公有何吩咐？（生）我要下船，過湖中往海上去。（丑淨）不知相公海上要到那一方？若出了海北風往廣東，西風往日本，南風往齊國，今日恰是南風。（生）既是南風，就往齊國去罷！（丑淨）請相公夫人登舟。（生）

　　【北新水令】問扁舟何處恰纜歸？嘆飄流常在萬重波裡，當日個浪翻千丈急，今日個風息一帆遲。煙景迷離，望不斷太湖水。（旦）

　　【南步步嬌】憶昔持紗溪邊洗，正遇春初霽[31]，芳心不自持。誰料多才，忽然相值[32]。佇立不多時，急忙裡便許成佳配。（生）

　　【北雁兒落】謝娘行[33]能諧子女姻，羞殺我未有兒夫氣[34]。亂叢叢邦家多苦辛，急攘攘軍旅常留滯。（旦）

　　【南沈醉東風】為君家寥寥[35]旦夕，為君家淹淹[36]憔悴。奈徹夜患心疼，奈徹夜患心疼，日高未起，空留下數行珠淚。山深地僻，花飛鳥啼，傷心過處，雙雙蹙着翠眉。（生）

　　【北得勝令】呀！非是我冷淡了相識，非是我奚落了新知。祗為

---

[28] 消耗：消息。
[29] 東施、北威：與西施同里之女子。
[30] 卺：ㄐㄧㄣˇ。
[31] 霽：雨後天晴。
[32] 相值：相逢。
[33] 娘行：姑娘，對女子的稱呼；行：ㄏㄤˊ。
[34] 兒夫氣：男子氣慨。
[35] 寥寥：孤單寂寞。
[36] 淹淹：奄奄。

浣紗記

那國主親遭辱，祇為那夫人盡被羈。奔馳，千里價難相會。棲遲，三年猶未回。（旦）

【南忒忒令】你流落他鄉未回，我寂寞深山無倚。鶯兒燕子，眼望親成對。誰知道命飄蓬，誰知道命飄蓬，君恰歸，妾又行，做浮花浪蕊。（生）

【北沽美酒】為邦家輕別離，為邦家輕別離。為國主撇夫妻，割愛分恩送與誰？負娘行心痛悲，望姑蘇[37]淚沾臆[38]，望姑蘇淚沾臆。（旦）

【南好姐姐】路岐，城郭半非[39]。去故國雲山千里，殘香破玉，顏厚有忸怩[40]。藏深計，迷花戀酒拚沈醉，斷送蘇臺只廢基。（生）

【北川撥棹】古和今此會稽，古和今此會稽，舊和新一范蠡。誰知道戈挽斜暉[41]，龍起春雷，風捲潮回，地轉天隨。霎時間驅戎破敵，因此上喜卿卿北歸矣。（旦）

【南園林好】謝君王將前姻再提，謝伊家把初心不移，謝一縷溪紗相繫。諧匹配作良媒，諧匹配作良媒。（生）

【北太平令】早離了塵凡濁世，空回首駭弩危機[42]。伴浮鷗溪頭沙嘴，學冥鴻[43]尋雙逐對。我呵！從今後車兒馬兒，好一回辭伊謝伊。呀！趁風帆海天無際。

【南川撥棹】（旦）煙波裡，傍汀蘋，依岸葦，任飄颻海北天西，任飄颻海北天西。趁人間賢愚是非，跨鯨游駕鶴飛，跨鯨游駕鶴飛。（生）

【北梅花酒】笑燕秦楚共齊，笑燕秦楚共齊。耀干戈整旌旗，軍

---

[37]. 姑蘇：即姑蘇臺。
[38]. 沾臆：沾濕衣襟；臆：胸襟。
[39]. 城郭半非：指當年越國戰敗之情景。
[40]. 忸怩：ㄋㄧㄡˇ ㄋㄧˊ，羞愧的樣子。
[41]. 戈挽斜暉：力挽狂瀾。
[42]. 駭弩危機：喻突如其來的災難；弩：以機械力量發射的弓。
[43]. 冥鴻：高飛的鴻鳥。

共馬露水泥，兵和將釜中食[44]。酒席間森劍戟，廟堂中坐刀筆[45]，一霎時見凶吉。（旦）

【南錦衣香】你看館娃宮荊榛蔽[46]，響屧廊[47]莓苔翳[48]。可惜剩水殘山，斷崖高寺，百花深處一僧歸。空遺舊跡，走狗鬥雞[49]，想當年僭祭[50]。望郊臺淒涼雲樹，香水鴛鴦去[51]，酒城[52]傾墜。茫茫練瀆[53]，無邊秋水。（生）

【北收江南】呀！看滿目興亡真慘悽，笑吳是何人越是誰？功名到手未嫌遲。從今號子皮，從今號子皮[54]，今來古往，不許外人知。（旦）

【南漿水令】採蓮涇紅芳[55]盡死，越來溪吳歌慘悽。宮中鹿走草萋萋，黍離故墟[56]，過客傷悲。離宮廢，誰避暑？瓊姬[57]墓冷蒼煙蔽。空園滴，空園滴，梧桐夜雨。臺城上，臺城上，夜烏啼。（生）

【北清江引】人生聚散皆如此，莫論興和廢。富貴似浮雲，世事如兒戲。唯願普天下做夫妻，都是咱共你。

盡道梁郎[58]識見無，反編勾踐破姑蘇。

大明今日歸一統，安問當年越與吳。

---

[44]. 釜中食：直接在鍋中分食，喻軍務緊急，無暇分餐。
[45]. 刀筆：刀筆吏的簡稱，指用筆如刀、陷人於罪的人。
[46]. 荊榛蔽：荒煙蔓草。
[47]. 響屧廊：館娃宮的迴廊以木板鋪地，西施穿木屐走過就會發出聲響。
[48]. 莓苔翳：青苔覆蓋。
[49]. 走狗鬥雞：指走狗塘與鬥雞坡的舊跡。
[50]. 僭祭：不合禮法的祭祀。
[51]. 香水鴛鴦去：香水溪相傳為西施沐浴處，以香水溪鴛鴦已去，喻吳宮的荒涼。
[52]. 酒城：即共酒城，相傳吳王夫差建之以供釀酒用。
[53]. 練瀆：溪名。
[54]. 子皮：范蠡出齊後改變姓名，自稱鴟夷子皮。
[55]. 紅芳：指蓮花。
[56]. 黍離故墟：形容國家已滅，宮室荒蕪。
[57]. 瓊姬：吳王之女。
[58]. 梁郎：作者自稱。

浣紗記

作品賞析

　　《浣紗記》為明代作家梁伯龍的代表作，劇情為敘述春秋時期吳越相爭的故事。它突破了以往愛情劇的體裁俗套，而改以用政治觀點切入書寫，和李開先的《寶劍記》、王世貞的《鳴鳳記》共為著名政治戲代表作之一。本篇選入〈寄子〉、〈泛湖〉二折。

　　〈寄子〉一折劇情描寫伍子胥冒死諫言並將兒子寄託給義弟鮑牧，情節淒切動人，至今仍深受廣大戲迷的喜愛。其中不僅有血脈相連的父子深情，更包含了對國族的忠心不二與義氣相挺的兄弟友情，文中各個人物形象刻劃深入，情感動人肺腑。而〈泛湖〉一折則直接反映了作者對現實政治的見解，透過范蠡對勾踐的徹悟認知，點明了自古帝王們多是「可與共患難，不可與共安樂」的無奈。此齣曲文由南北合套組成，生唱激越的北套，旦唱溫柔的南套，文學情感與音樂性達到了高度的融合。

　　此篇以史實為藍本，間而穿插虛構情節，讀之新穎脫俗，且段落分場細密穩妥，於戲曲史上具有極大的藝術價值。然此劇在詞藻運用上過於矯飾，講求華麗的筆法，清李調元評曰：「自梁伯龍出，始為工麗濫觴。蓋其生嘉隆間，正七子雄長之會，詞尚華靡。」

問題討論

　　一、南北套的差異何在？

　　二、崑腔如何形成？崑腔興起對戲曲的影響如何？

　　三、《浣紗記》故事大致可分為哪些主題？

　　四、從第二十六齣看伍子胥的形象如何？

　　五、范蠡與伯嚭各表現出身為人臣的何種形象？

《寶劍記・第三十七齣》

內容導讀

　　《寶劍記》全劇共五十二齣，雖以《水滸傳》中的林沖為主角，戲劇情節與小說相較之下卻有很大的變動。劇中林沖上本參奏奸臣結黨營私，反被高俅和童貫陷害，誣以重罪而發配到滄州，高俅又派人加害，使其家破人亡，林沖無奈被逼上梁山。

　　作者著重描寫林沖的愛國思想和行動，第三十七齣〈夜奔〉描繪出林沖被逼上梁山的複雜心理以及悲憤情懷，巧妙運用景物的烘托與轉變，呈現林沖情緒的矛盾衝突。

作者介紹

　　李開先（1502 年～1568 年），字伯華，號中麓，山東章丘人。詩文詞曲兼通，與前七子的康海與王九思等人相識結交。嘉靖八年（1529 年）中進士，因抨擊時政被罷職，四十歲時回到章丘故居，開始結社徵歌度曲，蒐集戲曲與民間文學，致力於創作。強調作品的本質與特色，反對「文必秦漢，詩必盛唐」的文風，與王慎中、唐順之等人，並稱為「嘉靖八才子」。家裡藏書甚豐，尤以戲曲為多，有「詞山曲海」之稱，重要著作有文集《中麓閒居集》，戲曲理論《詞謔》，以及傳奇《寶劍記》、《斷髮記》等。

課文說明

　　【本文】（生扮林沖上）（唱）

　　【點絳唇】數盡更籌[1]，聽殘銀漏[2]，逃秦寇[3]，好教我有國難投。哪搭兒[4]相求救？

　　（詩云）欲送登高千里目，愁雲低鎖衡陽路。魚書[5]不至雁無憑，

---

[1]. 更籌：古代夜間計時報更的竹籤。
[2]. 銀漏：古代報時的工具。
[3]. 秦寇：兇惡的敵人，指奸臣；此為借用陶淵明〈桃花源記〉之典故。
[4]. 哪搭兒：哪裡。
[5]. 魚書：即書信，古人將信置於鯉魚肚中，放河順流而下，以送達對方。

寶劍記

幾番欲作悲秋賦[6]。回首西山日又斜,天涯孤客真難度。丈夫有淚不輕彈,只因未到傷心處。念我一時忿怒,殺死奸細,幸得深夜無人知覺,密投柴大官人[7]莊上隱藏。昨聞公孫勝[8]使人報知:今遣指揮徐寧[9]領兵,滄州諦界捉拿,虧承柴大官人,憐我孤窮,寫書薦達,逕往梁山逃命。日裡不敢前行,今夜路經濟州地界。恰才天清月朗,霎時霧暗雲迷,況山路崎嶇,高低不辨,教我怎生行驀[10]!那前邊黑洞洞的,想是村店,只得緊行幾步。呀!原來是一座禪林。夜深無人,我向伽藍殿前暫憩片時。(生作睡介)(淨扮神上,念)生前能護國,沒世號伽藍。眼觀十萬里,日赴九千壇。吾乃本廟護法之神。今有上界武曲星受難,官兵追急,恐傷他性命。兀那[11]林沖,休推睡夢,今有官兵過了黃河,咫尺趕上,急急起來逃命去罷!吾神去也。(詩云)凡人心不昧,處處有靈神。但願人行早,神天不負人。(生醒)諕死我也!剛才閤眼,忽見神像指著道:林沖急急起來,官兵到了!想是伽藍神聖指引迷途。我林沖若得一步之地[12],重修寶殿,再塑金身。撒開腳步去也。(唱)

【新水令】按龍泉[13]血淚洒征袍[14],恨天涯一身流落。專心投水滸,回首望天朝。急走忙逃,顧不得忠和孝。(唱)

【駐馬聽】良夜迢迢,良夜迢迢,投宿休將門戶敲。遙瞻殘月,暗度重關[15],急步荒郊。身輕不憚路途遙,心忙只恐怕人驚覺。諕得俺魄散魂消,紅塵中誤了俺武陵年少。(唱)

【水仙子】一朝諫諍觸權豪,百戰勳名做草茅[16]。半生勤苦無功效,名不將青史標,為家國總是徒勞。再不得、倒金樽[17]杯盤歡笑;再不得、

---

[6]. 悲秋賦:宋玉作品,指林沖欲仿宋玉寫此賦以紓悲憤之情。
[7]. 柴大官人:即柴進,《水滸傳》中的梁山好漢。
[8]. 公孫勝:梁山好漢之一,曾幫林沖逃出困境,此劇中才有出現的人物。
[9]. 徐寧:梁山好漢之一,小說中並無捉拿此段。
[10]. 驀:越過。
[11]. 兀那:發語詞。
[12]. 一步之地:立足之地。
[13]. 龍泉:寶劍名。
[14]. 征袍:遠行之人所穿的衣服。
[15]. 重關:重重的關口。
[16]. 草茅:不值錢之物。
[17]. 金樽:酒杯,此指美酒。

歌金縷[18]箏琶絡索[19]；再不得、謁金門[20]環佩逍遙。（唱）

【折桂令】實指望封侯萬里班超，生逼做叛國的紅巾[21]，背主的黃巢。卻便似脫扣蒼鷹，離籠狡兔，摘[22]網騰蛟。救急難、誰誅正卯[23]？掌刑罰、難得皋陶[24]。只這鬢髮焦騷[25]，行李蕭條。這一去，博得個斗轉天回[26]，須教他海沸山搖。（唱）

【雁兒落】望家鄉去路遙，想母妻將誰靠？我這裡吉凶未可知，他那裡生死應難料。（唱）

【得勝令】呀！諕得我汗浸浸，身上似湯澆。急煎煎、心內類油調[27]。幼妻室今何在？老尊堂恐喪了。劬勞[28]，父母恩難報，悲嚎，歎英雄氣怎消！（唱）

【沽美酒】懷揣[29]著雪刃刀[30]，行一步哭號咷[31]。拽長裾[32]急急驀羊腸路遶，且喜這燦燦明星下照。（唱）

【太平令】忽然間、昏慘慘雲迷霧罩，疏喇喇風吹葉落，振山林聲聲虎嘯，遶溪澗哀哀猿叫。嚇得我魂飄膽消，百忙裡走不出山前古道。（唱）

---

[18]. 金縷：金縷曲簡稱。
[19]. 絡索：樂器上的裝飾。
[20]. 謁金門：進諫皇帝；謁：晉見。金門：指漢代金馬門，此處泛指皇宮。
[21]. 紅巾：泛指受到壓迫而起來反抗的人。
[22]. 摘：掙脫。
[23]. 正卯：少正卯，春秋魯國人，據說孔子擔任司寇時，少正卯曾擾亂國政，在此比喻奸臣高俅等人。
[24]. 皋陶：上古時執掌刑法之官；皋：ㄍㄠ。
[25]. 鬢髮焦騷：形容遭逢大難，憂慮得兩旁鬢髮宛如燒焦一般。
[26]. 斗轉天回：扭轉局勢。
[27]. 類油調：如熱油一般的滾動。
[28]. 劬勞：辛勞。
[29]. 揣：ㄔㄨㄞˇ，帶。
[30]. 雪刃刀：鋒利的刀。
[31]. 號咷：同嚎啕，大哭。
[32]. 拽長裾：拖著衣服的前襟；拽：ㄓㄨㄞˋ。

寶劍記

【收江南】呀！又只見烏鴉陣陣起松梢，數聲殘角[33]斷漁樵[34]，忙投村店伴寂寥。想親幃夢杳，空隨風雨度良宵。（唱）

【尾聲】一宵兒奔走荒郊，窮性命掙得一條，到梁山請得兵來，（帶云）喝！高俅！（接唱）誓把那奸臣掃！

前面已是梁山了，走！走！走吓！

故國徒勞夢，思歸未得歸。

此身無所托，空有淚沾衣。

作品賞析

李開先的《寶劍記》不僅是明代傳奇中出現最早的曲目，更是一部頗具影響力的大作。內容是將《水滸傳》中的故事編寫而成，敘述林沖被「逼上梁山」的劇情故事。

本篇節選自《寶劍記》的第三十七齣〈夜奔〉，是全篇裡最為精彩的一幕。不僅刻劃了林沖被逼上梁山的憤慨，也描繪了男子那份再堅毅也無法隱忍的哀痛。透過情景烘托與轉變的藝術摹寫，細緻生動的將林沖壯志未酬的矛盾與衝突，完整呈現於讀者眼前。

全篇讀來深沉哀傷，雪蓑隱者《寶劍記‧序》評曰：「是記則蒼老渾成，流麗款曲，人之異態隱情，描寫殆盡，音韻諧和，言辭俊美，終篇一律，有難於去捨者。」王九思〈書寶劍記後〉亦評曰：「至圓不能加規，至方不能加矩，一代之奇才，古今之絕唱也。」

問題討論

一、傳奇《寶劍記》與小說《水滸傳》中林沖的形象各是如何？

二、自《寶劍記》的人物或情節中，試舉出兩點與《水滸傳》不同之處？

三、本齣是使用北曲或南曲？北曲、南曲聲調有何顯著差異？

---

[33]. 殘角：快吹完的號角聲。
[34]. 斷漁樵：催趕漁夫與樵夫工作。

中國戲曲卷

《牡丹亭・第七、十齣》

內容導讀

　　《牡丹亭》，本名《還魂記》，共五十五齣，描寫杜麗娘和書生柳夢梅的生死之戀。南安太守杜寶之女杜麗娘至花園遊賞，感夢書生折柳，醒來尋夢不得而相思成病，抑鬱而終。三年後，柳夢梅赴京趕考，見得杜麗娘畫像，心生愛慕，杜麗娘現魂相見，柳夢梅掘墳開棺使杜麗娘復活，歷經波折，二人終成眷屬。

　　第七齣〈閨塾〉演杜麗娘聽陳最良講授《詩經》，春香在旁搗亂，畫面頗為喜感，是舞臺上常演的劇目。

　　第十齣〈驚夢〉情感細膩自然，演杜麗娘與春香到花園遊玩，杜麗娘春睏入睡，在夢中與書生柳夢梅相處的時光，演出時尚有十二花神或二十四花神歌舞，場面更添熱鬧美麗。杜麗娘的內心戲呈現出三種層次：一是遊園後的獨白剖析出幽怨情懷，二是靈魂在夢中得到解放，三是醒後精神惚恍，悵然若失，留戀夢中。

作者介紹

　　湯顯祖（1550 年～1616 年），字義仍，號海若，一稱若士，自署清遠道人，晚年號繭翁，江西臨川人。萬曆十七年揭發時政弊端，抨擊朝廷與大臣，觸怒皇帝而被謫遷廣東。湯顯祖為官清廉，體恤民情，於萬曆二十六年棄官返鄉，在臨川閒居「玉茗堂」以制曲作劇為樂。著有詩文《玉茗堂集》及戲劇《紫釵記》、《牡丹亭》（還魂記）、《南柯記》、《邯鄲記》，由於這四部皆與「夢」相關，故合稱為「臨川四夢」，或稱「玉茗堂四夢」，其中以《牡丹亭》最受世人喜愛，流傳甚廣，女子耽嗜之者眾。

牡丹亭

課文說明

【第七齣】閨塾

　　【本文】（末上）吟餘改抹前春句，飯後尋思午晌茶。蟻上案頭沿硯水，蜂穿窗眼咂[1]瓶花。我陳最良，杜衙設帳[2]，杜小姐家傳《毛詩》，極承老夫人管待。今日早膳已過，我且把毛注潛玩一遍。（念介）「關關雎鳩，在河之洲。窈窕淑女，君子好逑。」好者好也，逑者求也。（看介）這早晚了，還不見女學生進館。卻也嬌養的凶。待我敲三聲雲板。（敲雲板介）春香，請小姐解書。

　　【遶地遊】（旦引貼捧書上）素妝纔罷，緩步書堂下。對淨几明窗瀟灑。（貼）《昔時賢文》，把人禁殺[3]，恁時節[4]則好教鸚哥喚茶。（見介）（旦）先生萬福。（貼）先生少怪。（末）凡為女子，雞初鳴，咸盥、漱、櫛[5]、笄，問安於父母。日出之後，各供其事。如今女學生以讀書為事，須要早起。（旦）以後不敢了。（貼）知道了。今夜不睡，三更時分，請先生上書。（末）昨日上的《毛詩》，可溫習？（旦）溫習了。則待講解。（末）你念來。（旦念書介）「關關雎鳩，在河之洲。窈窕淑女，君子好逑。」（末）聽講。「關關雎鳩」，雎鳩是只鳥，關關鳥聲也。（貼）怎樣聲兒？（末作鳩聲）（貼學鳩聲諢介）（末）此鳥性喜靜，在河之洲。（貼）是了。不是昨日是前日，不是今年是去年，俺衙內關著只斑鳩兒，被小姐放去，一去去在何知州家。（末）胡說，這是興[6]。（貼）興只甚的那？（末）興者起也。起那下頭窈窕淑女，是幽閒女子，有那等君子好好的來求他。（貼）為甚好好的求他？（末）多嘴哩。

---

[1]. 咂：吸。
[2]. 設帳：教書。
[3]. 禁殺：指將人的思想禁錮了。
[4]. 恁時節：這時候。
[5]. 櫛：梳頭。
[6]. 興：《詩經》六義之一，即物起興。

（旦）師父，依注解書，學生自會。但把《詩經》大意，敷演[7]一番。

【掉角兒】（末）論《六經》，《詩經》最葩[8]，閨門內許多風雅：有指證，姜原產哇[9]；不嫉妒，后妃賢達。更有那詠雞鳴，傷燕羽，泣江皋，思漢廣，洗淨鉛華[10]。有風有化，宜室宜家[11]。（旦）這經文偌多？（末）《詩》三百，一言以蔽之，沒多些，只「無邪」兩字，付與兒家。

書講了。春香取文房四寶來模字。（貼下取上）紙、墨、筆、硯在此。（末）這甚麼墨？（旦）丫頭錯拿了，這是螺子黛[12]，畫眉的。（末）這甚麼筆？（旦作笑介）這便是畫眉細筆。（末）俺從不曾見。拿去，拿去！這是甚麼紙？（旦）薛濤箋[13]。（末）拿去，拿去。只拿那蔡倫造的來。這是甚麼硯？是一只是兩只？（旦）鴛鴦硯。（末）許多眼[14]？（旦）淚眼[15]。（末）哭什麼子？一發換了來。（貼背介）好個標老兒[16]！待換去。（下換上）這可好？（末看介）著。（旦）學生自會臨書。春香還勞把筆[17]。（末）看你臨。（旦寫字介）（末看驚介）我從不曾見這樣好字。這甚麼格？（旦）是衛夫人[18]傳下美女簪花[19]之格。（貼）待俺寫個奴婢學夫人[20]。（旦）還早哩。（貼）先生，學生領出恭牌[21]。（下）

---

[7]. 敷演一番：解釋。
[8]. 最葩：最有文采。
[9]. 姜原產哇：傳說姜原為黃帝曾孫的妃子，在天帝的腳印上踏了一腳而有孕，生下后稷；哇：通「娃」。
[10]. 洗淨鉛華：歸於樸素；鉛華：鉛粉，用以搽臉。
[11]. 宜室宜家：女兒身在夫家一家和諧，出於《詩經‧周南‧桃夭》。
[12]. 螺子黛：用以畫眉的顏料，色澤青黑。
[13]. 薛濤箋：唐代名妓薛濤所制的箋紙。
[14]. 眼：硯眼，硯石磨制後出現的天然紋路，形圓似眼。
[15]. 淚眼：端硯的硯眼，不是非常清潤明顯。
[16]. 標老兒：不知趣的人。
[17]. 把筆：在初學寫字時，老師以手握住初學者的手練寫。
[18]. 衛夫人：衛恆的姪女，著名書法家。
[19]. 美女簪花：形容書法字體娟秀，如插花的美女。
[20]. 奴婢學夫人：原指學不像。
[21]. 出恭牌：請假上廁所；明代考試不得擅離座位，如廁需憑牌進出。

牡丹亭

（旦）敢問師母尊年？（末）目下平頭[22]六十。（旦）學生待繡對鞋兒上壽，請個樣兒。（末）生受了。依《孟子》上樣兒，做只「不知足而為屨」[23]罷了。（旦）還不見春香來。（末）要喚他麼？（末叫三度介）（貼上）害淋的[24]。（旦作惱介）劣丫頭那裡來？（貼笑介）溺尿去來。原來有座大花園。花明柳綠，好耍子哩。（末）哎也，不攻書，花園去。待俺取荊條來。（貼）荊條做甚麼？

【前腔】女郎行那裡應文科判衙[25]？止不過識字兒書塗嫩鴉[26]。（起介）（末）古人讀書，有囊螢的，趁月亮的。（貼）待映月，耀蟾蜍眼花；待囊螢，把蟲蟻兒活支煞[27]。（末）懸梁、刺股呢？（貼）比似你懸了梁，損頭髮，刺了股，添疤疤[28]。有甚光華！（內叫賣花介）（貼）小姐，你聽，一聲聲賣花，把讀書聲差。（末）又引逗小姐哩。待俺當真打一下。（末做打介）（貼閃介）你待打、打這哇哇，桃李門牆[29]，險把負荊人[30]諕煞。

（貼搶荊條投地介）（旦）死丫頭，唐突了師父，快跪下。（貼跪介）（旦）師父看他初犯，容學生責認一遭兒。

【前腔】手不許把秋千索拿，腳不許把花園路踏。（貼）則瞧罷。（旦）還嘴，這招風[31]嘴，把香頭來綽疤[32]；招花眼，把繡針兒簽[33]瞎。

---

[22]. 平頭：凡是數字逢十，就叫齊頭數。
[23]. 不知足而為屨：不了解腳型大小就去做鞋，指陳最良的書呆子氣。
[24]. 害淋的：罵人的話。
[25]. 女郎行那裡應文科判衙：女郎行指女兒家；應文科判衙：應考錄取後為官坐堂辦事。
[26]. 書塗嫩鴉：隨便寫些字。
[27]. 蟲蟻兒活支煞：將螢火蟲活活弄死；蟲蟻兒：泛指昆蟲，此指螢火蟲。
[28]. 疤疤：疤痕；疤：ㄅㄚˋ。
[29]. 門牆：家門。
[30]. 負荊人：身負荊條以請罪，指有過錯之人。
[31]. 招風：招惹是非。

（貼）瞎了中甚用？（旦）則要你守硯臺，跟書案，伴「詩云」，陪「子曰」，沒的爭差[34]。（貼）爭差些罷。（旦抓貼髮介）則問你幾絲兒頭髮，幾條背花[35]？敢也怕些些夫人堂上，那些家法。

（貼）再不敢了。（旦）可知道？也罷，饒這一遭兒。起來。（貼起介）

【尾聲】（末）女弟子則爭個不求聞達[36]，和男學生一般兒教法。你們工課完了，方可回衙。咱和公相陪話去。（合）怎辜負的這一弄[37]明窗新絳紗。（末下）

（貼作背後指末罵介）村[38]老牛，癡老狗，一些趣也不知。（旦作扯介）死丫頭，「一日為師，終身為父」，他打不的你？俺且問你那花園在那裡？（貼做不說）（旦做笑問介）（貼指介）兀那不是！（旦）可有什麼景致？（貼）景致麼，有亭臺六七座，秋千一兩架。繞的流觴曲水，面著太湖山石[39]。名花異草，委實華麗。（旦）原來有這等一個所在，且回衙去。

（旦）也曾飛絮謝家庭，（李山甫）（貼）欲化西園蝶未成。（張泌）

（旦）無限春愁莫相問，（趙嘏）（合）綠陰終借暫時行。（張祜）

---

[32] 把香頭來綽疤：用點燃的香灼出疤；綽：戳。
[33] 簽：刺。
[34] 沒的爭差：沒得出錯之意；爭差：一般是指相差、不一樣。
[35] 背花：背上被鞭打的痕跡。
[36] 聞達：名聲傳播受人抬舉。
[37] 一弄：一帶。
[38] 村：粗野。
[39] 太湖山石：太湖石所堆疊的假山。

牡丹亭

【第十齣】驚夢

【遶地遊】（旦上）夢回鶯囀[40]，亂煞年光遍[41]。人立小庭深院。（貼）炷盡沉煙[42]，拋殘繡線，恁今春、關情[43]似去年？

【烏夜啼】「（旦）曉來望斷梅關[44]，宿妝殘。（貼）你側著宜春髻子[45]恰憑闌。（旦）剪不斷，理還亂，悶無端。（貼）已吩咐催花鶯燕借春看。」（旦）春香，可曾叫人掃除花徑？（貼）吩咐了。（旦）取鏡臺衣服來。（貼取鏡臺衣服上）「雲髻罷梳還對鏡，羅衣欲換更添香[46]。」鏡臺衣服在此。

【步步嬌】（旦）裊晴絲[47]吹來閒庭院，搖漾春如線[48]。停半晌、整花鈿[49]。沒揣菱花，偷人半面，迤逗的彩雲偏[50]。（行介）步香閨怎便把全身現！（貼）今日穿插[51]的好。

【醉扶歸】（旦）你道翠生生[52]出落的裙衫兒茜，豔晶晶花簪八寶[53]

---

[40]. 夢回鶯囀：自夢醒來，聽見黃鶯宛轉叫聲。
[41]. 亂煞年光遍：到處充滿撩人的春光景色。
[42]. 炷盡沉煙：沉水香都燒盡了，形容時間長久，內心感到無聊；沉煙：沉水香。
[43]. 關情：牽動人心的情懷。
[44]. 梅關：在江西與廣東交界，位置在此劇南安府的南面。
[45]. 宜春髻子：女子春天所梳的髮型。
[46]. 雲髻罷梳還對鏡，羅衣欲換更添香：再對著鏡子照看梳好的髮髻，用香料薰香衣裳。
[47]. 晴絲：晴天在空中飄盪的煙絲，似蟲類所吐的絲縷。
[48]. 搖漾春如線：形容春光飄忽不定，一如飄盪的晴絲。
[49]. 花鈿：以金玉裝飾而成之女性飾物，戴在兩鬢。
[50]. 沒揣菱花三句：沒料到鏡中忽照出半邊臉，羞得將髮髻弄歪了。此三句寫出含情脈脈的少女心理；沒揣：沒想到。菱花：古時銅鏡背面的紋飾為菱花，借稱銅鏡。迤逗：牽引、引誘。彩雲：烏黑的秀髮。
[51]. 穿插：穿著打扮。
[52]. 翠生生：彩色鮮豔。
[53]. 八寶：各種珍寶。

填，可知我常一生兒愛好是天然[54]。恰三春好處無人見[55]。不提防沉魚落雁鳥驚喧，則怕的羞花閉月花愁顫。

（貼）早茶時了，請行。（行介）你看：「畫廊金粉半零星，池館蒼苔一片青。踏草怕泥[56]新繡襪，惜花疼煞小金鈴[57]。」（旦）不到園林，怎知春色如許！

【皂羅袍】原來姹紫嫣紅[58]開遍，似這般都付與斷井頹垣[59]。良辰美景奈何天，賞心樂事誰家院！恁般景致，我老爺和奶奶再不提起。（合）朝飛暮捲，雲霞翠軒[60]；雨絲風片，煙波畫船。錦屏人忒看得這韶光賤[61]！（貼）是花都放了，那牡丹還早。

【好姐姐】（旦）遍青山啼紅了杜鵑[62]，荼䕷外、煙絲醉軟。春香呵！牡丹雖好，他春歸怎占的先[63]！（貼）成對兒鶯燕呵。（合）閒凝眄[64]，生生燕語明如翦[65]，嚦嚦鶯歌溜的圓[66]。

---

[54]. 愛好是天然：愛美是天性使然。
[55]. 恰三春好處無人見：春天景致無人看見，就像自己的美貌無人理會。
[56]. 泥：弄髒。
[57]. 惜花疼煞小金鈴：言愛花惜花之情；疼煞：痛極了。
[58]. 姹紫嫣紅：花色豔麗爭妍的樣子。
[59]. 似這般都付與斷井頹垣：像這樣百花盛開的春光，卻都在衰敗荒涼的院子裡。
[60]. 翠軒：華麗的亭臺樓閣。
[61]. 錦屏人忒看的這韶光賤：深閨女子把美好春光都看輕了，指身在閨中，無能享受春光美好。
[62]. 啼紅了杜鵑：指杜鵑花開，是由杜鵑鳥啼血聯想到杜鵑花。
[63]. 他春歸怎占的先：牡丹開在初夏，因此在春天它無法搶到風采；此處有以牡丹自比之意，謂青春一過，相貌再好都無用。
[64]. 凝眄：凝視。
[65]. 生生燕語明如翦：燕飛之情狀；生生：形容燕子叫聲緊密頻繁；明如翦：形容這叫聲非常爽利，好像剪刀剪過一樣。
[66]. 嚦嚦鶯歌溜的圓：黃鶯之啼叫；嚦嚦：黃鶯叫聲；溜的圓：形容聲音圓潤好聽。

牡丹亭

（旦）去罷。（貼）這園子委是觀之不足[67]也。（旦）提他怎的！（行介）

【隔尾】觀之不足由他繾[68]，便賞遍了十二亭臺是枉然。到不如興盡回家閒過遣。

（作到介）（貼）「開我西閣門，展我東閣床。瓶插映山紫[69]，爐添沉水香。」小姐，你歇息片時，俺瞧老夫人去也。（下）（旦歎介）「默地[70]遊春轉，小試宜春面[71]。」春呵，得和你兩留連，春去如何遣？咳，恁般天氣，好困人也。春香那裡？（作左右瞧介）（又低首沉吟介）天呵，春色惱人，信有之乎！常觀詩詞樂府，古之女子，因春感情，遇秋成恨，誠不謬矣。吾今年已二八，未逢折桂之夫[72]；忽慕春情，怎得蟾宮之客？昔日韓夫人得遇于郎[73]，張生偶逢崔氏[74]，曾有《題紅記》、《崔徽傳》[75]二書。此佳人才子，前以密約偷期，後皆得成秦晉[76]。（長歎介）吾生於宦族，長在名門。年已及笄，不得早成佳配，誠為虛度青春，光陰如過隙耳。（淚介）可惜妾身顏色如花，豈料命如一葉乎！

【山坡羊】沒亂裡[77]、春情難遣，驀地裡、懷人幽怨。則為俺、生小嬋娟，揀名門一例一例裡神仙眷。甚良緣，把青春拋的遠！俺的睡情誰見？則索因循靦腆[78]。想幽夢誰邊，和春光暗流轉？遷延，這衷懷

---

[67]. 觀之不足：百看不厭。
[68]. 由他繾：任由他留戀不捨。
[69]. 映山紫：杜鵑花的一種。
[70]. 默地：背地裡、不為人知。
[71]. 宜春面：可與春天花朵比美的容顏。
[72]. 折桂之夫：與「蟾宮之客」同指得到功名之人。
[73]. 韓夫人得遇于郎：唐僖宗時，宮女韓氏以紅葉題詩，為于祐所得；于也題一葉為韓氏藏之，而後兩人成婚。
[74]. 張生偶逢崔氏：即張生與崔鶯鶯的故事。
[75]. 崔徽傳：應是《鶯鶯傳》或《西廂記》的誤植。
[76]. 秦晉：古人稱聯姻為秦晉之好。
[77]. 沒亂裡：在紛亂的情緒之中。
[78]. 則索因循靦腆：只能如此的含羞帶怯。

那處言！淹煎，潑殘生[79]除問天！

　　身子困乏了，且自隱几[80]而眠。（睡介）（夢生介）（生持柳枝上）鶯逢日暖歌聲滑，人遇風情笑口開。一徑落花隨水入，今朝阮肇到天臺。小生順路兒跟著杜小姐回來，怎生不見？（回看介）呀，小姐，小姐！（旦作驚起介）（相見介）（生）小生那一處不尋訪小姐來，卻在這裡！（旦作斜視不語介）（生）恰好花園內，折取垂柳半枝。姐姐，你既淹通書史，可作詩以賞此柳枝乎？（旦作驚喜，欲言又止介）（背想）這生素昧平生，何因到此？（生笑介）小姐，咱愛殺你哩！

　　【山桃紅】則為你如花美眷，似水流年，是答兒[81]閒尋遍。在幽閨自憐。小姐，和你那答兒講話去。（旦作含笑不行）（生作牽衣介）（旦低問）那裡去？（生）轉過這芍藥欄前，緊靠著湖山石邊。（旦低問）秀才，去怎的？（生低答）和你把領扣鬆，衣帶寬，袖梢兒搵著牙兒苦也。則待你忍耐溫存一晌眠。（旦作羞）（生前抱）（旦推介）（合）是那處曾相見，相看儼然，早難道這好處相逢無一言？

　　（生強抱旦下）（末扮花神束髮冠，紅衣插花上）催花[82]御史惜花天，檢點春工又一年。蘸客傷心紅雨下[83]，勾人懸夢綵雲邊。吾乃掌管南安府後花園花神是也。因杜知府小姐麗娘，與柳夢梅秀才，後日有姻緣之分。杜小姐游春感傷，致使柳秀才入夢。咱花神專掌惜玉憐香，竟來保護她，要她雲雨十分歡幸也。

　　【鮑老催】（末）單則是混陽蒸變，看他似蟲兒般蠢動把風情搧。一般兒嬌凝翠綻魂兒顫。這是景上緣，想內成，因中見[84]。呀，淫邪展

---

[79]. 潑殘生：令人討厭的苦命。
[80]. 隱几：靠著几案。
[81]. 是答兒：在這兒。
[82]. 催花：催花使之綻放。
[83]. 蘸客傷心紅雨下：花雨沾在旅客身上，令人感傷；蘸：ㄓㄢˋ，沾。
[84]. 景上緣，想內成，因中見：謂姻緣短暫，夢幻又不真實，一切事物皆由姻緣和合而成；景：同「影」，言其虛幻；想：空想；見，同「現」。

污了花臺殿。咱待拈片落花兒驚醒他。（向鬼門丟花介）他夢酣春透了怎留連？拈花閃碎的紅如片。秀才，纔到的半夢兒；夢畢之時，好送杜小姐仍歸香閣。吾神去也。（下）

【山桃紅】（生、旦攜手上）（生）這一霎天留人便，草藉花眠。小姐可好？（旦低頭介）（生）則把雲鬟點，紅鬆翠偏。小姐休忘了呵，見了你緊相偎，慢廝連，恨不得肉兒般團成片也，逗的個日下胭脂雨上鮮。（旦）秀才，你可去呵？（合）是那處曾相見，相看儼然，早難道這好處相逢無一言？

（生）姐姐，你身子乏了，將息，將息。（送旦依前作睡介）（輕拍旦介）姐姐，俺去了。（作回顧介）姐姐，你可十分將息，我再來瞧你那。行來春色三分雨，睡去巫山一片雲。（下）（旦作驚醒，低叫介）秀才，秀才，你去了也？（又作癡睡介）（老旦上）夫壻坐黃堂[85]，嬌娃立繡窗。怪他裙衩上，花鳥繡雙雙。孩兒，孩兒，你為甚瞌睡在此？（旦作醒，叫秀才介）咳也。（老旦）孩兒怎的來？（旦作驚起介）奶奶到此！（老旦）我兒，何不做些鍼指，或觀玩書史，舒展情懷？因何晝寢於此？（旦）孩兒適花園中閒玩，忽值春喧惱人，故此回房。無可消遣，不覺困倦少息。有失迎接，望母親恕兒之罪。（老旦）孩兒，這後花園中冷靜，少去閒行。（旦）領母親嚴命。（老旦）孩兒，學堂看書去。（旦）先生不在，且自消停[86]。（老旦歎介）女孩兒長成，自有許多情態，且自由他。正是：宛轉隨兒女，辛勤做老娘。（下）（旦長歎介）（看老旦下介）哎也，天那！今日杜麗娘有些僥倖也。偶到後花園中，百花開遍，覩[87]景傷情。沒興而回，晝眠香閣。忽見一生，年可弱冠，丰姿俊妍。於園中折得柳絲一枝，笑對奴家說：「姐姐既淹通書史，何不將柳枝題賞一篇？」那時待要應他一聲，心中自忖，素昧平生，不知名姓，何得輕與交言。正如此想間，只見那生向前說了幾句

---

[85]. 黃堂：指太守。
[86]. 消停：休息。
[87]. 覩：ㄉㄨˇ。

傷心話兒，將奴摟抱去牡丹亭畔，芍藥闌邊，共成雲雨之歡。兩情和合，真個是千般愛惜，萬種溫存。歡畢之時，又送我睡眠，幾聲「將息」。正待自送那生出門，忽值母親來到，喚醒將來。我一身冷汗，乃是南柯一夢。忙身參禮母親，又被母親絮了許多閒話。奴家口雖無言答應，心內思想夢中之事，何曾放懷。行坐不寧，自覺如有所失。娘呵，你教我學堂看書去，知他看那一種書消悶也。（作掩淚介）

【綿搭絮】（旦）雨香雲片[88]，纔到夢兒邊。無奈高堂，喚醒紗窗睡不便。潑新鮮、冷汗粘煎，閃的俺心悠步嚲[89]，意軟鬟偏，不爭多[90]費盡神情，坐起誰忺[91]則待去眠。（貼上）晚妝銷粉印，春潤費香篝[92]。小姐，薰了被窩睡罷。

【尾聲】（旦）困春心，遊賞倦，也不索香薰繡被眠。天呵，有心情那夢兒還去不遠。

春望逍遙出畫堂，（張說）間梅遮柳不勝芳。（羅隱）

可知劉阮逢人處？（許渾）回首東風一斷腸。（韋莊）

作品賞析

《牡丹亭》一齣的感動點在於它強調追求人性自由，反對封建的吃人禮教，是一部具有浪漫情懷的喜劇。作者透過杜麗娘和柳夢梅間至死不渝的愛戀，表明了男女為了捍衛「愛」而挺身反抗封建社會觀，勇敢解放自我情感的禮教束縛，逃脫迂腐傳統的思維牢籠的精彩大作。

本篇選自第七齣〈閨塾〉及第十齣〈驚夢〉二折，內容分別是在敘述杜麗娘聽聞其師陳最良講授《詩經》與杜麗娘入夢和柳夢梅相知

---

[88]. 雨香雲片：雲雨之事，此言夢裡幽會。
[89]. 閃的俺心悠步嚲：弄得我心神惚恍，步伐沉重；嚲：ㄉㄨㄛˇ，傾斜。
[90]. 不爭多：差不多。
[91]. 忺：同「欣」，合意。
[92]. 香篝：薰香的籠子；篝：ㄍㄡ，籠子。

相惜的單獨時光，皆為歷代頗受觀眾喜愛的橋段之一。

　　在藝術手法上，作者透過實與虛的交錯，將夢與現實作一完美連結，毫無突兀之處。而在人物形象的描繪上，除了給予角色鮮明的性格外，更賦予其深刻的思想意涵，將男女主角的愛情從小兒女的愛戀提昇至衝破陳舊思維的勇敢創舉。

　　全篇讀來意境幽遠，透過抒情浪漫的筆調，將讀者引領至杜麗娘與柳夢梅二人間繾綣深情的世界裡，沈德符《顧曲雜言》曾有此一言：「《牡丹亭夢》一出，家傳戶誦，幾令《西廂》減價。」由此可見《牡丹亭》一劇受歡迎的程度。

問題討論

　　一、《牡丹亭》對後世戲曲、小說的影響如何？

　　二、湯顯祖作此劇的旨趣為何？

　　三、《玉茗堂四夢》分別受到唐傳奇哪些作品的影響？

　　四、臨川派與吳江派的代表人物各為誰？兩派相異之處何在？

《玉簪記・第十六、二十三齣》

內容導讀

　　《玉簪記》描寫陳妙常與潘必正的愛情故事。潘必正與陳嬌蓮訂婚，交換玉簪、鴛鴦扇墜。後嬌蓮之父亡故，陳嬌蓮與母親避兵亂而失散，嬌蓮出家，法名妙常。潘必正應試落第不願歸鄉，寄居於姑母主持的貞觀。潘必正在庭院聽得妙常琴聲，互相愛慕。兩人往來為姑母察覺，迫姪子潘必正早日進京赴試，妙常趕至秋江互訴衷情，互贈信物訂盟。潘必正得中進士後，即回觀迎娶陳嬌蓮。

　　全劇共三十三齣，曲調平和不俗，語言典雅華美，無雕琢痕跡，為「著意填詞」之作。劇中深刻細膩地描繪主角二人的心理，原本來自於外部的悲劇因素，皆因主角堅定不移的愛情信念顯得虛乏，成為一齣經典的愛情劇目。

作者介紹

　　高濂（1573 年～1620 年），字深甫，號瑞南，浙江錢塘人。曾任鴻臚寺官，後隱居西湖，倘佯山水之間，收藏古書，精於鑑賞。其人精通音律，尤工詩詞戲曲，見識多廣，注重養生及奇方秘藥的探討，琴棋書畫，亦無所不涉，無所不通。平生著作甚豐，撰有傳奇《玉簪記》、《節孝記》，及《遵生八箋》、《草花譜》、《野蔌品》等。

課文說明

【第十六齣】琴挑

　　【本文】【懶畫眉】（生上）月明雲淡露華濃，欹[1]枕愁聽四壁蛩。傷秋宋玉賦西風。落葉驚殘夢，閒步芳塵數落紅。小生看此溶溶夜月，悄悄閒庭。背井離鄉，孤衾獨枕，好生煩悶，只得在此閒玩片時。不免到白雲樓下，散步一番，多少是好。（下）

　　【前腔】（旦上）粉牆花影自重重，簾捲殘荷水殿風。抱琴彈向月明中，香裊[2]金猊[3]動。人在蓬萊第幾宮。妙常連日冗冗俗事，未曾整備

---

[1]. 欹：一，傾斜。
[2]. 裊：ㄋㄧㄠˇ，繚繞。

玉簪記

琴弦。今夜月明風靜。水殿涼生，不免彈瀟湘水雲一曲，少寄幽情。有何不可。（作彈科，生上聽琴科）

【前腔】步虛聲度許飛瓊，乍聽還疑別院風。淒淒楚楚那聲中。誰家夜月琴三弄，細數離情曲未終。此是陳姑彈琴。不免到他堂中。細聽一番。多少是好。

【前腔】（旦）朱弦聲杳恨溶溶[4]，長嘆空隨幾陣風。（生）仙姑彈得好琴。（旦驚科）仙郎何處人簾櫳[5]。早是人驚恐。（生）小生得罪了。（旦）莫不是為聽雲水聲寒一曲中。

（生）小生孤枕無眠，聞吟步月。忽聽花下琴聲嘹嚦[6]，清響絕倫，不覺步入到此。（旦）小道亦見月明如洗，夜色新涼，故爾操弄絲桐。少寄岑寂[7]。欲乘此興，請教一曲如何？（生）小生略記一二。弄斧班門，休笑休笑。（生作彈、吟曰）「雉朝雊[8]兮清霜，慘孤飛兮無雙，念寡陰兮少陽，怨鰥居兮徬徨。」（旦）此曲乃〈雉朝飛〉也。君方盛年，何故彈此無妻之曲？（生）小生實未曾有妻。（旦）也不干我事。（生）敢求仙姑，面教一曲如何？（旦）既聽佳音，已清俗耳。何必初學，又亂芳聲。（生）休得太謙。（旦）污耳、污耳。（作彈、吟曰）「煙淡淡兮輕雲，香靄靄[9]兮桂陰，喜長宵兮孤冷，抱玉兔兮自溫。」（生）此〈廣寒遊〉也，正是仙姑所彈。爭奈終朝孤冷，難消遣些兒。（旦）相公，你聽我道：

【朝元歌】長清短清，那管人離恨。雲心水心，有甚閒愁悶。一度春來，一番花褪，怎生上我眉痕，雲掩柴門，鐘兒磬兒枕上聽；柏子[10]坐中焚，梅花帳[11]絕塵。果然是冰清玉潤。長長短短，有誰評論？

---

[3]. 金猊：獅形的銅製香爐。
[4]. 溶溶：盛多的樣子。
[5]. 簾櫳：竹簾與窗牖，或窗牖上的竹簾。
[6]. 嘹嚦：原指鴻雁或鶴的鳴聲，此指琴聲哀怨動人。
[7]. 岑寂：寂靜。
[8]. 雊：《又ヽ，雉雞叫。《詩經・小雅・小弁》：「雉之朝雊，尚求其雌。」潘彈此曲意在求愛。
[9]. 靄靄：聚集的樣子。
[10]. 柏子：香名。
[11]. 梅花帳：用梅花紙製成的帳子。

怕誰評論！

【前腔】（生）更深漏深，獨坐誰相問？琴聲怨聲，兩下無憑準。翡翠衾聞，芙蓉月印，三星照人如有心。露冷霜凝，衾兒枕兒誰共溫？（旦怒科）先生出言太狂，屢屢譏訕。莫非春心飄蕩，塵念[12]頓起。我就對你姑姑說來，看你如何分解[13]！（作背立科，生）小生信口相嘲，言出顛倒，伏乞[14]海涵。（作跪，旦扶起科。生）巫峽恨雲深，桃源羞自尋。你是慈悲方寸，望恕卻少年心性，少年心性。小生就此告辭，肯把心腸鐵樣堅，（旦作背語科）豈無春意戀塵凡。（生）今朝兩下輕離別，一夜相思枕上看。（生作不科。旦）潘相公，花陰[15]深處，仔細行走。（生回科）借一燈行如何？（旦急關門科。生）陳姑十分有情，不免躲在此間，聽他裡面說些什麼，便知分曉。（旦）潘郎，潘郎！

【前腔】你是個天生後生，曾占風流性。無情有情，只看你笑臉兒來相問。我也心裡聰明，臉兒假狠。口兒裡裝做硬，待要應承，這羞慚、怎應他那一聲。我見了他假惺惺，別了他常掛心。我看這些花陰月影，淒淒冷冷；照他孤另[16]，照奴孤另。

夜深人靜，不免抱琴進去安宿則個。此情空滿懷，未許人知道。明月照孤幃，淚落知多少。（下。生）小生在此聽了半晌，雖是不甚明白。

【前腔】我想他一聲兩聲，句句含愁恨；我看他人情道情，多是塵凡[17]性。妙常，你一曲琴聲，淒清風韻，怎教你斷送青春？那更玉軟香溫，情兒意兒那些兒不動人。他獨自理瑤琴，我獨立得蒼苔冷。分明是西廂行徑。老天，老天！（作揖科）早成就少年秦晉，少年秦晉！

閒庭看明月，有話和誰說？

　　　　　榴花解相思，瓣瓣飛紅血。

---

[12]. 塵念：雜念。
[13]. 分解：解說。
[14]. 伏乞：請求。
[15]. 花陰：花叢的濃蔭。
[16]. 孤另：孤單。
[17]. 塵凡：俗世。

玉簪記

【第二十三齣】追別

【水紅花】（老旦生丑上）天空雲淡蓼風[18]寒，透衣單。江聲悽慘，晚潮時帶夕陽還。淚珠彈，離愁千萬。（生背）欲待將言遮掩，怎禁他惡狠狠話兒剗[19]，只得赴江關也囉。

（老）落木靜秋色，殘暉浮暮雲。（生）不知人別後，多少事關心。（丑）已到關口，梢水[20]看船。（淨梢水上）船在此。（丑）我相公上京赴試，叫你船到臨安，賞你一兩銀子作船錢。（淨）就去就去。（老）就此開船，休得轉來。我在閱江樓施主人家看你，明日纔回。（生）謹依姑娘嚴命。葉落眼中淚，風催江上船。（老）明年春得意，早報錦雲箋[21]。（生丑下，老立高處望）

【前腔】（旦上）霎時間雲雨暗巫山，悶無言。不茶不飯，滿口兒何處訴愁煩。隔江關，怕他心淡，顧不得腳兒勤趕。（作驚介）呀！前面樓上，好似我觀主模樣，又早是我先看見他。若還撞見好羞慚，且躲在人家竹院也囉。（下）

（老）姪兒已去遠，不免回觀去罷！從今割斷藕絲長，免繫鶤鵬飛不去。（下，旦上哭介）潘郎潘郎，君去也，我來遲，兩下相思只自知。心呆意似癡，行不動，瘦腰肢，且將心事托舟師。見他強似寄封書。梢水那裡。（小淨上）聽得誰人叫。梢水就來到，到那裡去的？（旦）我要買你一隻小船，趕着前面會試的相公，寄封家書到臨安去，船錢重謝。（小淨）風大去不得。（旦）不要推辭，趁早開船趕上，寧可多送你些船錢。（小淨）這等下船下船。（吳歌）風打船頭雨欲來，滿天雪浪那行教我把船開，白雲陣陣催黃葉，惟有江上芙蓉獨自開。

【紅衲襖】（旦）奴好似江上芙蓉獨自開，只落得冷淒淒飄泊輕盈

---

[18]. 蓼風：秋風。
[19]. 話兒剗：刻薄嘲諷的話語。剗：ㄔㄢˇ，砍斷。
[20]. 梢水：船夫、船婦。
[21]. 錦雲箋：精美的信紙，此指為好的消息。

態。恨當初與他曾結鴛鴦帶，到如今怎生分開鸞鳳釵。別時節羞答答，怕人瞧頭怎抬。到如今悶昏昏獨自個躭着害。愛殺我一對對鴛鴦波上也，羞殺我哭啼啼今宵獨自捱。

（同下生淨丑上淨吳歌）滿天風舞葉聲乾，遠浦林疎日影寒。個些江聲是南來北往流不盡的相思淚，只為那別時容易見時難。

【前腔】（生）我只為別時容易見時難，你看那碧澄澄斷送行人江上晚。昨宵呵！醉醺醺歡會知多少？今日裡愁脈脈離情有萬千。莫不是錦堂歡緣分淺，莫不是藍橋[22]滿時運慳[23]，傷心怕向篷窗[24]見也，堆積相思兩岸山。

【僥僥令】（旦小淨上）忙追趕去人船，見風裡正開帆。（小淨）會試的潘相公，會試的潘相公。（生）忽聽得人呼聲聲近，住蘭橈[25]，定眼看，是何人？且上前。

（旦）是奴家。（對哭介）

【哭相思】（生）半日裡將伊不見，淚珠兒溼染紅衫。

（旦）事無端，恨無端，平白地風波拆錦鴛，羞將淚眼對人前。（生）那其間，到其間，我那姑娘呵！惡話兒將人緊緊攔，狠心直送我到江關。（旦）早辰叫我們送你上京，聽得一聲，好不驚死人也！不知何人走漏消息？敢是你的口兒不緊，以致如此？（生）小生肯對著何人說來！平地風波，痛腸難盡。（旦）別時節，眾人面前，有話難提，有情難盡。因此上趕來送你，只是我心中千言萬語，一時難盡。（生）多謝厚情，感銘肺腑。早辰眾姑姑在前，不得一言相別，方抱痛傷。今得見你，如獲珍寶。我與你同行一程如何？（旦）甚好。

---

[22] 藍橋：橋名，位在陝西省藍田縣，相傳為唐人裴航遇上仙女雲英之處，後常指男女幽會之地。
[23] 時運慳：命運乖舛。慳：ㄑㄧㄢ，吝嗇、氣度狹窄。
[24] 篷窗：船窗。
[25] 蘭橈：指小舟。

玉簪記

【小桃紅】秋江一望淚潸潸，怕向那孤篷看也。這別離中生出一種苦難言。自拆散在霎時間。心兒上，眼兒邊，血兒流。把我的香肌減也。恨殺那野水平川[26]，生隔斷銀河水，斷送我春老啼鵑。

【下山虎】（生）黃昏月下，意惹情牽。纔照得雙鸞鏡[27]，又早買別離船，哭得我兩岸楓林都做了相思淚斑，打疊淒涼今夜眠。喜見我的多情面，花謝重開月再圓。又怕你難留戀，好一似夢裡相逢，教我愁怎言？

【醉遲歸】（旦）意兒中無別見，忙來不為貪歡戀。只怕你新舊相看心變，追歡別院，怕不想舊有姻緣。那其間拚個死口含冤，到癸靈廟訴出燈前，和你雙雙發願。（生）想着你初相見，心甜意甜。想着你乍別時，山前水前。我怎敢轉眼負盟言？我怎敢忘卻些兒燈邊枕邊？只愁你形單影單，只愁你衾寒枕寒。哭得我哽咽喉乾，一似秋風斷猿。

（旦）奴別君家，自當離卻空門，洗心[28]待君。君家休得忘了奴，有碧玉鸞簪一枝，原是奴家簪冠之物，送君為加冠之兆，伏乞笑納，聊表別情。（生）多謝多謝！我有白玉鴛鴦扇墜一枚，原是我家君所賜，今日贈君，期為雙鴛之兆。

【憶多嬌】兩意堅，月正圓，執手叮嚀苦掛牽。我與你同上臨安如何？（旦）我豈不欲？恐人嚷開是非？反害後邊大事。欲共你同行難上難，早寄鸞箋[29]，早寄鸞箋，免得我心腸挂牽。也罷！就此拜別。

【哭相思】夕陽古道催行晚，聽江聲淚染心寒。要知郎眼赤[30]，只在望中看。（生拜別介下旦）重竚望[31]，更盤桓[32]，千愁萬恨別離間。只

---

[26]. 平川：寬闊平坦之地。
[27]. 鸞鏡：妝鏡。
[28]. 洗心：洗滌心胸，喻去除雜念。
[29]. 鸞箋：彩色箋紙，指信件。
[30]. 眼赤：眼紅流淚。
[31]. 重竚望：一次又一次的佇立凝視；竚：ㄓㄨˋ。

教我青燈夜冷香消鴨[33]，暮雨西風泣斷猿。（下）

作品賞析

　　《玉簪記》原是取材於《古今女史》，內容敘述陳嬌蓮（亦即法號妙常之女道士）和應試不第躲在觀內不願回鄉的潘必正，在一次偶然以琴相會後，因而相識相戀的愛情故事。本劇被喻為中國十大古典喜劇之一，其抒情手法相當細膩雅緻，雖無用一詰屈聱牙的難字，卻帶出一部簡明深遠的大作。高濂除了繼承前人的積極思維，拋棄了才女佳人的陳舊調譜外，更透過「道士」的特殊身份作為阻隔兩人愛情的分界線，進而描繪一齣勇敢大膽的追求自我愛情的喜劇。

　　全劇共三十三齣，本篇節選兩齣。第十六齣〈琴挑〉為劇中關鍵，寫兩人相逢的情節，心中情思的起伏波瀾，透過互動細緻地表達。第二十三齣〈追別〉寫潘必正提早赴試，陳嬌蓮趕至江邊，僱一扁舟與其送別。兩人千言萬語，以玉簪及鴛鴦扇墜互贈，灑淚而別，離情依依。

　　通篇讀來情景交融，極富詩意，〈琴挑〉、〈追別〉二齣，也被各種地方戲作為保留劇目，延承至今仍受世人喜愛。

問題討論

　　一、《玉簪記》故事取材自何處？

　　二、〈琴挑〉中主角二人互彈琴曲為何，有何用意？此段中兩人內心情感如何？

　　三、〈追別〉一齣與《西廂記‧長亭》同異之處何在？

　　四、《玉簪記》表達了怎樣的愛情觀？

---

[32] 盤桓：徘徊不去。
[33] 香消鴨：女子閨房中的鴨形香爐，形狀各異。

第四章、清代時期

清代時期有：雜劇選與南戲傳奇選兩大類，茲賞析如下：

第一節、雜劇選

《題園壁》

內容導讀

《題園壁》取材自周密《癸辛雜識》及蔣一葵《堯山堂外紀》所述陸游於沈園壁上題【釵頭鳳】詞之事，全劇一折。陸游為南宋著名詩人，原與表妹唐琬結婚，兩人感情甚篤，無奈陸母不喜歡唐氏，迫使夫妻離散，唐琬改嫁趙士程，陸游亦另再娶。陸游離婚後非常傷痛，遊經春光浪漫的沈園時，竟遇見隨夫同遊的唐琬夫婦，唐琬認出陸游，為免尷尬遂命僕人送酒餚給陸游，舊情不再，人事已非，陸游心中無限感慨，飲下數杯後，在園壁上書寫一闋〈釵頭鳳〉詞，道盡無窮的相思與悔恨後傷心離去，後唐琬前往觀看，亦不勝唏噓。

作者介紹

桂馥（1736年～1805年），字冬卉，號未谷、雩門，山東曲阜人。出生於書香世家，精通小學與金石學，曾言：「士不通經，不足致用；而訓詁不明，不足以通經。」著有《說文解字義證》、《札樸》等，被譽為「清代說文四大家」之一。雜劇《放楊枝》、《題園壁》、《謁帥府》、《投溷中》四種，合稱為《後四聲猿》，乃仿徐渭《四聲猿》之體制而成，分別演出白居易、陸游、蘇軾、李賀的故事，清人王定柱於序中云：「先生才如長吉，望如東坡，齒髮衰白如香山，落落不自得，乃取三君軼事，引宮按節，吐臆抒感，與青藤爭霸風雅。獨《題園壁》一折，意於戚串交遊間，當有所感，而先生曰無之，要其為猿聲一也。」可見桂馥用意是藉古人風雅韻事，以抒發個人情懷。

課文說明

　　【本文】（生便服扮陸放翁隨人上）一匹西川錦，裁成萊子衣。板輿[1]奉家宴，養拙報春暉。（坐介）小生陸游表字務觀，浙江山陰人也。堂前養母，窗下讀書，娶妻唐氏，失歡於姑[2]，遣還其家，謹承母意。如今庭幃[3]大安，歲月多暇，春物駘宕[4]，正好閒遊。小廝攜帶筆硯，隨我走走。（丑負篋隨行介）

　　【光光乍】天氣正晴嘉，和風拂面斜。芳郊繡陌春無價，煙籠竹樹高僧舍。

　　那前面是禹跡寺，且往一遊。（下）（小生扮趙士程，雜扮家童隨上坐介）俺趙士程，系屬宗室家，在會稽不幸悼亡，續婚唐氏，天賜嘉偶，才貌雙絕。只是他獨坐顰眉[5]，時常憶念前夫。今日天色和靄，不免同他遊春消遣[6]。則個童兒請夫人出來。（雜向內喚介，丫鬟有請夫人，旦扮唐氏，小旦扮使女扶上）（旦）愁解同心結，慵梳墮馬妝[7]。（見生坐介）（生）好花大放，春色撩人，欲請娘子攜榼[8]同遊。（旦）如此甚好，（生）家童伺候鞍馬，攜帶酒肴到沈家園裡去。（同行介）

　　【掛真兒】（生）整頓金羈齊並駕，向沈家園裡看花。連理茵鞯[9]，合歡杯盞，都安放海棠花下。（暫下）

---

1. 板輿：古代木製的交通工具，後借指居官在位者迎養父母。
2. 失歡於姑：失去婆婆的歡心；失歡：失去他人的歡心；姑：婆婆，指陸母。
3. 庭幃：佈置於庭院的布幔，喻指門庭家內。
4. 駘宕：同駘蕩，指景色舒放的樣子；駘：ㄉㄞˋ。
5. 顰眉：皺著眉頭；顰：ㄆㄧㄣˊ。
6. 消遣：排解愁悶。
7. 墮馬妝：墮馬髻為一種古代婦女梳的髮髻，髮髻鬆垂，偏側一邊，此處意指女子的妝扮。
8. 攜榼：攜帶酒器；榼：ㄎㄜˋ，古代的一種盛酒器。
9. 茵鞯：指車中的褥席；茵：車上的坐墊；鞯：ㄐㄧㄢ，馬鞍下的墊褥。

第四章、清代時期--題園壁

（副淨蒼髯扮園丁上）花間路熟，竹外風清，逍遙自在，讓俺園丁。在下沈家園裡一個老園丁的便是，花開春暖，遊客甚多，已曾灑掃亭臺，安排茶灶，看有何人到來。（生旦上）（生）徑窄才容馬，（旦）牆低不礙樓。（生）來此已是園門，便可進去遊玩。（同旦下馬進園，園丁接待介）原來是趙爺，請坐獻茶。（生遊望介）好個園林，十分春色被他占了七分。（旦）且過小橋，兀那花陰深處，命酒傳杯。（同行介）

【亭前柳】（生）且把小橋過，更上小陂陀[10]，垂垂池畔柳，茸茸[11]路隅莎，女蘿[12]不放松梢脫。（合）一架荼蘼[13]還帶雨，恁婆娑婆娑。

（同坐讓酒對飲介）（生上）轉過三摩地，來登八詠樓。這沈氏小園結構大雅[14]，進去一遊，解散心懷。（進園望介）哪早有遊客攜眷[15]在彼，俺且在這亭子上少坐片時[16]。（坐，園丁獻茶飲茶介）（旦認生向小生問介）那亭子上客人可曾相識。（小生）不認得。（旦掩淚介）這就是前夫陸郎了。（小生望介）果然名士風流，可邀來同坐。（旦）旁觀不雅[17]，這酒品尚多，何不遣人分送。（小生）有趣，家童分些肴酒送與亭子上客官去。就說俺同夫人送的，他若問俺，你就道俺姓名並夫人姓氏。他有甚說話，牢記回報。（雜應送酒介）家爺同夫人送爺肴酒。（生驚訝問介）你家爺是哪個？（雜）是宗室趙爺名喚士程。（生）夫人呢？（雜）唐氏。（生呆介）哦，俺明白了。

---

[10]. 小陂陀：不平的斜山坡；陂陀：不平坦、不順利。
[11]. 茸茸：柔密叢生的樣子。
[12]. 女蘿：松蘿的別名；長達數尺，全體呈淡黃綠色，常攀附於其他植物上生長，自樹梢懸垂。
[13]. 荼蘼：植物名，落葉小灌木，莖高約四、五尺，葉為羽狀複葉，柄上多刺，在夏初開黃白色重瓣花。
[14]. 大雅：風雅。
[15]. 攜眷：帶領親屬家人。
[16]. 片時：一會兒，指很短暫的時間。
[17]. 不雅：不光彩、有失體面。

【駐雲飛】這是唐氏渾家，（問介）夫人可是再嫁。（雜）是。（生）一些不差，（望介）遠望髻鴉[18]朝霞。我聽得唐氏歸後改適趙，即這就是新配了。好姻緣展轉變作恒河沙[19]，嗏[20]絲斷藕生芽。（揮淚介）教人淚灑。這酒品雖佳，肝腸斷喉難下。

　　管家你去上覆說，吾陸務觀多多感謝。（雜）請爺寬飲幾杯。（生）也好，看大杯來。（雜奉酒，生飲乾放杯介）遭這沒來由，教俺如何遣得過，只好付之一闋[21]，看筆硯來。（丑捧硯，生把筆題壁朗吟介）紅酥手[22]，黃藤酒[23]，滿城春色宮牆柳。東風惡，歡情薄，一懷愁緒，幾年離索[24]，錯、錯、錯。春如舊，人空瘦，淚痕紅浥[25]鮫綃[26]透。桃花落，閒池閣，山盟雖在，錦書[27]難託。莫、莫、莫。（放筆掩淚介）

　　【三學士】人生離合滄桑漢，到如今眼底天涯。一腔百結難通話，權作個絕情郎不睬他。（下）

　　（雜返報介）那客人落了幾點淚，吃了一杯酒，寫了數行字，竟自去了。（旦）試看他寫何言語。（同生看壁介）原來是釵頭鳳[28]詞，好不感痛人也。（掩淚介）

　　【尾聲】舊事無端惹歎嗟，小園裡居然胡越[29]。（小生）娘子且免

---

[18] 髻鴉：形容婦女的鬢髮烏黑；髻：ㄅㄧㄣˋ。
[19] 恒河沙：印度恆河的沙多到不可計數，此用以表示渺小到毫不重要。
[20] 嗏：ㄔㄚ，語氣詞，無義。
[21] 付之一闋：指只能將情感寄託於詞曲中；闋：ㄑㄩㄝˋ，量詞，計算歌、詞、曲的單位。
[22] 紅酥手：形容肌膚柔嫩細緻；酥：柔嫩而光潔的。
[23] 黃藤酒：即黃封酒，以黃帕封口的御賜酒。
[24] 離索：獨自居住、離散。
[25] 浥：ㄧˋ，潤溼、沾溼。
[26] 鮫綃：ㄐㄧㄠ ㄒㄧㄠ，傳說為鮫人所織的絲絹薄紗，此指絲製的手帕或手絹。
[27] 錦書：本指織在錦緞上的文句，後泛指華麗的書信。
[28] 釵頭鳳：詞牌名，陸游因母逼離其妻，後又偶遇，填此詞以誌內心感慨。
[29] 胡越：胡在北、越在南，比喻相隔遙遠。

第四章、清代時期--題園壁

悲啼，天色向晚[30]，同你回去罷。想人生到處無愁便是家。

（生）燕燕雙飛喜並樓　　（旦）故巢已毀又銜泥

（生）春深最愛將雛好　　（旦）王謝堂前舊路迷[31]。

（同下）

作品賞析

《題園壁》一劇內容為描述南宋詩人陸游與表妹唐琬，彼此有緣無份的短暫婚姻與深情愛戀。桂馥曾在《題園壁‧小引》中說道：「古今倫常之際，遇有難處事，此家庭之大不幸也。陸放翁妻不得於其母，能不出之？然阿婆喜怒何常，兒女輩或有吞聲不能自白者耶！後乃相遇沈園，慇嚄題壁而已。於感其事，為成散套，所以弔出婦而傷倫常之變也。」由此段即可明白在封建社會裡，對孝道的唯命是從造成小兒女們精神極大的壓抑苦痛，非外人能論定其是非對錯。

此劇文字雖短，情節卻相當豐富，而且作者描繪的主角形象十分深刻完整，將陸放翁的悔恨摹寫得維妙維肖。透過一闋【釵鳳頭】，寫盡了無限相思及哀痛，令人不禁悵然淚下。

全篇讀來戲劇效果強烈，文字精煉，用語優美流暢。

問題討論

一、作者書寫此劇的用意何在？

二、試賞析〈釵頭鳳〉一詞之意涵。

三、請舉出劇中片段，說明陸游與唐琬相遇的心情如何？若你是唐琬，在認出陸游後，是否會做出送酒餚之舉？

---

[30]. 向晚：傍晚。

[31]. 王謝堂前舊路迷：引用唐劉禹錫〈烏衣巷〉中「舊時王謝堂前燕」之典故，喻人事已非。

中國戲曲卷

《梅龍鎮・第二折》

內容導讀

　　《梅龍鎮》是由《綴白裘》十一集雜劇中的〈戲鳳〉改編成崑劇的作品，共四齣。此劇於第四齣結尾云：「梅龍舊戲新翻改，重把排場擺。〈戲鳳〉唱崑腔，〈封舅〉新時派。那些亂彈班呵，就出了五百錢，這總綱也沒處買！」對照梆子腔的〈戲鳳〉，可知此部乃依據梆子腔所改編，與花部亂彈不同。

　　第二折〈戲鳳〉寫明正德皇帝微服出巡至梅龍鎮，在酒店內見李鳳姐之美貌，遂借酒調戲，鳳姐不堪其擾，欲大聲呼喊，正德將身分實情以告，並封其為妃。

作者介紹

　　唐英（約 1682 年～1756 年），字俊公，號叔子，晚年別署蝸寄居士，遼寧奉天人。曾任江西景德鎮御窯廠的督陶官，在任期間的御瓷製品，無論陶法、造型、彩繪等皆到達頂峰，世稱「唐窯」，是中國歷代瓷器中的珍品，著有《陶冶圖編次》、《窯器肆考》、《陶冶圖說》等作。其人在戲曲、詩畫方面亦有卓越成就，著有雜劇《梅龍鎮》、《麵缸笑》、《十字坡》等與傳奇《轉天心》、《天緣債》等作品共十七種，收入於《古柏堂傳奇》，一名為《燈月閒情》當中。

課文說明

　　【本文】（生白）噯！寡人以萬乘之尊[1]，只因為尋覓娉婷[2]，不顧披風冒雨。今夜青燈旅舍，顧影淒涼，好悶人也。（唱）

　　【新水令】游龍飛下九重天，不是俺把山河看得來忒賤。嬌求金

---

[1] 萬乘之尊：天子。
[2] 娉婷：美女；娉：ㄆㄧㄥ。

梅龍鎮

屋貯[3]，宮闕[4]隔雲煙。回首茫然。撇下了鳳凰城銷受些雞聲茅店[5]。

（白）寡人此刻甚覺饑渴，不免將這響木兒連敲兩下，看他裡面可有酒飯送出來？（小旦鳳姐上）

【步步嬌】兄貪妹稚相依伴，生意把身衣贍[6]。茅檐掛酒帘[7]，慢道是卓氏當壚[8]，酒標門面。（看介）呀！原來是位軍官。看他無語坐燈前，我超趄[9]羞把全身現。（白）軍爺，酒飯在此，請用。（生唱）

【折桂令】呀！猛抬頭瞥見仙顏，全不似粉抹生塗，著色嬋娟[10]。恰稱這荊布[11]天然，幽花異卉，秀色堪餐！（小旦）軍爺請用酒飯。（生）我問你，你是李龍的甚麼人？（小旦）哦，你問我麼？那李龍是我哥哥，我是他妹子。（生）你的名字叫什麼？（小旦）我是沒有名字的。（生）為了個人，豈沒有名字的？（小旦）我名字是有一個，只是不對你講。（生）卻是為何？（小旦）講了恐怕你叫。（生）我不叫就是了。（小旦）我叫李鳳姐。（生）哦！原來你叫李鳳姐。（小旦）軍爺，你說不叫，為何又叫起來？（生）叫一聲何妨？我且問你：你們乃鄉村百姓人家，如何起這種「龍鳳」冠冕的名字？（小旦）有個緣故，我父母夢龍鳳，生我們二人，故此叫這樣名字。人人都說我將來還有皇宮內院的福分，我哥哥還有頂紗帽戴哩！（生）這卻倒也容易，只

---

3. 嬌求金屋貯：借用漢武帝幼時欲建華麗的宮殿給表妹阿嬌居住的典故，喻追求美好女子。
4. 宮闕：指天子所居的宮殿；闕：ㄑㄩㄝˋ，宮門外的望樓。
5. 茅店：簡陋的旅舍。
6. 贍：ㄕㄢˋ，滿足、補救。
7. 酒帘：古代酒店的招牌，用布綴於竿頂，懸在店門前以招攬客人。帘：ㄌㄧㄢˊ。
8. 卓氏當壚：指司馬相如與卓文君在臨邛賣酒，卓文君坐在酒壚前沽酒；壚：ㄌㄨˊ。
9. 超趄：ㄘˋ ㄐㄩ，難行不進的樣子。
10. 嬋娟：美女、美人。
11. 荊布：荊木做成的髮簪和粗布製成的衣裙，即荊布裙的簡稱，喻粗劣的服飾。

看你的造化如何。（小旦）我的造化大多著哩！（生）我且問你，你是個女兒家，為何出來待客？（小旦）我們兄妹為依，哥哥今夜支更，故此奴家出來的。（生）原來為此。（唱）原來是為謀生妹依兄畔，埋沒了海棠姿帶雨含煙。堪愛堪憐！（背介）若能夠玉倚香偎，不枉了跋涉山川。

　　（小旦）軍爺，你要出酒飯來，為何不喫，只管自言自語看我怎的？你也是個人，我也是個人，有甚麼好看？（生）不知什麼緣故，為軍的只愛看你。（小旦近生介）哦！你既愛看，待我近前來，請看，請看！（生）妙嗄，看夠了！就這等看看何妨？（小旦）我把你這沒見時面的馬頭軍！（生）不是看你。你哥哥既不在家，你就是店主人了。我要問你話，須有稱呼纔好。也罷！就稱呼你「鳳姐」罷！（小旦）這是我的乳名[12]兒。從前說過不叫，怎麼又叫起來了？再叫，我就要惱了。（生）如此，叫什麼好？（小旦）叫大姐。（生背介）他那裡當得起「大姐」兩字！也罷，叫你「酒大姐」罷！嗄！酒大姐。（小旦）怎麼說？（生）客人到你家來，還是一樣管待[13]，還是要分個等第？（小旦）有上、中、下三等。（生）那上等的價銀多少？管待的什麼人？（小旦）上等麼，一兩不多，八錢不少，是接待官長的。（生）中等呢？（小旦）中等麼，四錢不少，五錢不多，是管待來往客商的。（生）下等呢？（小旦）下等麼，三錢也可，二錢也可，就是接待你們這些戶長、馬頭軍的。（生）你這擺的是何等酒飯？（小旦）我在裡面，不知是你這一等人，擺出上等酒飯來了。待我拿去，換下等的來罷。（生）不要換，我偏要用這上等的酒飯。怎麼？為軍的只消受得這樣下等酒飯？（小旦）你們這樣人，喫下等酒飯也算夠得狠了！還有那等窮軍漢，喫豆雜麵[14]合餎[15]的不知多少！你喫這樣上等酒飯，貴呀！你不要心疼錢鈔。（生）在你分上，我不心疼錢鈔的。（小旦）啐！（生）還要問你：

---

[12]. 乳名：兒時的名字。
[13]. 管待：招待、款待。
[14]. 豆雜麵：以豆麥粉屑作成的細麵條。
[15]. 餎：ㄌㄜˋ。

梅龍鎮

你們大同地方，客商往來甚多，我常聽見人說，你們山西酒店中常有那「裙拖六幅湘江水，髻挽巫山一段雲」，今日為何不叫來陪奉我？（小旦）噯呀！軍爺，你說的這兩樣，都是用不得的。（生）怎麼說？（小旦）軍爺，你說的「香漿水」、「魚帶鱗」，那漿水，我們這裡燒紙祭死鬼纔用他；那魚，去了鱗纔喫得，魚帶鱗是喫不得的。（生）我說的不是喫的東西，是那些勸酒陪宿的妓女。（小旦）哦，這個麼？那衝要馬頭上纔有，近來也被官府禁了。就是我這裡有這種人，如今半夜三更，我又是個女孩兒家，叫我如何去叫他？（生）我且問你，這種人為什麼禁他？（小旦）客官有所不知。（唱）

【江兒水】告示通衢[16]掛，還有公差執票簽，惡狠狠[17]搜捕通商店。官妓私娼往他方撚[18]，免教客旅把煙花[19]戀。那些浪蝶狂蜂[20]已散，勸伊行本分安眠，莫起那風流妄念[21]。

（生白）既然沒有，就煩你親手敬我一杯酒，何如？（小旦）啊，軍爺，此言差矣！我們乃開店之家，賣酒賣飯，並不賣手，怎麼叫我親手敬起酒來？況我是好人家女兒，你如何放出這樣屁來？（生）好人家，好人家，鬢邊斜插海棠花。開向春風逢採折，上林苑[22]裡種根芽。（生取旦花戴鬢上介）（小旦）哎呵！你好無禮！這樣動手動腳，我就要罵了嗄！（生）不要罵。你好好來與我敬上一盃酒，難道我肯白勞動你麼？（出元寶介）諾，我有元寶一個在此，就送與你作謝禮。（小旦背介）（且住。這是個獃瓜[23]傻子，我不免誆[24]他這一個元寶過來。）

---

[16]. 通衢：四通八達的道路。
[17]. 惡狠狠：非常凶惡的樣子。
[18]. 撚：ㄋㄧㄢˇ，驅逐、驅趕。
[19]. 煙花：稱娼妓。
[20]. 浪蝶狂蜂：比喻輕浮放蕩的男子。
[21]. 妄念：不正當的想法、念頭。
[22]. 上林苑：秦時舊苑，漢武帝收為宮苑，供皇帝射獵，並擴建離宮等數十處。苑：ㄩㄢˋ。
[23]. 獃瓜：罵人的話，即傻瓜；獃：ㄉㄞ。
[24]. 誆：ㄎㄨㄤ，欺騙、哄騙。

你拿來呢呀！（生）敬了我酒，纔給你。（小旦）給了我，再敬酒。（生）我不怕你拿了去。（小旦）放在桌兒上。（生）為何放在桌上，不在我手裡來取？（小旦）男女授受不親。（生）好個伶俐乖巧的丫頭！拿去！快斟酒來。（小旦背介）（我再哄他一哄。）嘎！軍爺，你可曾見我們大同的蒼蠅包網巾[25]麼？（生）不曾見。（小旦）你可曾見過我家的蚊子穿靴兒麼？（生）我初到這裡，也不曾見。（小旦斟酒介）諾，那不是？（生回身看介）在那裡？（小旦）酒在此，請用。（生潑酒地下介）這樣敬法，一千盃也當不得！（小旦）你要怎麼樣個敬法？（生唱）

　　【雁兒落帶得勝令】我要你雙手兒把酒盞傳，還要你笑轉過桃花面。須則是意殷勤[26]語話甜，還要你俏聲兒低低勸。呀！這纔算慣招商的禮數全，怎容你露尾藏頭[27]巧賣奸！又道是「人無笑臉休開店」，你若是坐喬衙悔後難。胡顏[28]，整元寶無福賺。（白）你可把元寶還我，等你哥哥回來，看你這妮子怎樣回答他？（生唱）那時你何言？準備著嫩皮膚斗大拳，嫩皮膚斗大拳！

　　（白）快把元寶還我，讓我到別家去。（小旦）我就還你。（生）你還我不打緊，你哥哥回來，看見酒飯用殘了，客人又去了，豈不打你罵你？（小旦背介）且住，他說的倒是。我哥哥回來，見酒飯都用殘了，他又去了，沒有銀錢留下，豈不要打我罵我？（生）咳！你這丫頭，這樣做作！我一個元寶買不得你手中一盃酒？你的手這般貴重，難道你是個千金小姐麼？（小旦）軍爺，你自己說話對出自己的謊來了。（生）卻是為何？（小旦）你方纔說，「小」姐還是千金，難道我這「大」姐值不得萬金麼？（生）你這丫頭胡說！「小姐」是大戶人家的貴人，你這「大姐」乃是小戶人家的賤女，如何比得？（小旦）比得比不得，也不關你事。只說我這個賤女，難道比你這馬頭軍還賤麼？（生）總說了罷！你既不肯敬酒，快快還我的元寶，我往別

---

[25]. 網巾：以絲結成用來包裹頭髮的網狀頭巾。
[26]. 殷勤：懇切、周到。
[27]. 露尾藏頭：形容言多隱諱，舉止畏縮的樣子。
[28]. 胡顏：有何面目；胡：何故、為何。

梅龍鎮

家去,不在你家了。(小旦背介)(咳,他是這樣歪纏[29]!此時已是更深夜靜,又無人看見。罷罷罷!待我與這涎臉[30]東西斟上一盃酒罷!)(對生介)我看你喫了這酒,就做了皇帝了!(生)倒也差不多。(小旦唱)

【僥僥令】我尋思真靦腆[31],俛首[32]窘[33]無心言。只得忍氣吞聲低聲勸,休錯認作柔情在盃斝[34]傳。

(生抓小旦手介)(小旦)軍爺,你好不老成[35]!我好意敬你酒,怎麼將我的手心狠抓一下?(生)是我指甲長了,無心抓了一下,這有何妨?也罷!待我伸手與你多抓幾下,奉還罷了。(小旦欲抓又止介)啐,倒便益[36]了你!誰去抓你!(小旦作抹桌擰手巾,白)我也不和你一般見識。我把盃盤收拾進去了。(生)我也隨你進去。(走介)(小旦)你看,我哥哥來了!(生)在那裡?(小旦閉門下)(生)呀!你看,好一個標緻[37]伶俐女子!寡人實是放他不下。顧不得體統,今晚定要下些功夫,弄他到手便了。他已進去,不免再把響木敲起來。(小旦上)又要什麼?(生)此刻夜深了,也該安置,我要睡了。(小旦拿燈引介)你要睡麼?到這房裡來。(生)此處有風,我要到你房中去睡。(小旦)這軍爺好無禮!你是男,我是女,怎麼要到我房中去睡?(生)酒大姐有所不知,為軍的獨自一個睡不慣的。(小旦)啐!你睡不慣與我什麼相干?我回房去了,那個來理你!(生)我偏要你理,還要隨你去睡。(小旦)呀,這個人瘋了,待我跑罷!(小旦跑介)(生追介,唱)

【收江南】呀!這的是前生夙世[38]結奇緣,隔山河線暗牽。忍教我

---

[29]. 歪纏:無理糾纏。
[30]. 涎臉:ㄒㄧㄢˊ ˙ㄌㄧㄢ,厚顏賴皮,惹人厭煩的態度。
[31]. 靦腆:ㄇㄧㄢˇ ㄊㄧㄢˇ,心中羞澀,難為情而表現於顏面。
[32]. 俛首:低頭。俛:ㄈㄨˇ。
[33]. 窘:ㄐㄩㄥˇ,困頓的、為難的。
[34]. 斝:ㄐㄧㄚˇ,古代酒器,借指酒盃。
[35]. 老成:練達穩重、謹守規矩。
[36]. 便益:方便、便利。
[37]. 標緻:形容女子丰姿美麗,出眾動人。
[38]. 夙世:前世;夙:ㄙㄨˋ。

籠燈[39]孤枕耐獨眠？緊跟隨丟丟窄窄小金蓮[40]。你惶惶[41]向前，我忙忙向前。（小旦閉門介）（生唱）不怕你香閨深鎖奈何天！

（小旦用椅頂門介）（生白）你把門兒閉上，難道我打不進去？（生打門進，坐介）（小旦）那裡有投宿的客人半夜三更擅入人家臥房之理！我要喊起四鄰，將你捉拿，明日送到當官，看你如何分解？（生背介）（倒是這丫頭說得利害。若果然喊起四鄰，明日送到當官，雖然無人敢問寡人的罪犯，傳之天下成何體統！也罷！不免與他實說了。他若順從，倒是他的造化；若不依從，再作道理。）嘎！鳳姐，你道我是什麼人？（小旦）你呀，不過是個不長進的馬頭軍罷了！（生）我實對你說了罷，我乃當今正德皇帝是也。因慕你大同的風景人物，特來私行探訪的。（小旦）喲！又說謊話了。當今皇帝不在那三宮六院之中受用，卻走到我們這梅龍鎮來鑽狗洞，調戲良人家女子？況且既是皇帝，必有隨身寶物。你今有何寶物為憑？（生掀衣介，白）你看我這裡邊衣上的蟒龍。（小旦）那蟒龍衣服，外邊官員老爺們逢節令也有穿的，算不得寶物！（生）好個伶俐丫頭！來，我再把件東西與你看。（取珠，內彩火介）（小旦驚看，白）這是什麼寶物？（生）這是夜明珠，可以算得是寡人隨身的寶物了？（小旦作驚，跪介，唱）呀！

【園林好】見明珠光如火燀[42]，拜君王把村娃來可憐，望赦卻彌天罪典[43]。頻叩首在君前，頻叩首在君前。

（生白）赦卿無罪。看你玉貌娉婷，性情端正。寡人私行[44]游戲，得爾麗人，就封為游戲宮掌院。（小旦）萬歲！萬萬歲！（生唱）

【沽美酒】漫含羞且向前，漫含羞且向前。愛卿卿冰玉堅。你萬阻千推要遠嫌，不是那路柳風綿。雖則是生長村田，羞殺那粉搓[45]朱茜。

---

[39]. 籠燈：外罩有竹籠的燈火；籠：ㄍㄨˇ。
[40]. 金蓮：形容婦女的纖細小腳或步態輕盈。
[41]. 惶惶：匆促急迫的樣子。
[42]. 燀：ㄔㄢˇ，燃燒。
[43]. 彌天罪典：所犯的罪，與天一樣的大，喻極大的罪過。
[44]. 私行：微服出巡。
[45]. 粉搓：臉頰嬌嫩。

梅龍鎮

脫卻了荊釵粗繭，消受些綉襦金鈿[46]。俺呵！恰與你前緣後緣，今宵野緣。呀！準備著擁香車戲游春院。

【尾聲】（旦）村姑雖有宜家願，夢不到九重[47]恩眷。（生）今夜裡鳳舞龍盤野洞天。（下）

作品賞析

《梅龍鎮》相傳為乾隆下江南所發生的一小段逸事，但在此篇中皇帝主角改成了正德，避開不必要的誤會牽連。雖然此劇當中呈現出一股荒唐腐朽的陳舊思維，但在唱詞上卻鋪顯得十分婉轉悠揚，自然流暢，令此齣戲增艷不少。

本篇節選自第二折〈戲鳳〉，內容為講述皇帝驚艷於李鳳姐的美貌與民間姑娘的活潑無拘，欲借酒調戲，鳳姐雖抗拒卻也顯得欲拒還迎，然在明白其尊貴身分後，終以喜劇收場。在本折當中只出現生與小旦，但兩人的情意與心態卻透過生動逗趣的對話當中表露無遺。

全劇讀來活潑自然，在男女的一言一語中，嗅得了愛情萌芽的青澀，雖然在文中添加了些許情色場面，卻更添加《梅龍鎮》一劇的趣味性，令觀者也不禁隨著劇情啞然失笑。

問題討論

一、在〈戲鳳〉一折戲中，酒店女主人李鳳姐對不知是皇帝身分的男客人的調戲糾纏，她的應對進退、想法與回應動作是否妥適？

二、承上題，李鳳姐的那幾段回話表現出她的伶俐機智，逗得正德皇帝心癢癢的，更想追她到手？

三、本齣戲最後以喜劇收場，皇帝封李鳳姐為妃。李被封為宮妃事，作者早在〈戲鳳〉一折戲文中埋下伏筆，請指出是哪一段、哪一句話？

---

[46].金鈿：鑲金花的頭飾；鈿：ㄉㄧㄢˋ。
[47].九重：喻帝王居住的地方，此指皇帝。

第二節、南戲傳奇選

《長生殿・第二十四、三十八齣》

內容導讀

《長生殿》是搬演唐明皇與楊貴妃的故事，全劇共五十齣。早期傳統手法皆以描寫宮廷穢事及女色禍國為主，洪昇依原劇加以改造，充實了明皇與貴妃至死不渝的愛情，增加了社會和政治的內容，道出貴妃百轉千迴的情感，寫出貴妃為愛犧牲的果決，雖譴責明皇之享樂豪奢，也對兩人寄予同情，最後兩人跨越生死，雙宿雙飛，楊貴妃故事發展至此，已達成熟完美的境界。

第二十四齣〈驚變〉，寫明皇與貴妃兩人在花園中飲酒作樂，貴妃載歌載舞，按版為明皇歌唱李白所寫的〈清平詞〉。貴妃醉酒回宮休息，劇情急轉直下，安祿山造反之事傳來，明皇倉促下令避蜀。第三十八齣〈彈詞〉寫宮廷樂工李龜年經安史之亂後，流落江南以賣唱維生，李龜年在鷲峰寺彈唱明皇因寵溺貴妃，怠忽政事引起賊亂之往事，【九轉貨郎兒】一曲全為彈唱，將家國興亡之慨與滿腔幽怨之愁皆寄託於此。

作者介紹

洪昇（1645年～1704年），字昉思，號稗畦、稗村，浙江錢塘人。善寫詩詞散曲，工於樂府長短句，自散套、雜劇至傳奇，每每用來作為京師往來歌詠酬贈的工具。妻子黃蕙亦精於音律，對其戲劇創作有推波助瀾的功效。作品《長生殿》脫稿後，紅遍當時社會，與另一位著名戲曲家孔尚任齊名，人稱「南洪北孔」。著有詩集《稗畦》正續集與詞集《昉思詞》，雜劇《四嬋娟》一種，傳奇《沉香亭》、《長生殿》、《迴文錦》等七種，另有《天涯淚》、《青衫濕》不知劇種，今存《稗畦》正續集與《長生殿》。

長生殿

課文說明

【第二十四齣】驚變

【本文】（丑上）玉樓[1]天半起笙歌，風送宮嬪笑語和。月殿影開聞夜漏[2]，水晶簾捲近秋河[3]。咱家高力士，奉萬歲爺之命，著咱在御花園中安排小宴，要與貴妃娘娘同來遊賞，只得在此伺候。（生、旦乘輦[4]，老旦、貼隨後，二內侍引，行上）

【北中呂‧粉蝶兒】天淡雲閒，列長空數行新雁。御園中秋色斕斑，柳添黃，蘋減綠，紅蓮脫瓣。一抹雕闌，噴清香桂花初綻[5]。

（到介）（丑）請萬歲爺娘娘下輦。（生、旦下輦介）（丑同內侍暗下）（生）妃子，朕與你散步一回者。（旦）陛下請。（生攜旦手介）（旦）

【南泣顏回】攜手向花間，暫把幽懷同散。涼生亭下，風荷映水翩翻[6]。愛桐陰靜悄，碧沉沉並繞迴廊看。戀香巢秋燕依人，睡銀塘鴛鴦蘸眼[7]。

（生）高力士，將酒過來，朕與娘娘小飲數杯。（丑）宴已排在亭上，請萬歲爺娘娘上宴。（旦作把盞，生止住介）妃子坐了。

【北石榴花】不勞你玉纖纖高捧禮儀煩，只待借小飲對眉山[8]。俺

---

[1]. 玉樓：樓閣的美稱。
[2]. 夜漏：古代以銅壺滴漏計算時間，故稱夜間的時刻為「夜漏」。
[3]. 秋河：天上的銀河。
[4]. 輦：ㄋㄧㄢˇ，古代皇帝的坐車。
[5]. 天淡雲閒全曲：此曲沿襲《梧桐雨》第二折【粉蝶兒】再加以改字，可見作者遣字用句的能力精湛，如「新雁」明顯表現時令，「秋色斕斑」是對景色燦爛的讚賞，「蘋」避免了與蓮字意義的重疊，「桂花初綻」亦有清香四溢的豐富聯想。
[6]. 翩翻：上下飛動的樣子。
[7]. 蘸眼：形容鴛鴦熟睡到眼睛沾入水中；蘸：ㄓㄢˋ，把東西沾上液體或黏附其他物質。
[8]. 玉纖兩句：引舉案齊眉的典故；玉纖纖：美人的手指。眉山：古人常以青色畫眉，色與遠山相似，故稱「眉山」。

與你淺斟低唱[9]互更番，三杯兩盞，遣興消閒。妃子，今日雖是小宴，倒也清雅。迴避了御廚中，迴避了御廚中，烹龍炰鳳堆盤案[10]，咿咿啞啞[11]，樂聲催趲[12]。只幾味脆生生，只幾味脆生生蔬和果清肴饌[13]，雅稱[14]你仙肌玉骨美人餐。

妃子，朕與你清遊小飲，那些梨園舊曲，都不耐煩聽他。記得那年在沉香亭上賞牡丹，召翰林李白草《清平調》三章，令李龜年[15]度成新譜，其詞甚佳。不知妃子還記得麼？（旦）妾還記得。（生）妃子可為朕歌之，朕當親倚玉笛以和。（旦）領旨。（老旦進玉笛，生吹介）（旦按板介）

【南泣顏回】花繁，穠豔想容顏。雲想衣裳光璨，新妝誰似，可憐飛燕嬌懶。名花國色，笑微微常得君王看。向春風解釋春愁，沉香亭同倚闌干[16]。

（生）妙哉，李白錦心，妃子繡口[17]，真雙絕矣。宮娥，取巨觴[18]來，朕與妃子對飲。（老旦、貼送酒介）（生）

【北斗鶴鶉】暢好是喜孜孜[19]駐拍停歌，喜孜孜駐拍停歌，笑吟吟傳杯送盞。妃子乾一杯，（作照乾介）不須他絮煩煩射覆[20]藏鉤[21]，鬧紛

---

9. 淺斟低唱：斟著茶酒，低聲吟唱，形容悠然自得、遣興消閒的情景；斟：ㄓㄣ，注入、添加。
10. 烹龍炰鳳堆盤案：形容豪奢的珍饌；炰：ㄆㄠˊ，以火燒烤食物；盤案：放置小菜的器具。
11. 咿咿啞啞：形容物體摩擦滾動的聲音。
12. 催趲：督促前進；趲：ㄗㄢˇ，逼趕、催促。
13. 肴饌：泛指飯菜。
14. 雅稱：很適合；稱：ㄔㄥˋ，適合。
15. 李龜年：唐代著名樂工，善於歌唱作曲，玄宗特加禮遇。
16. 花繁全曲：隱括李白〈清平樂〉三章而成。
17. 錦心繡口：原用以稱讚人文思巧妙，文辭優美，此處形容貴妃歌聲美好。
18. 巨觴：大的酒杯。
19. 喜孜孜：形容歡喜的樣子；孜：ㄗ。
20. 射覆：射覆原為一種猜物遊戲，也用來占卜，後作為一種酒令。

紛彈絲弄板[22]。（又作照杯介）妃子，再乾一杯。（旦）妾不能飲了。（生）宮娥每，跪勸。（老旦、貼）領旨。（跪旦介）娘娘，請上這一杯。（旦勉飲介）（老旦、貼作連勸介）（生）我這裡無語持觴仔細看，早只見花一朵上腮間。（旦作醉介）妾真醉矣。（生）一會價[23]軟咍咍柳軃花欹[24]，軟咍咍柳軃花欹，困騰騰[25]鶯嬌[26]燕懶。

妃子醉了，宮娥每，扶娘娘上輦進宮去者。（老旦、貼）領旨。（作扶旦起介）（旦作醉態呼介）萬歲！（老旦、貼扶旦行）（旦作醉態介）

【南撲燈蛾】態懨懨[27]輕雲軟四肢，影濛濛[28]空花亂雙眼[29]，嬌怯怯[30]柳腰扶難起，困沉沉強抬嬌腕，軟設設金蓮倒褪[31]，亂鬆鬆香肩軃雲鬟，美甘甘思尋鳳枕，步遲遲倩宮娥攙入繡幃間。

（老旦、貼扶旦下）（丑同內侍暗上）（內擊鼓介）（生驚介）何處鼓聲驟發？（副淨急上）漁陽鼙鼓動地來，驚破霓裳羽衣曲[32]。（問丑介）萬歲爺在那裡？（丑）在御花園內。（副淨）軍情緊急，不免徑入[33]。（進見介）陛下，不好了。安祿山起兵造反，殺過潼關，不日就到

---

[21]. 藏鉤：河南省義陽於臘日祭祀之後，嫗嫗兒童所進行的遊戲。將人員分為兩方，一方把鉤藏在手裡，對方猜中則算贏。
[22]. 彈絲弄板：演奏音樂。
[23]. 一會價：一會兒。
[24]. 軟咍咍柳軃花欹：軟咍咍即軟綿綿；柳、花與下句的鶯、燕皆指貴妃；柳軃：柳條低垂；軃：ㄉㄨㄛˇ，下垂的樣子；欹：ㄧ，傾斜不正。
[25]. 困騰騰：形容疲困勞倦的樣子。
[26]. 鶯嬌：鶯聲婉囀。
[27]. 懨懨：ㄧㄢ ㄧㄢ，困倦的樣子。
[28]. 濛濛：迷茫不清的樣子。
[29]. 花亂雙眼：醉眼昏花。
[30]. 嬌怯怯：柔弱膽怯的樣子。
[31]. 金蓮倒褪：步伐向後退；金蓮：形容婦女的纖細小腳或步態輕盈；後褪：後退；褪：ㄊㄨㄣˋ。
[32]. 漁陽鼙鼓動地來二句：引自白居易〈長恨歌〉；漁陽鼙鼓：指安祿山自漁陽興兵作亂。
[33]. 徑入：直接進入。

長安了。（生大驚介）守關將士何在？（副淨）哥舒翰兵敗，已降賊了。（生）

【北上小樓】呀，你道失機的哥舒翰，稱兵的安祿山，赤緊的離了漁陽，陷了東京[34]，破了潼關。唬得人膽戰心搖[35]，唬得人膽戰心搖，腸慌腹熱[36]，魂飛魄散，早驚破月明花粲。

卿有何策，可退賊兵？（副淨）當日臣曾再三啟奏，祿山必反，陛下不聽，今日果應臣言。事起倉卒，怎生抵敵？不若權時幸蜀，以待天下勤王[37]。（生）依卿所奏。快傳旨，諸王百官，即時隨駕幸蜀便了。（副淨）領旨。（急下）（生）高力士，快些整備軍馬。傳旨令右龍武將軍陳元禮[38]，統領羽林軍士[39]三千，扈駕[40]前行。（丑）領旨。（下）（內侍）請萬歲爺回宮。（生轉行歎介）唉，正爾歡娛，不想忽有此變，怎生是了也！

【南撲燈蛾】穩穩的宮庭宴安，擾擾的邊廷造反。鼕鼕[41]的鼙鼓喧，騰騰的烽火黫[42]。的溜撲碌[43]臣民兒逃散，黑漫漫[44]乾坤覆翻，磣磕磕[45]社稷摧殘，磣磕磕社稷摧殘。當不得蕭蕭颯颯，西風送晚，黯黯的一輪落日冷長安。

（向內問介）宮娥每，楊娘娘可曾安寢？（老旦、貼內應介）已

---

[34] 東京：現今的洛陽。
[35] 膽戰心搖：形容非常害怕。
[36] 腸慌腹熱：形容慌張著急。
[37] 勤王：王室有難，起兵救援靖亂。
[38] 陳元禮：即陳玄禮，為避玄曄聖諱，遂改玄字為元。
[39] 羽林軍士：古代禁衛軍的名稱，謂其如羽之疾，如林之多，唐置有左右羽林軍。
[40] 扈駕：隨從天子出行。
[41] 鼕鼕：狀聲詞，鼓聲。
[42] 烽火黫：用來示警、傳遞軍情的煙火；黫：一ㄣ，燧產生的黑煙。
[43] 的溜撲碌：慌張匆忙的樣子；的：ㄉㄧˋ。
[44] 黑漫漫：形容一片黑暗。
[45] 磣磕磕：ㄔㄣˇ·ㄎㄜ·ㄎㄜ，悽慘可怕的樣子。

長生殿

睡熟了。（生）不要驚他，且待明早五鼓同行。（泣介）天那，寡人不幸，遭此播遷，累他玉貌花容[46]，驅馳[47]道路。好不痛心也！

【南尾聲】在深宮兀自嬌慵[48]慣，怎樣支吾蜀道難！（哭介）我那妃子啊，愁殺你玉軟花柔[49]，要將途路趲。

宮殿參差[50]落照間，（盧綸）　漁陽烽火照函關。（吳融）

遏雲[51]聲絕悲風起，（胡曾）　何處黃雲是隴山。（武元衡）

【第三十八齣】彈詞

（末白鬚、舊衣帽抱琵琶上）一從鼙鼓起漁陽，宮禁俄看蔓草荒。留得白頭遺老[52]在，譜將殘恨說興亡。老漢李龜年，昔為內苑伶工，供奉梨園，蒙萬歲爺十分恩寵。自從朝元閣教演霓裳，曲成奏上，龍顏大悅，與貴妃娘娘，各賜纏頭，不下數萬。誰想祿山造反，破了長安。聖駕西巡，萬民逃竄。俺每梨園部中，也都七零八落，各自奔逃。老漢來到江南地方，盤纏都使盡了。只得抱著這面琵琶，唱個曲兒糊口。今日乃青溪鷲峰寺大會。遊人甚多，不免到彼賣唱。（嘆科）哎，想起當日天上清歌，今日沿門鼓板，好不頹氣人也。（行科）

【南呂一枝花】（末）不隄防餘年值亂離，逼拶得[53]岐路遭窮敗。受奔波風塵顏面黑，嘆衰殘霜雪鬢鬚白。今日個流落天涯，只留得琵琶在。揣羞臉[54]上長街又過短街，那裡是高漸離擊筑悲歌[55]，倒做了伍

---

[46]. 玉貌花容：形容女子如花似玉般的美麗容貌。
[47]. 驅馳：策馬奔走。
[48]. 嬌慵：柔弱且慵懶。
[49]. 玉軟花柔：形容女子如花似玉般的柔弱嬌嫩。
[50]. 參差：ㄘㄣ ㄘ，錯落不齊的樣子。
[51]. 遏雲：形容歌聲嘹亮；遏：ㄜˋ。
[52]. 遺老：前朝舊臣。
[53]. 逼拶得：硬逼得、逼迫得；拶：ㄗㄢˇ，古代以木條用力夾指的一種刑罰。
[54]. 揣羞臉：將害羞的臉藏掩在衣袖後面；揣：ㄔㄨㄞˇ，藏、放。
[55]. 高漸離擊筑悲歌：戰國時荊軻赴秦刺秦皇，燕太子丹在易水送別，高漸離

子胥吹簫也那乞丐[56]。

【梁州第七】想當日奏清歌趨承金殿，度新聲供應瑤階，說不盡九重天上恩如海。幸溫泉驪山雪霽，泛仙舟興慶[57]蓮開，翫嬋娟[58]華清宮殿，賞芳菲花萼樓臺。正擔承雨露深澤，驀遭逢天地奇災。劍門關塵蒙了鳳輦鸞輿，馬嵬坡血污了天姿國色。江南路哭殺了瘦骨窮骸。可哀，落魄，只得把霓裳御譜沿門賣，有誰人喝聲采，空對著六代[59]園陵草樹埋，滿目興衰。

（虛下）（小生巾服上）花動遊人眼，春傷故國心。霓裳人去後，無復有知音。小生李謨，向在西京留滯，亂後方回。自從宮牆之外，偷按霓裳數疊，未能得其全譜。昨聞有一老者，抱著琵琶賣唱，人人都說手法不同，像個梨園舊人。今日鷲峰寺大會，想他必在那裡，不免前去尋訪一番。一路行來，你看遊人好不盛也。（外巾服，副淨衣帽，淨長帽帕子包首扮山西客，攜丑扮妓上）（外）閒步尋芳惜好春，（副淨）且看勝會逐遊人。（淨）大姐，咱和你及時行樂休空過。（丑）客官，好聽琵琶一曲新。（小生向副淨科）老兄請了。動問這位大姐，說甚麼琵琶一曲新？（副淨）老兄不知，這裡新到一個老者，彈得一手好琵琶，今日在鷲峰寺趕會，因此大家同去一聽。（小生）小生正要去尋他，同行何如！（眾）如此極好。（同行科）行行去去，去去行行，已到鷲峰寺了，就此進去。（同進科）（副淨）那邊一個圈子，四圍板凳，想必是波。我每一齊捱進去，坐下聽者。（眾作坐科）（末上見科）列位請了，想都是聽曲的，請坐了，待在下唱來請教波。（眾）正要領教。（末彈琵琶唱科）

擊筑，荊軻和而歌；筑：ㄓㄨˊ，古代弦樂器，形狀似琴。

[56] 伍子胥吹簫也那乞丐：取自戰國時伍子胥吹簫乞食於吳市的典故，後世遂稱乞食為「吹簫」。

[57] 興慶：當作隆慶，隆慶池為龍池，今陝西省長安縣東南處。

[58] 翫嬋娟：賞月；翫：ㄨㄢˋ，通「玩」，觀賞。嬋娟：形容月色明媚或指明月。

[59] 六代：指六朝，三國吳、東晉和南北朝的宋、齊、梁、陳，相繼建都於建康（今南京）。

長生殿

　　【轉調貨郎兒】唱不盡興亡夢幻，彈不盡悲傷感嘆，大古里[60]淒涼滿眼對江山。我只待撥繁弦傳幽怨，翻別調寫愁煩，慢慢的把天寶當年遺事彈。

　　（外）天寶遺事，好題目波。（淨）大姐！他唱的是什麼曲兒，可就是咱家的西調[61]麼？（丑）也差不多兒。（小生）老丈！天寶年間遺事，一時那裡唱得盡者。請先把楊貴妃娘娘，當時怎生進宮，唱來聽波。（末彈唱科）

　　【二轉】想當初慶皇唐太平天下，訪麗色把蛾眉選刷[62]。有佳人生長在弘農楊氏家，深閨內端的玉無瑕。那君王一見了歡無那[63]，把鈿盒金釵親納，評跋做昭陽第一花。

　　（丑）那貴妃娘娘，怎生模樣波。（淨）可有咱家大姐這樣標致麼？（副淨）且聽唱出來者。（末彈唱科）

　　【三轉】那娘娘生得來仙姿佚貌[64]，說不盡幽閒窈窕。真個是花輸雙頰柳輸腰，比昭君增妍麗，較西子倍風標[65]，似觀音飛來海嶠，恍嫦娥偷離碧霄。更春情韻饒，春酣態嬌，春眠夢悄。總有好丹青[66]，那百樣娉婷難畫描。

　　（副淨笑科）聽這老翁，說得楊娘娘標致，恁般活現，倒像是親眼見的，敢則謊也。（淨）只要唱得好聽，管他謊不謊。那時皇帝怎麼樣看待他來，快唱下去者。（末彈唱科）

　　【四轉】那君王看承得似明珠沒兩，鎮日裡高擎在掌。賽過那漢

---

[60]. 大古里：總是。
[61]. 西調：傳統戲曲的腔調，源於山西、陝西一帶；普通一首有十二句，常加襯字，平仄通協。
[62]. 選刷：選拔。
[63]. 歡無那：歡樂得很。
[64]. 佚貌：美貌。
[65]. 風標：格調、標幟。
[66]. 總有好丹青：縱使有好的畫者；總：應作縱。

宮飛燕倚新粧，可正是玉樓中巢翡翠[67]，金殿上鎖著鴛鴦。宵偎晝傍，直弄得個伶俐的官家顛不剌懵不剌[68]撇不下心兒上，弛了朝綱，占了情場。百支支[69]寫不了風流帳，行廝並、坐廝當，雙、赤緊的倚了御床，博得個月夜花朝同受享。

（淨倒科）哎呀！好快活，聽的咱似雪獅子向火哩。（丑扶科）怎麼說？（淨）化了。（眾笑科）（小生）當日宮中有霓裳羽衣一曲，聞說出自御製，又說是貴妃娘娘所作，老丈可知其詳？請唱與小生聽咱。（末彈唱科）

【五轉】當日呵！那娘娘在荷庭把宮商細按，譜新聲將霓裳調翻。晝長時親自教雙鬟[70]。舒素手，拍香檀。一字字都吐自朱唇皓齒間，恰便似一串驪珠[71]，聲和韻閒。恰便似鶯與燕弄關關[72]，恰便似鳴泉花底流溪澗。恰便似明月下泠泠清梵[73]，恰便似緱嶺[74]上鶴唳高寒，恰便似步虛[75]仙珮夜珊珊。傳集了梨園部、教坊班，向翠盤中高簇擁著箇娘娘引得那君王帶笑看。

（小生）一派仙音，宛然在耳，好形容波。（外嘆科）哎！只可惜當日天子寵愛了貴妃，朝歡暮樂，致使漁陽兵起，說起來令人痛心也。（小生）老丈，休只埋怨貴妃娘娘，當日只為誤任邊將，委政權奸，以致廟謨[76]顛倒，四海動搖。若使姚宋[77]猶存，那見得有此。（外）這也

---

[67]. 翡翠：一種鳥，羽毛帶赤褐色，惟臀部中央與上尾間有白紋一條，又雜以青色斑紋。
[68]. 顛不剌懵不剌：心神顛倒、糊里糊塗的樣子；不剌：語氣詞，無義。
[69]. 百支支：形容多而瑣碎。
[70]. 雙鬟：舊時女童於頭的兩側梳雙髮髻，以雙鬟作為女童的代稱，此指宮女。
[71]. 一串驪珠：喻歌聲圓潤有如成串的珍珠；驪珠：相傳出自驪龍頷下的珍珠。
[72]. 關關：狀聲詞，形容鳥鳴的聲音。
[73]. 梵：即梵唄，指唱頌短偈或歌讚的聲音。
[74]. 緱嶺：即緱氏山，周靈王太子在此山騎鶴登仙；緱：《ㄡ。
[75]. 步虛：虛空，指天上。
[76]. 廟謨：朝廷的謀略。
[77]. 姚宋：姚崇與宋璟，皆為唐朝的名臣。

長生殿

說的是波。（末）嗨！若說起漁陽兵起一事，真是天翻地覆，慘目傷心，列位不嫌絮煩，待老漢再慢慢彈唱出來者。（眾）願聞。（末彈唱科）

【六轉】恰正好嘔嘔啞啞霓裳歌舞，不提防撲撲突突漁陽戰鼓。剗地裡[78]出出律律紛紛攘攘奏邊書，急得個上上下下都無措。早則是喧喧嗾嗾，驚驚遽遽，倉倉卒卒，挨挨拶拶[79]，出延秋西路[80]，鑾輿後攜著個嬌嬌滴滴貴妃同去。又只見密密匝匝的兵，惡惡狠狠的語。鬧鬧炒炒、轟轟剨剨[81]，四下喳呼。生逼散恩恩愛愛，疼疼熱熱，帝王夫婦。霎時間畫就了這一幅慘慘淒淒絕代佳人絕命圖。

（外、副淨同嘆科）（小生淚科）哎！天生麗質，遭此慘毒，真可憐也。（淨笑科）這是說唱，老兄怎麼認真掉下淚來。（丑）那貴妃娘娘死後，葬在何處？（末彈唱科）

【七轉】破不剌[82]馬嵬驛舍，冷清清佛堂倒斜，一代紅顏為君絕。千秋遺恨滴羅巾血，半棵樹是薄命碑碣，一抔土是斷腸墓穴。再無人過荒涼野，莽天涯誰吊梨花謝。可憐那抱幽怨的孤魂，只伴著嗚咽咽的望帝[83]悲聲啼夜月。

（外）長安兵火之後，不知光景如何？（末）哎呀！列位！好端端一座錦繡長安，自被祿山破陷，光景十分不堪了，聽我再彈波。（彈唱科）

【八轉】自鑾輿西巡蜀道，長安內兵戈肆擾。千官無復紫宸[84]朝，

---

78. 剗地裡：平白地。
79. 挨挨拶拶：擠來擠去。拶：ㄗㄢˇ。
80. 延秋西路：南曰延秋，此指長安西南二門。
81. 剨剨：割裂聲，此作為大聲喧鬧。剨：ㄏㄨㄛˋ。
82. 破不剌：形容破爛不堪。
83. 望帝：傳說中的古代蜀國君王杜宇，相傳其在死後魂化為杜鵑。
84. 紫宸：皇宮的殿名，是唐、宋時皇帝接見百官或外國使臣的內朝正殿。宸：ㄔㄣˊ。

把繁華頓消，頓消。六宮中朱戶掛蠨蛸[85]，御榻傍白日狐狸嘯，叫鴟鴞[86]也麼哥，長蓬蒿也麼哥。野鹿兒亂跑，苑柳宮花一半兒凋，有誰人去掃，去掃，玳瑁空梁燕泥兒拋[87]，只留得缺月黃昏照。嘆蕭條也麼哥，梁腥臊也麼哥，染腥臊玉砌空堆馬糞高。

（淨）呸！聽了半日，餓得慌了。大姐，咱和你喝燒刀子[88]，吃蒜包兒去。（做腰邊解錢與末同丑譚下）（外）天色將晚，我每也去罷。（送銀科）酒資在此。（末）多謝了。（外）無端唱出興亡恨，（副淨）引得傍人也淚流。（同外下）（小生）老丈，我聽你這琵琶，非同凡手，得自何人傳授？乞道其詳。（末）

【九轉】這琵琶曾供奉開元皇帝，重提起心傷淚滴。（小生）這等說起來，定是梨園部內人了。（末）我也曾在梨園籍上姓名題，親向那沉香亭花裡去承值，華清宮宴上去追隨。（小生）莫不是賀老？（末）俺不是賀家的懷智。（小生）敢是黃旛綽？（末）黃旛綽同咱皆老輩。（小生）這等想必是雷海青。（末）我雖是弄琵琶卻不姓雷，他呵！罵逆賊久已身死名垂。（小生）這等想必是馬仙期了。（末）我也不是擅場方響[89]馬仙期，那些舊相識都休話起。（小生）因何來到這裡？（末）我只為家亡國破兵戈沸，因此上孤身流落在江南地。（小生）畢竟老丈是誰波？（末）您官人絮叨叨苦問俺為誰，則俺老伶工名喚做龜年身姓李。

（小生揖科）呀，原來卻是李教師。失瞻[90]了。（末）官人尊姓大

---

[85]。蠨蛸：ㄒㄧㄠ ㄕㄠ，長腳蜘蛛，體細長，暗褐色，舊時以為是喜慶徵兆，亦稱為蟢子。
[86]。鴟鴞：ㄔ ㄒㄧㄠ，動物名，似黃雀而小，頭大，嘴短而彎，以鼠、兔等小動物為食。
[87]。玳瑁空梁燕泥兒拋：雕繪精美的屋梁；薛道衡〈昔昔鹽〉詩：「空梁落燕泥。」
[88]。燒刀子：烈的燒酒，
[89]。方響：樂器，聲音輕細。
[90]。失瞻：失敬。

名，為何知道老漢。（小生）小生姓李，名謩。（末）莫不是吹鐵笛的李官人麼？（小生）然也。（末）幸會！幸會！（揖科）（小生）請問老丈，那霓裳全譜，可還記得波。（末）也還記得，官人為何問他。（小生）不瞞老丈說，小生性好音律，向客西京，老丈在朝元閣演習霓裳之時，小生曾傍著宮牆，細細竊聽，已將鐵笛偷寫數段，只是未得全譜，各處訪求，無有知者。今日幸遇老丈，不識肯賜教否？（末）既遇知音，何惜末技。（小生）如此多感，請問尊寓何處？（末）窮途流落，尚乏居停[91]。（小生）屈到舍下暫住，細細請教何如？（末）如此甚好。

【煞尾】（末）俺一似驚烏繞樹向空枝外，誰承望做舊燕尋巢入畫棟來。今日個知音喜遇知音在，這相逢異哉，恁相投快哉。李官人呵！待我慢慢的傳與你這一曲霓裳播千載。

（末）桃蹊柳陌好經過，（張籍）（小生）聊復迴車訪薜蘿[92]。（白居易）

（末）今日知音一留聽，（劉禹錫）（小生）江南無處不聞歌。（顧況）

作品賞析

《長生殿》為清代洪昇的傑作，內容為敘述楊貴妃與唐明皇兩人的故事，並增添虛幻的生死纏綿愛戀，寫出楊貴妃的至死不渝的堅忍果敢，與唐明皇深情不變的依戀，其藝術手法十分成熟，為明清傳奇的一部壓卷驚艷之作。全劇共五十齣，以楊貴妃身死為分界點，共分為上下兩卷，場面浩大壯麗，情節婉轉哀淒。

本篇節選二齣，分別為第二十四齣〈驚變〉與第三十八齣〈彈詞〉。〈驚變〉以《梧桐雨》第二折為本，內容描述唐明皇和楊貴妃在御花

---

[91] 居停：寄居、歇腳之處。
[92] 薜蘿：即薜荔與女蘿，後比喻隱士的服裝，此指居所。

園裡載歌載舞,一片歡樂的氣氛,但這時楊國忠卻突然帶給唐明皇安祿山造反的消息,突令氛圍一轉,由喜轉哀,對比感十分強烈。而〈彈詞〉則寫宮廷樂工李龜年在歷經戰亂滄桑後,於鷲風寺彈唱這段由唐明皇寵溺楊貴妃而造成的安史之亂的禍事,得與知音李謨相識的故事。文詞充斥著怨憤之愁緒與對國家興衰的慨歎。

全劇思想內容深刻錯雜,一方面歌頌楊貴妃與唐明皇二人間的美好愛情,一方面卻也批判了皇帝為了美人不顧江山與百姓的荒淫無道,情感百轉千折,實為一部曠世佳作。

問題討論

一、《長生殿》對貴妃的描寫與前人版本有何不同?

二、李白〈清平調〉被隱括在何處?為何作者未正面敷演李白劇情?

三、原本的「彈詞」意義為何?第三十八齣為何以以「彈詞」為名?

四、梁廷枏《藤花亭曲話》:「彈詞第六、七、八、九轉…為之下淚,筆墨之妙……。」試依句中所指加以賞析。

五、霓裳羽衣曲的由來為何?

桃花扇

《桃花扇・第七、二十一齣》

內容導讀

　　《桃花扇》是藉著明末文士侯方域和秦淮名妓李香君的愛情故事，穿插明末南明滅亡過程的歷史劇，即是「借離合之情，寫興亡之感，實事實人，有憑有據。」劇中大部分皆為真人真事，距離劇本所寫的南明相隔不遠，無論是人物刻劃、情節描寫，皆具有反映史實時事的性質。兩人墜入愛河，以詩扇定情盟誓。阮大鋮拉攏侯方域不成遂懷恨陷害，兩人被迫分離，李香君不肯委身權奸，為守節血濺詩扇。侯方域之友楊龍友在扇面斑斑血痕間點畫成桃花，南明滅亡後，兩人雖然歷經波折而重逢，然家國已失的傷感，使兩人最後皆出家入道。

　　第七齣〈卻奩〉寫男女主角新婚隔天，楊龍友前來探望，說出一切妝奩及費用皆阮大鋮所出，侯方域本為阮之心意及苦衷所打動，李香君卻是立即換下阮所贈服飾，不肯接受，侯方域聽其言，方果斷卻奩。加二十一齣〈孤吟〉作為下卷的起首，此時北方淪陷，崇禎皇帝亡，對照先前侯方域和李香君的定情，歷史的殘酷令人不勝唏噓。老贊禮由起初的局外人、報幕者，轉變為局中人、參與者的角色，令人分不出真實虛幻，老贊禮的身分可說是作者本身，表達著作者的心聲。

作者介紹

　　孔尚任（1648年～1718年），字聘之，一字季重，號東塘，署名云亭山人，山東曲阜人。孔尚任為孔子第六十四代孫，修訂了孔氏家譜以及撰寫《闕里志》，成為研究孔氏家族的重要參考資料。在康熙二十三年皇帝南巡返程時，為皇帝講明經書文義，竟受到皇帝親自拔擢，轉升為國子監博士，此為千載難逢之奇事。孔尚任著作甚豐，有《闕里新志》、《平陽府志》、《湖海集》、《岸堂稿》及傳奇《桃花扇》、《小忽雷》等，與作《長生殿》的洪昇齊名，被稱為「南洪北孔」。

課文說明

【第七齣】卻奩

【本文】(雜扮保兒[1]掇馬桶上)龜尿龜尿,撒出小龜;鱉血鱉血,變成小鱉。龜尿鱉血,看不分別;鱉血龜尿,說不清白。看不分別,混了親爹;說不清白,混了親伯[2]。(笑介)胡鬧,胡鬧!昨日香姐上頭[3],亂了半夜;今日早起,又要刷馬桶,倒尿壺,忙個不了。那些孤老、表子[4],還不知摟到幾時哩。(刷馬桶介)

【夜行船】(末)人宿平康[5]深柳巷,驚好夢門外花郎[6]。繡戶未開,簾鉤才響,春阻十層紗帳。

下官楊文驄[7],早來與侯兄道喜。你看院門深閉,侍婢無聲,想是高眠未起。(喚介)保兒,你到新人窗外,說我早來道喜。(雜)昨夜睡遲了,今日未必起來哩。老爺請回,明日再來罷。(末笑介)胡說!快快去問。(小旦[8]內問介)保兒!來的是那一個?(雜)是楊老爺道喜來了。(小旦忙上)倚枕春宵短,敲門好事多。(見介)多謝老爺,成了孩兒一世姻緣。(末)好說。(問介)新人起來不曾?(小旦)昨晚睡遲,都還未起哩。(讓坐介)老爺請坐,待我去催他。(末)不必,不必。(小旦下)

【步步嬌】(末)兒女濃情如花釀,美滿無他想,黑甜共一鄉[9]。可

---

[1]. 保兒:妓院中的男傭工。
[2]. 龜尿龜尿十二句:此段為科諢,龜鱉均指嫖客,笑罵嫖客是王八,連小便也分不清關係。
[3]. 上頭:娼妓首次接客。
[4]. 孤老、表子:孤老指宿娼或歌童妓女所倚靠的人,表子指妓女。
[5]. 平康:妓院,亦稱為平康坊。
[6]. 花郎:賣花的男子。
[7]. 楊文驄:曾任常、鎮巡撫,此時為罷職縣令,是馬士英妹夫、阮大鋮盟弟,亦與復社人有來往。
[8]. 小旦:此為李香君的假母李貞麗。
[9]. 黑甜共一鄉:謂兩人同在夢鄉熟睡;黑甜:酣睡。

桃花扇

也虧了俺幫襯[10]，珠翠輝煌，羅綺飄蕩，件件助新妝，懸出風流榜。

（小旦上）好笑，好笑！兩個在那裡交扣丁香[11]，並照菱花[12]，梳洗才完，穿戴未畢。請老爺同到洞房，喚他出來，好飲扶頭卯酒[13]。（末）驚卻好夢，得罪不淺。（同下）（生、旦[14]艷妝上）

【沈醉東風】（生、旦）這雲情接著雨況[15]，剛搔了心窩奇癢，誰攪起睡鴛鴦。被翻紅浪，喜匆匆滿懷歡暢。枕上餘香，帕上餘香，消魂滋味，才從夢裡嘗。

（末、小旦上）（末）果然起來了，恭喜，恭喜！（一揖，坐介）（末）昨晚催妝拙句[16]，可還說得入情麼？（生揖介）多謝！（笑介）妙是妙極了，只有一件。（末）那一件？（生）香君雖小，還該藏之金屋[17]。（看袖介）小生衫袖，如何著得下？（俱笑介）（末）夜來定情，必有佳作。（生）草草塞責，不敢請教。（末）詩在那裡？（旦）詩在扇頭[18]。（旦向袖中取出扇介）（末接看介）是一柄白紗宮扇。（嗅介）香的有趣。（吟詩介）妙，妙！只有香君不愧此詩。（付旦介）還收好了。（旦收扇介）

【園林好】（末）正芬芳桃香李香，都題在宮紗扇上；怕遇著狂風吹蕩，須緊緊袖中藏，須緊緊袖中藏。

（末看旦介）你看香君上頭之後，更覺艷麗了。（向生介）世兄[19]有

---

[10]. 幫襯：幫助、贊助。
[11]. 丁香：鈕扣，亦稱為「丁香結」。
[12]. 菱花：即鏡子，古代常以菱花作為銅鏡背面的圖案。
[13]. 扶頭卯酒：在晨間為振奮精神所喝的酒；扶頭：形容昏睡初醒或精神困倦。卯酒：晨間喝的酒。
[14]. 生、旦：生扮侯方域，復社成員；旦扮李香君，南京城秦淮河上的名妓。
[15]. 雲情接著雨況：指男女間歡合之事。
[16]. 催妝拙句：催妝為婚禮禮節，拙句指侯李二人結婚時，楊文驄所贈的催妝詩。
[17]. 藏之金屋：引用漢武帝欲建華麗宮殿給表妹阿嬌居住之典故，指營建華屋給所愛的女子居住。
[18]. 詩在扇頭：侯李二人定情時，侯以宮扇題詩贈李。
[19]. 世兄：稱呼世交、晚輩或老師的兒子。

福，消此尤物[20]。（生）香君天姿國色，今日插了幾朵珠翠，穿了一套綺羅[21]，十分花貌，又添二分，果然可愛。（小旦）這都虧了楊老爺幫襯哩。

【江兒水】送到纏頭錦[22]，百寶箱，珠圍翠繞流蘇帳[23]，銀燭籠紗通宵亮，金杯勸酒合席唱。今日又早早來看，恰似親生自養，賠了妝奩[24]，又早敲門來望。

（旦）俺看楊老爺，雖是馬督撫[25]至親，卻也拮据[26]作客，為何輕擲金錢，來填煙花之窟[27]？在奴家受之有愧，在老爺施之無名；今日問個明白，以便圖報。（生）香君問得有理，小弟與楊兄萍水相交[28]，昨日承情太厚，也覺不安。（末）既蒙問及，小弟只得實告了。這些妝奩酒席，約費二百餘金，皆出懷寧[29]之手。（生）那個懷寧？（末）曾做過光祿[30]的阮圓海。（生）是那皖人阮大鋮麼？（末）正是。（生）他為何這樣周旋[31]？（末）不過欲納交足下之意。

【五供養】（末）羨你風流雅望，東洛才名[32]，西漢文章[33]。逢迎隨處有，爭看坐車郎[34]。秦淮妙處[35]，暫尋個佳人相傍，也要些鴛鴦被、

---

[20]. 尤物：特異之人物，一般指姿色特美之女人。
[21]. 綺羅：華麗的衣服。綺：ㄑㄧˇ。
[22]. 纏頭錦：贈送歌妓之物。
[23]. 流蘇帳：用流蘇裝綴四邊的帳子。
[24]. 妝奩：女子梳妝用的鏡匣，亦指嫁妝；奩：ㄌㄧㄢˊ。
[25]. 馬督撫：即馬士英，任鳳陽督撫；督撫：總督及巡撫的合稱。
[26]. 拮据：ㄐㄧㄝˊ ㄐㄩ，指經濟困難，境況窘迫。
[27]. 煙花之窟：妓院、風月場所。
[28]. 萍水相交：指浮萍隨水漂流，聚合不定，喻彼此素不相識，因機緣湊巧結為朋友。
[29]. 懷寧：指阮大鋮，其字圓海，明安徽懷寧人。
[30]. 光祿：職官名，元明從一品，清升為正一品，文臣中最高階官，無固定職務，相當於現今顧問。
[31]. 周旋：照顧、安排。
[32]. 東洛才名：傳說洛陽多才子，喻才名廣大。
[33]. 西漢文章：西漢文壇有許多文學家名流古今，喻文章寫得很好。
[34]. 爭看坐車郎：晉代潘岳姿儀俊美，出門時洛陽婦女爭相將果子擲到他車上，此喻侯的才貌出眾。

桃花扇

芙蓉妝；你道是誰的？是那南鄰大阮[36]，嫁衣全忙。

（生）阮圓老原是敝年伯[37]，小弟鄙其為人，絕之已久。他今日無故用情，令人不解。（末）圓老有一段苦衷，欲見白於足下。（生）請教。（末）圓老當日曾遊趙夢白[38]之門，原是吾輩。後來結交魏黨[39]，只為救護東林，不料魏黨一敗，東林反與之水火[40]。近日復社[41]諸生，倡論攻擊，大肆毆辱，豈非操同室之戈[42]乎？圓老故交雖多，因其形跡可疑，亦無人代為分辨。每日向天大哭，說道：「同類相殘，傷心慘目，非河南侯君，不能救我。」所以今日諄諄[43]納交。（生）原來如此，俺看圓海情辭迫切，亦覺可憐。就便真是魏黨，悔過來歸，亦不可絕之太甚，況罪有可原乎。定生、次尾[44]，皆我至交，明日相見，即為分解。（末）果然如此，吾黨之幸也。（旦怒介）官人[45]是何說話，阮大鋮趨附[46]權奸，廉恥喪盡；婦人女子，無不唾罵。他人攻之，官人救之，官人自處於何等也？

【川撥棹】不思想，把話兒輕易講。要與他消釋[47]災殃，要與他消釋災殃，也提防旁人短長。官人之意，不過因他助俺妝奩，便要徇私廢公[48]；那知道這幾件釵釧[49]衣裙，原放不到我香君眼裡。（拔簪脫衣介）

---

[35]. 秦淮妙處：舊時南京城的歌樓舞館並列兩岸，畫舫遊艇紛集其間，夙稱金陵勝地。
[36]. 大阮：此指阮大鋮。
[37]. 年伯：本指與父親或伯叔同年考取進士者，亦稱與自己同年考取進士的父執輩，泛稱父輩。
[38]. 趙夢白：即趙南星，與鄒元標、顧憲成合稱「東林三君」，死於代州。
[39]. 魏黨：指魏忠賢的黨徒。
[40]. 水火：比喻彼此不能相容。
[41]. 復社：明代天啟時的會社組織，取興復絕學之義，大盛時為人所忌，阮大鋮興黨禍，復社遂亡。
[42]. 操同室之戈：關係切近者彼此相互攻擊、殘害。
[43]. 諄諄：誠懇忠謹的樣子。諄：ㄓㄨㄣ。
[44]. 定生、次尾：定生指陳貞慧，次尾為吳應箕，兩人均為復社重要人物。
[45]. 官人：妻子稱呼丈夫，或對婦女稱呼其夫。
[46]. 趨附：趨承附隨。
[47]. 消釋：融解、消解。
[48]. 徇私廢公：曲從私情而不顧公理；徇：ㄒㄩㄣˋ。
[49]. 釵釧：釵與鐲，泛指婦女的飾物；釧：ㄔㄨㄢˋ。

脫裙衫，窮不妨；布荊[50]人，名自香。

（末）阿呀！香君氣性，忒也剛烈。（小旦）把好好東西，都丟一地，可惜，可惜！（拾介）（生）好，好，好！這等見識，我倒不如，真乃侯生畏友[51]也。（向末介）老兄休怪，弟非不領教，但恐為女子所笑耳。

【前腔】（生）平康巷，他能將名節講；偏是咱學校朝堂，偏是咱學校朝堂，混賢奸不問青黃[52]。那些社友平日重俺侯生者，也只為這點義氣；我若依附奸邪，那時群起來攻，自救不暇，焉能救人乎。節和名，非泛常；重和輕，須審詳。

（末）圓老一段好意，也還不可激烈。（生）我雖至愚，亦不肯從井救人[53]。（末）既然如此，小弟告辭了。（生）這些箱籠，原是阮家之物，香君不用，留之無益，還求取去罷。（末）正是「多情反被無情惱，乘興而來興盡還。[54]」（下）（旦惱介）（生看旦介）俺看香君天姿國色，摘了幾朵珠翠，脫去一套綺羅，十分容貌，又添十分，更覺可愛。（小旦）雖如此說，捨了許多東西，到底可惜。

【尾聲】金珠到手輕輕放，慣成了嬌癡模樣，辜負俺辛勤做老娘。

（生）些須東西，何足掛念，小生照樣賠來。（小旦）這等才好。

（小旦）花錢粉鈔[55]費商量，　　（旦）裙布釵荊也不妨，

　　（生）只有湘君能解佩[56]，　　（旦）風標不學世時妝。

---

[50]. 布荊：布衣和荊釵，指貧窮或節儉婦女的衣飾。
[51]. 畏友：品德端重，可敬畏的朋友。
[52]. 不問青黃：不管是非黑白，不管好壞。
[53]. 從井救人：跳到井裡，去救落井的人，喻做損己而無益於人的事。
[54]. 多情反被無情惱兩句：上句為蘇軾〈蝶戀花〉詞，下句為范成大〈巾子山又雨〉詩。
[55]. 花錢粉鈔：婦女用在花簪粉黛等化妝品上的錢。
[56]. 解佩：《楚辭‧九歌》有湘君解佩之事，後為男女互許之表徵，此以湘君比香君，解佩比卻奩。

桃花扇

【二十一齣】孤吟

【天下樂】（副末氈巾道袍，扮老贊禮上）雨洗秋街不動塵，青山紅樹滿城新；誰家賸有閑金粉，撒與歌樓照鏡人[57]？

老客無家戀，名園杯自勸，朝朝賀太平，看演《桃花扇》。（內問）老相公又往太平園，看演《桃花扇》麼？（答）正是。（內問）昨日看完上本，演的何如？（答）演的快意，演的傷心，無端笑哈哈，不覺淚紛紛。司馬遷作史筆，東方朔上場人[58]。只怕世事含糊八九件，人情遮蓋兩三分[59]。（行唱介）

【甘州歌】流光箭緊[60]，正柳林蟬噪，荷沼香噴。輕衫涼笠，行到水邊人困；西窗乍驚連夜雨，北里[61]重消一枕魂。梧桐院，砧杵村[62]，青苔蟲語不堪聞。閑攜杖，漫出門，宮槐滿路葉紛紛。

【前腔】雞皮[63]瘦損，看飽經霜雪，絲鬢如銀。傷秋扶病，偏帶旅愁客悶；歡場那知還賸我，老境翻[64]嫌多此身。兒孫累，名利奔，一般流水付行雲。諸侯怒，丞相嗔，無邊衰草對斜曛[65]。

---

[57]. 誰家賸有閑金粉兩句：滿城秋色美好，甚麼人有閒情至歌樓看戲？誰家：甚麼人。金粉：婦女妝飾用的鉛粉；歌樓照鏡人：指演唱《桃花扇》的歌妓。
[58]. 司馬遷作史筆兩句：《桃花扇》為諷諫的歷史劇，如同司馬遷寫史書以及東方朔的滑稽諷刺。
[59]. 世事含糊八九件兩句：世事多為模糊，人情不免被遮掩住。八九件、二三分：非實數，表多寡。
[60]. 流光箭緊：即光陰似箭，形容時間消逝如飛箭般迅速。
[61]. 北里：唐代長安妓女集居在北門平康里內，北里成妓院的代稱，此處泛指里巷。
[62]. 砧杵村：古代婦女用墊石與棒槌搗衣服的村落景象；砧杵：ㄓㄣ ㄔㄨˇ。
[63]. 雞皮：常用以指老年人的皮膚，形容皮膚粗糙鬆弛。
[64]. 翻：反而。
[65]. 諸侯怒三句：指蠻橫諸侯、弄權宰相，最後只餘晚景衰敗；斜曛：斜陽餘暉。

【前腔】（換頭）望春不見春，想漢宮圖畫，風飄灰燼[66]。棋枰客散，黑白勝負難分；南朝古寺王謝墳[67]，江上殘山花柳陣。人不見，煙已昏，擊筑彈鋏與誰論[68]。黃塵變，紅日滾，一篇詩話易沈淪。

【前腔】（換頭）難尋吳宮舊舞茵[69]，問開元遺事，白頭人盡[70]。雲亭詞客[71]，閣筆[72]幾度酸辛；聲傳皓齒曲未終，淚[73]滴紅盤蠟已寸。袍笏樣，墨粉痕[74]，一番妝點一番新。文章假，功業譾，逢場只合酒沾唇[75]。

【餘文】老不羞，偏風韻，偷將拄杖撥紅裙。那管他扇底桃花解笑人。

當年真是戲，今日戲如真；

兩度旁觀者[76]，天留冷眼人。

那馬士英又早登場，列位請看。（拱下）

---

[66]. 漢宮圖畫，風飄灰燼：指繁華的漢宮，已然隨風灰飛煙滅。
[67]. 南朝古寺王謝墳：六朝望族王氏和謝氏的墳地已經被改成寺廟。
[68]. 擊筑彈鋏與誰論：高漸離擊筑送荊軻，馮諼不甘作孟嘗君之下客，遂彈劍柄高歌，二者皆為慷慨志士之事，如今能與誰說呢？筑：古代弦樂器，形狀似琴；鋏：ㄐㄧㄚˊ，劍把。
[69]. 吳宮舊舞茵：引用吳王暗戀西施的故事；茵：ㄧㄣ，墊褥通稱。
[70]. 問開元遺事兩句：此指欲詢問南明遺事，白頭宮女已不在；開元遺事：採錄民間所傳唐玄宗遺事而成，頗多宮廷瑣聞。
[71]. 雲亭詞客：即作者孔尚任，其自稱雲亭山人。
[72]. 閣筆：即擱筆，停寫放下筆。
[73]. 淚：指蠟燭滴下的蠟油，如淚一般。
[74]. 袍笏樣，墨粉痕：指裝扮好，穿上古人衣服演戲；袍笏：古時官吏的朝服和手笏。笏：ㄏㄨˋ，古代官吏早朝時，持放胸前記事的手版。
[75]. 文章假三句：世間的文章功業都是假的，如同玩笑，惟有逢場飲酒作樂才是該為之事。
[76]. 兩度旁觀者：指老贊禮曾親見南明亡國，如今又看見戲劇《桃花扇》演南明。

桃花扇

作品賞析

　　《桃花扇》一劇主要內容是藉復社文人侯方域與秦淮名妓李香君間的愛情故事來映照南明覆亡的歷史史實。

　　本篇節選〈卻奩〉及〈孤吟〉二齣。在〈卻奩〉一齣，寫出了李香君的剛烈的反抗性格，王季思在《桃花扇》校注本前言中即有此一說：「它生動地反映了當時秦淮歌妓與復社文人的關係，這除了男女雙方在才華容貌上互相傾慕以外，還在政治態度上互相影響，這是桃花扇以前的兒女風情戲裡所少有的。」且透過對李香君形象的描繪，看到她那股不受限於男女情事而能曉以大義的理智面。而加〈孤吟〉一齣是下半部家門，在此齣中提到了云亭山人作劇及老贊禮前往觀劇的橋段，以謹慎迂迴的手法，寫出了對儒家世傳的「有褒有貶，作春秋必賴祖傳；可詠可歌，正雅頌豈無庭訓。」

　　全劇讀來高潮迭起，關目排場十分流暢精彩，孔尚任在〈凡例〉中自贊曰：「排場有起伏轉折，俱獨闢境界；突如而來，倏然而去，令觀者不能預擬其局面。」

問題討論

　　一、《桃花扇》於正式四十齣以外尚有哪幾齣外加戲？用意何在？

　　二、《桃花扇》的名稱從何得來？

　　三、李香君與侯方域兩人定情的題扇詩內容為何？此扇在整齣戲中有何重要？

　　四、請由〈卻奩〉中李香君與侯方域知曉實情後的反應，探討兩人個性。

　　五、老贊禮一角的安排有何用意？

第五章、民國時期

第一節、三十年代戲曲選

《紅娘・第八場》

內容導讀

　　《紅娘》是參照王實甫《西廂記》與崑曲《拷紅》編寫，為荀慧生最具代表性的劇目之一。內容以荀慧生最喜愛的紅娘為主，張珙與崔鶯鶯的愛情故事為綱。寫書生張珙在普救寺邂逅崔鶯鶯，而河中叛將孫飛虎欲擄走鶯鶯，崔夫人危急中言能退賊者將鶯鶯許配給他，張珙請摯友助其解圍。崔夫人事後欲毀約，紅娘暗中為張生與鶯鶯傳書信，使兩人相會，更促成兩人婚事，事為崔夫人所得知，怒打紅娘，紅娘辯解並責崔夫人之過，終使崔夫人同意兩人婚事，而張珙為高中方能成親的條件離開河中赴試。

　　第八場〈拷紅〉在紅娘與崔夫人的對話中，以及與張珙、鶯鶯交談中，充分展現出紅娘善良熱情、聰慧機智，又見義勇為，具成人之美的鮮明形象，是張生、鶯鶯兩人終成眷屬的關鍵人物。

作者介紹

　　荀慧生（1900年～1968年），初名秉超，改名秉彝、詞，字慧聲，號留香，藝名白牡丹，河北東光人。幼時被父母賣予小桃紅梆子戲班，開始拜師學習梆子花旦，後專習花旦青衣，曾請益王瑤卿。1919年加入永勝社，隨楊小樓等人赴上海演出，荀慧生擔任刀馬旦，因表演生動、扮相俊美引起轟動。其顧盼生輝的眼神運用，能將少女柔媚風情與含羞帶怯的心理傳神表現，成為四大名旦之一。荀慧生喜歡繪畫，拜師吳昌碩，亦向齊白石等名師求教。演出劇目三百多齣，新編演劇目有《紅樓二尤》、《紅娘》等，其他尚有《十三妹》、《霍小玉》等。出版著作有《荀慧生演劇散論》、《荀慧生演出劇本選集》、《荀慧生舞

第五章、民國時期--紅娘

臺藝術》等。

課文說明

【第八場】拷紅

【本文】崔夫人　（內白）好惱！

（崔夫人急上。）

崔夫人　（西皮搖板）歡郎兒報音信雙眉愁皺，千金女變作了無恥下流。想必是那紅娘將她引誘？

（白）紅娘！你快與我滾了出來！

（西皮搖板）打死了這賤人也不能甘休。

（紅娘上。）

紅　娘　（西皮散板）我小姐與張生好事成就[1]，怕的是到不了偕老白頭[2]。

崔夫人　（白）紅娘！紅娘！

紅　娘　（西皮散板）又聽得老夫人怒沖牛斗[3]，走向前施一禮細問根由。

（白）老夫人！

崔夫人　（白）你與我跪下！

紅　娘　（白）好端端[4]地幹嗎要跪下呀！

崔夫人　（白）你還敢不跪麼？

---

[1]. 成就：完成、造就。
[2]. 偕老白頭：形容夫妻恩愛到老。
[3]. 怒沖牛斗：盛怒的樣子。
[4]. 好端端：無緣無故。

紅　　娘　（白）要跪，我就跪！（紅娘跪下）

崔夫人　　（白）好個「要跪」「就跪」。我且問你，小姐這幾日言語恍惚[5]，神色不佳，為了何事？

紅　　娘　（白）嘔，我當是為什麼哪？您敢情是為這個呀！

（紅娘欲起。）

崔夫人　　（白）跪下！

紅　　娘　（白）那我再跪下。（紅娘再跪）

崔夫人　　（白）我來問你，你每夜同小姐到後花園為了何事？

紅　　娘　（白）前去焚香，與老夫人添福添壽[6]。

崔夫人　　（白）怎麼與我添福添壽？

（冷笑）哼哼哼……

（白）好個添福添壽，我就打你個添福添壽！

（崔夫人打紅娘。）

紅　　娘　（哭頭）啊啊啊老夫人哪！

崔夫人　　（白）快說實話，饒你不死。

紅　　娘　（西皮散板）那一日小姐停針繡，猛想起那張--

崔夫人　　（白）張什麼？

紅　　娘　（西皮散板）那張家哥哥病不瘳[7]。背夫人同紅娘書齋問候，

---

[5]. 恍惚：隱約模糊，不可辨認。

[6]. 添福添壽：祝福語，祝人福氣與壽命更多更長。

[7]. 瘳：彳又，病癒、減少。

第五章、民國時期--紅娘

崔夫人　（白）住口！那張生有病與你們什麼相干？

紅　娘　（白）咳！

（西皮散板）他言道老夫人恩反成仇。當初何必無中生有，一旦成空喜變憂。

崔夫人　（白）這是那小畜生講的？

紅　娘　（西皮散板）叫紅娘且先行，小姐落後，

崔夫人　（白）落後便怎樣？

紅　娘　（白）落後哇！

（西皮散板）將紅娘推門外他們就好不害羞。

（西皮快板）燕侶[8]琴儔今已就，何須一一苦追究。他們不識憂不識愁，一雙心意兩相投。

（白）老夫人哪！

（西皮散板）得放手，且放手，得甘休來且甘休。

崔夫人　（白）氣死我了！事已至此，叫我罵、罵哪一個？這打、打哪一個？我也不打你了。起來！（崔夫人擲板於地。）

紅　娘　（白）多謝老夫人！

崔夫人　（白）隨我來。走走走！

紅　娘　（白）到哪兒去呀？

崔夫人　（白）我將你送到官衙問罪。

---

[8]. 燕侶：燕多雙棲，故以燕侶比喻夫婦。

紅　　娘　（白）我紅娘有什麼罪哪？

崔夫人　（白）我好好的女兒卻被你這小賤人引誘壞了，難道你還無有罪麼？

紅　　娘　（白）我倒不是這等看法。

崔夫人　（白）你是怎麼看法？講！

紅　　娘　（白）依我看來：既不怨紅娘，難怪張生，休怪小姐。

崔夫人　（白）怨著哪個？

紅　　娘　（白）都是老夫人一人之過。

崔夫人　（白）怎麼是我一人之過？

紅　　娘　（白）老夫人，想當日兵圍普救寺，是誰講的有人退了賊兵，

將小姐許配於他？

崔夫人　（白）話雖是我講的，我不過是一時權宜之計[9]呀。

紅　　娘　（白）說什麼「一時權宜之計」，那張生若非愛慕小姐，他何必多事？請來白馬將軍退了賊兵，兵退身安，他二人眼看就要如願成親。不想老夫人您就從中悔婚，此事不怨你，您說又怨哪一個哪？

崔夫人　（白）可也說的是。我女兒已經許配鄭恒了，他若前來娶親又便如何呢？

紅　　娘　（白）你就多賜他金帛，命他另娶一房；再若不允，您問他兵圍普救寺的時候，他不來搭救小姐，他往哪兒去了呢。

崔夫人　（白）我女兒若是許配張生，豈不玷辱[10]崔家門庭？

---

[9]. 權宜之計：因應某種時機而暫用的計謀。

第五章、民國時期--紅娘

紅　　娘　（白）小姐若被孫飛虎搶去，請問老夫人，小姐的貞節何在？難道說就不怕玷辱你們崔家的門庭了嗎？

崔夫人　（白）依你之見呢？

紅　　娘　（白）依我之見，莫若恕其小過，完其大事，木已成舟[11]，就把小姐許配那張生，我想此事倒落個乾乾淨淨。

崔夫人　（白）你這小賤人說的倒也乾淨。

紅　　娘　（白）不乾淨我還不說哪！

崔夫人　（白）哎！我不該養這不肖之女。也罷！就依了你，將小姐許配那個小畜生。快喚張生前來。

紅　　娘　（白）是。張先生快來！這就對啦。

（張珙上。）

張　珙　（白）紅娘何事？

紅　　娘　（白）你還「何事」哪！你們的事都發作啦！

張　珙　（白）哎呀！這便怎麼處？

紅　　娘　（白）瞧，嚇得這個樣子。得啦，老夫人已然答應啦，你快去吧。（張珙轉身走向崔夫人處）

張　珙　（白）參見老夫人！

崔夫人　（白）啊，張生，我待你不薄，為何作出這不法之事？

張　珙　（白）老夫人，小生乃是初犯，下次不敢了！

崔夫人　（白）紅娘，喚那不肖之女出來！（紅娘下。）

---

10. 玷辱：ㄉㄧㄢˋ ㄖㄨˋ，汙辱、受恥辱。
11. 木已成舟：木材已經做成船隻，喻已成事實，無法改變。

崔夫人　（白）張生，事到如今，無可奈何。將我兒鶯鶯許配於你。

張　珙　（白）多謝岳母！

崔夫人　（白）只是我崔家三代不招「白衣」女婿。你且上京應舉，得中回來與你成親；若是不中，休來見我！

張　珙　（白）記下了。（紅娘拉崔鶯鶯同上。）

崔鶯鶯　（白）啊，紅娘，我心中有些害怕，還是回去吧！

紅　娘　（白）您又來了，幹嗎那麼扭扭捏捏[12]？您要是怕您就甭作；您既作了，就甭怕。隨我進來！（崔鶯鶯拜揖站一旁，不語。）

崔夫人　（白）哼！好個不出閨門的千金小姐！

崔鶯鶯　（白）不出閨門，又怎麼樣呢？

紅　娘　（白）得啦，老夫人，您就別再說啦。

崔夫人　（白）唉！好個不聽教訓的冤家啊！

（崔夫人、崔鶯鶯相抱痛哭。）

張　珙　（白）老岳母不必悲傷，小婿遵命，即日上京應考也就是了。

紅　娘　（白）怎麼著，你要進京？嗯，老夫人，叫他們兩人成親之後再去不遲。

崔夫人　（白）不必如此。得中回來，再與他們完婚不遲。

紅　娘　（白）小姐，您這回放心了吧！

崔夫人　（白）後面備酒。與張相公餞行！

---

[12] 扭扭捏捏：不大方自然。

第五章、民國時期--紅娘

紅　娘　（白）多謝老夫人。

（張珙看崔鶯鶯，同笑。）

（完）

作品賞析

　　紅娘此一人物被廣為人知是源自於元代王實甫之《西廂記》，而《西廂記》又出自唐代元稹之《鶯鶯傳》，其來由淵遠流長，不斷地被世人改編。在《〈蝶戀花〉鼓子詞序中》有此一說：「無不舉此以為美談，至於倡優女子，皆能調說大略。」便可窺得其受歡迎的程度，而京劇《紅娘》則是由荀慧生自《西廂記》改編而成。其實在早些時候，京劇並無演出《西廂記》一劇，但荀慧生相當喜愛紅娘在文本當中的聰慧果敢之形象，遂而著筆改寫。

　　本篇節選自《紅娘》第八場劇目〈拷紅〉，透過紅娘與崔夫人、張珙、鶯鶯三人的多段對話裡，顯現了紅娘俠義的古道熱腸性格，以其機智大膽的態度為男女主角成就了屬於他們的愛戀。

　　這篇劇本完成於一九三六年，並於同年十月由荀慧生親自飾演紅娘。其中最讓人驚艷的是《紅娘》中那段「反四平調」，完美運用了上滑下滑的裝飾音來使唱曲聽來更加清新俏麗，並富有屬於荀慧生獨有的韻味。而這樣的完美詮釋紅娘，更令其留下了這麼一句讚言：「荀慧生演的紅娘滿臺歡，令人目不暇接。」

問題討論

　　一、此篇突出的人物為何？藉由哪些言語可以看出其性格？

　　二、作者如何演繹此劇以成為其代表劇作？

　　三、何謂京劇四大名旦？四大名旦各自的特色為何？

第二節、抗日時期戲曲選

《狄青平南・大排純陽陣》

內容導讀

《狄青平南》取材自《五虎平南後傳》所寫宋將狄青平定南蠻的故事。描述南蠻欲進犯中原，狄青奉命領兵征伐。蒙雲關大元帥段洪派女兒段紅玉應戰，以法術將狄青軍營移至黑風嶺。包拯派出楊王懷女與楊廣前往營救，宋仁宗下令狄龍等大軍出戰，段紅玉卻於戰中愛上狄龍。南蠻王知蒙雲關有難，請鐵頭禪師大排純陽陣，宋將二人受困，狄青依循孔明之指示，告知段紅玉若救出狄龍就允諾親事，紅玉與黃蘭英協助破陣，禪師被殺，段洪投降歸宋。

本篇所節錄的部分為鐵頭禪師大排純陽陣以困宋將，諸葛孔明指示狄青與斷紅玉談判，段紅玉協同黃蘭英，助狄龍等人破陣，後來段洪終於降宋。

作者介紹

黃合祥（1913年～1968年），屏東九如人。皮影戲技藝是向父親黃明生學習得來，為合華興皮影戲團的團長，擅長撰寫武戲，與金連興皮影戲團的蔡龍溪為莫逆之交。作品現存有《狄青平南》、《沈國清》、《黑風關九龍陣》，手抄本皆為蔡龍溪所收藏。

課文說明

【**本文**】（妖鐵實師上（點江）白）守在黃花洞駐雲溪，向知宋將狄青攻打南蠻。

（什報書到科） （師白不盡。到蒙云關，助戰科下）

（武旦黃蘭英上引）仝[1]父黃幾把守蘆臺關，今日閑下無事，往關外打獵。（下科）

---

[1]. 仝：ㄊㄨㄥˊ，同的異體字。

狄青平南

（殷紅玉（上山坡）唱科）　（遇玉英不盡前事）

（英白）師姐面帶憂愁也。

（玉白）被狄虎恥笑。（二人言不盡）后報仇回蘆臺關。（下科）

（殷洪上白前事）

（什報　公子回又禪到科。洪接。坐科）　（洪師言不盡）　（令收免戰牌，到宋營討戰）

（下科，出武）

（宋報）

（狄青內白）令岳剛、劉慶、李義、張忠四人出陣。

（遇岳剛、張忠、李義三人被拎。鐵天師放抯云鈴科）

（劉慶、蒂云帕走禪師占放鈴）　（王懷女狄青出戰）　（狄青穿云箭禪師放抯云鈴）

（對戰王懷女虎禪師　平）　（又戰女暗放飛石打科）

（鐵頭禪師上言宋厲害）　（令搭各三層高臺排陣）　（上臺作法，請天兵、天將守陣）

（大科不盡）　（名叫純陽陣）　（令送戰書且來破陣）

（狄青上白前事）　（什報書到科）

（青看科）令王元帥隨我觀陣。（下）

（出武）　（狄青王懷女到看科）　（烏天地暗[2]天兵天將守陣）

（青白）王夫人此乃是純陽陣。

---

[2]. 烏天地暗：天色昏暗無光。

（王懷女白）元帥，陣內天兵天將把守，我看二門可入，若無五遁俱全之人，難破此陣。

皇親要破此陣，可令劉慶回汴京，請穆桂英仝老身有，可破此陣。

（下回科）

（青白）令劉慶回汴京請穆桂英，又令狄龍、焦廷貴前去探陣。

（科入）

（出武）（狄龍遇焦廷貴追入科）（二人被天兵天將打下陷科）（妖喜令將士牢三將掠送陷仙坑守陣）

（狄青上白前事）

（什報）二人被陷。

（青眩倒科醒科不盡）（今　打探消息如何）（下入）

（諸葛孔明上）

（神孔明上引白）本神，三國時代諸葛孔明。在武侯廟[3]算知左輔星狄龍、焦廷貴被陷純陽陣，我想要破此陣為難，待我引狄青三魂七魄到來指點，令青衣童子，引狄青引三魂七魄。（科）

（青白）仙師在上科。

（孔明白）狄皇親，我非是仙長，就是諸葛孔明，就是我在山上顧鎮黎民[4]，你子被陷百日災難，我算知殷紅玉是千年狐狸轉世，家子乃是天上左輔星，伊二人有來世姻緣，若要破過此陣，穆桂英亦難破，知非殷紅玉身上有寶，名叫陰陽沙，可破。你不可誤過甲子日，若是誤過甲子日，姻緣難得何合。（令童子引回大科各下）

---

[3]. 武侯廟：即孔明廟。
[4]. 黎民：百姓、民眾。

狄青平南

（狄青上心中（思想））本帥昨夜經孔明先生指點，叫我不可過甲子日，打扮商人往武侯廟進香。（科）

（靜雲上白）為前年扶大唐，看破世情[5]，來武侯廟修真未來先知，現時狄皇親難破純陽陣，前來進香。

（什報科）（接入科）

（靜白）皇親幸福到了，你子甲子日共紅玉結就良緣。

（青白）不知紅玉在何處？

（云白）皇親，你可進入后殿，若是紅玉到來拜神，你在內中說你子兒狄龍被陷陣中，無可救，有死無生，其時紅玉聽見，自然與你相會。（入后殿科）

（旦上唱）蘆臺關紅玉，自嘆狄龍。

（蘭上白）師姐不用啼哭，現時武候廟十分靈驗，來去求神。

（二人全往下科）

（什報大和尚接入到中殿）（撓鐘擂鼓[6]科）（紅玉蘭英拜神（下山虎）唱）

（內青白）諸葛神聖，念我狄青，我子兒狄龍也，現時被陷純陽陣內，若能救我子兒出陣，我願建起廟，做金身[7]。

（紅玉聽白）師妹，有人說伊子狄龍被陷陣中，此人正正是狄皇親元帥。

（英白）姐姐，順此機會入內與他相會。（科入）（狄青上嘆科不盡）

（紅玉上白）前面原來就是狄皇親，請見一禮。

（青白）你就是紅玉小姐。（不盡）

---

[5]. 世情：世間的種種情態。
[6]. 擂鼓：用力擊鼓。
[7]. 金身：以金飾身的佛像。

（玉白）元帥，奴前與狄龍定約良緣，勸父歸順，被爹所迫，無奈到此。

（青白）殷小姐，妳若心歸順，救我子兒回營，自然與你成親。（不盡）

（玉白）公公，三天定破妖陣。

（英玉上白）陰砂是我隨寶，不如回帶兵與姊妹共破妖陣。（借陰砂科）

（二人回關科）

（殷洪禪師上白）宋將不敢破陣。今夜殺入宋營。

（出武）　（案下）

（殷紅玉黃蘭英二人帶寶破陣，出武）

（王明上白）仙師不在，待我上臺搖旗。

（烏天暗科）　（紅玉用神砂打天兵為位大科）　（天將科）　（蘭英陰砂打天將歸位科）

（對戰蘭英殺王明死）　（戰紅玉殺玉殺李吉死李佩死）

（遇蘭英殺王述死）　（戰英殺王賜死）　（王戰玉殺陣破李諳死科）

（二女下坑底救出五人科）

（廷貴玉上白）殷紅玉賤婢，妳來該死，殺。

（玉無奈走上天科　廷貴追科）

（玉白）廷貴要殺我，不免作法將廷貴化我身，被宋將掠去打得半死。

（作法廷貴變紅玉四人打科）　（變廷貴科）

（貴白）紅玉妖法厲害，咱五人走回。（科下）

（英玉白）五將回去，咱隨后進宋營。（科下）

狄青平南

（洪禪師二人上劫營）

（番仔報）陣被人破去。（二人驚科）　（回關看來科回下）

（洪玉遇）原來不肖逆女，四處漂流，敗我門風[8]。（殺大科玉走）

（玉白）爹爹在上，子兒到來了。

（玉英上，玉白）我爹要殺我。

（玉白）姊姊免掛意[9]我，妖道死后，爹自然為順。（蘭英在后殺妖死）

（禪師白）賤婢助敵人破我陣，此恨不盡。（大科）

（洪上白）蘭英為何殺死仙師？（不盡科）

（英白）伯父，你無想大宋是真命天子，南蠻乃小邦。歸大國此乃順天而行，你女兒與狄公結親，投降大宋，日後有大命，未知伯父意見如何？

（洪白）蘭英你說有理罷。（吩咐）一齊回關下日歸順大宋。（科下）

（玉英二人）　（英玉全上白）姊姊，你爹願你與狄公子下得（得以）仝房。（不盡）

（蘭英各入關各下）　（岳剛、張忠、狄龍、李義、焦丁貴上）

（岳剛白）咱五人走差路途，到此無村莊，又無客店，前面有高山，不免上山觀動靜。（科）

（竹枝山大王上白）　本帥大金環，奉狼主把守。

（什報）宋兵上。

（大金環）令關奇、云海、葉惠、刁氏隨本帥拎來。

---

[8]. 敗我門風：損害我家庭的名譽和善良家風。
[9]. 掛意：心中繫念。

（科出武）（戰關奇科）（遇狄龍被拎科）（戰張忠被拎科）（對岳剛云海走山）

（焦丁貴走下山大金環內回山科）（岳焦回見元帥）

（大金環）令將三人禁入土牢。

（殷洪上白）宋厲害，準備降書，令女兒帶到宋營打探動靜。（令科）

（紅玉領令科）

（英白）爹爹，你要到宋營恐有詐計，我與汝同行。

（紅玉喜二人往宋營帶武器科下）

（狄青上升白）早日武候廟會見殷紅玉，破陣隨來投降，只今陣圖已破，不見焦廷貴五人回來，又不見蘆云關消息。

（什報）紅玉仝一女子，帶兵前來獻降書。

（狄白）奇了，五將未回來，今日獻書必有詐計，各須要小心。令文廣出陣查虛實。（下入）

（廣出武科）

（狄虎上白）報說紅玉賤婢到來，待出營觀看罷。

（遇廣廣白）反覆無常賊婢，有何面目來見我？

（紅玉驚科白）楊將軍，是你中原無義，非是奴家無情。今日妖陣已破，不准我蒙云關投降，我到來與你無干，汝可回去，且（請）你元帥出來，我自有定奪。

（廣白）汝說陣圖見破，五將為何無回？汝帶書來投降，我元帥令我查察此情，明明是妳無情嗎！

（紅玉退驚科）五人必失途是真。（進科）楊將軍，此事就差了，你可將

我降書帶見元帥，限我三天尋回五人。

（廣白）見有實心，願當稟報元帥。（各下廣回營科）

（玉英全上白）且（請）小妹為我主決（決定）。姐姐看此事如何。

（英白）此五人必定誤入竹枝山，姊姊速到山上查訪。妳妹先回稟知伯父就是。（別科）　（紅玉飛入山科）　（狄虎蘭英遇科）

（虎白）　前面豈是紅玉賤婢？

（英看退科白）此人必是狄龍。公子莫怪我姊姊有此希望，世上有美貌，若是狄龍為何不認得我姊姊，其中必有緣故，待我問明白。（進科）

（英白）面前敢是狄龍公子麼？

（虎白）狄龍是我大哥，我是狄虎，汝何人？

（蘭英白）我廬臺關黃幾之女黃蘭英。紅玉是我姊姊。婚姻見（既）定，汝兄早日彼汝醜弱，走到我關，說共汝冤結太山，今日遇見二公子，要求汝締結良緣。下日招父獻關投降，解消汝共我姊的冤，共破南蠻，未知意見而何。

（虎白）蠻地人野心不話科。（看刀科）

（蘭英白）公子且住，汝說我姊反背。我姊追尋五人，不知用了多少心，幾被汝說了是非，公子你將婚姻從願，我全姊姊投降，未知意想如何？

（虎白假引科）后拎紅玉治罪。

（進白）小姐，你若叫我允汝親事，汝可入關將殷洪縛來見我。

（英退白）拎我伯父對我姊不過，若不者，恐婚姻難成。（大科）

（英進白）公子若要此直隨我入關，我言伯父說你父王不信恐有詐計，令汝前來問其虛實。且（請）他出關，與汝答話。我將伯父縛起，不可傷他性命。

（二人進關）　（殷洪上白）

（英入白）恐怕伯父有詐，元帥令二公子前來叫伯父出關，對答虛實。

（洪白）我想今日出關危險。

（英白）伯父汝可隨我背后觀其動靜。（洪喜二人出關外科）

（遇合洪白）公子且（請）了。

（狄虎白）且（請）了。（舉刀殺科　洪落死）　（英下馬言不盡）

（英白）直到如今，順其會我姊來回。一不做二不休，順細（順勢）搶關殷氏家去蘆臺關。（大科）（令且（請）元帥進關　狄青兵蒙云關大科）

作品賞析

　　《狄青平南》取材自《五虎平南》，或稱《五虎平南後傳》。其五虎是指五虎將，初為《三國演義》中對蜀漢將領關羽、張飛、馬超、黃忠、趙雲等五人的稱呼，然最早又可以溯源自陳壽之《三國志》中將此五位蜀漢將領合為一傳，故後人多以五虎將稱之。不過值得注意的是，有學者認為趙雲與關羽、張飛、馬超、黃忠四人職位實不相襯，故應為四虎傳方為確稱。

　　本篇所節錄的部分為鐵頭禪師大排純陽陣以困宋將，諸葛孔明指示狄青與殷紅玉談判，殷紅玉協同黃蘭英，助狄龍等人破陣，後來殷洪終於降宋。情節緊湊，劇情高潮迭起，令人目不暇給，著迷沉醉。

　　在人物形象的刻劃上，作者不偏離取材之文本，透過角色間的對話將劇情烘托得淋漓盡致，頗具藝術價值。

問題討論

　　一、本齣戲中，孔明是透過何種形式現身指點？

　　二、狄青如何讓殷紅玉願意助其破陣？

　　三、狄青征平大南國的史實為何？

肆

練習篇

中國戲曲卷

　　本單元之用意，則在於讓讀者檢視習修本課程的成果，並藉由授課教師之批閱而產生雙方互動討論的效果，以提高人生的境界。

題目：以自由發揮方式，試創作一篇戲曲。

國家圖書館出版品預行編目資料

中國戲曲卷／蔡輝振　編著～初版～
臺中市：天空數位圖書　2025.08
面：17 x 23 公分
ISBN：978-626-7576-24-3（平裝）
1.CST：國文科 2.CST：讀本
836　　　　　　　　　　　　　　　　114011034

書　　名：中國戲曲卷
發 行 人：蔡輝振
出 版 者：天空數位圖書有限公司
作　　者：蔡輝振
版面編輯：採編組
美工設計：設計組
出版日期：2025年8月（初版）
銀行名稱：合作金庫銀行南臺中分行
銀行帳戶：天空數位圖書有限公司
銀行帳號：006-1070717811498
郵政帳戶：天空數位圖書有限公司
劃撥帳號：22670142
定　　價：新臺幣530元整
電子書發明專利第　I　306564　號
※如有缺頁、破損等請寄回更換

版權所有請勿仿製

服務項目：個人著作、學位論文、學報期刊等出版印刷及DVD製作
影片拍攝、網站建置與代管、系統資料庫設計、個人企業形象包裝與行銷
影音教學與技能檢定系統建置、多媒體設計、電子書製作及客製化等
TEL　　：(04)22623893　　MOB：0900602919
FAX　　：(04)22623863
E-mail　：familysky@familysky.com.tw
Https　://www.familysky.com.tw/
地　　址：台中市南區忠明南路 787 號 30 樓國王大樓
No.787-30, Zhongming S. Rd., South District, Taichung City 402, Taiwan (R.O.C.)